혼돈의 숲

송재철 장편소설

| 작가의 말 |

　어느 때나 전쟁은 인간의 삶의 질서나 가치관을 송두리째 뒤흔들어 놓고 만다. 그뿐인가. 인간의 의식이나 사고, 거기에 삶의 질과 그 의미에 대한 판단은 현실적 긴박한 상황에 압도되어 이성적 가치를 잃게 되고 일순간의 본능적 욕구에 함몰된 비이성적 행위가 삶의 정당한 가치로 평가되는 잘못된 혼돈의 사회를 만들어 내는 것이다.
　사람의 삶에 있어 종교다, 교육이다, 학문이다, 사회윤리며 도덕 따위를 운운한다. 하지만 전쟁으로 황폐화한 긴박한 사회 환경 속에서는 스스로를 감당하기조차 힘든 처지에 놓이게 되고 어떤 이성적 의식이나 도덕적 잣대만으로 살 수 없게 되는 것이 현실이다. 이런 인간의 현실적 약점은 살아남기 위해 원초적 삶의 욕구 충족에 함몰되어 보편적 사회 가치나 윤리의식 따위와는 상관없는 자기중심적 의식에 집착하며 막 나가는 인간 군상을 있게 한다.
　이 소설 속 박 목사라는 한 종교인의 사려 깊지 못한 일순간의 행동으로 야기된 일들은 그것만으로 끝나지 않는다. 한 번의 잘못된

비도덕적 과오는 한 가정의 파탄의 운명을 있게 함은 물론 한 여인의 죽음까지 있게 한 비극의 원인이 되었던 것이다.
  이 이야기는 전쟁이라는 국가적 비극이 단순히 그것만으로 끝나는 것이 아니라 이 나라의 역사와 정신적·물질적 민족의 순수성까지를 뒤흔들어 놓은 불행한 참상으로 이어졌음을 보여 주고 있다. 그 전쟁의 여파는 오늘에 이르기까지 사회 곳곳에서 타락의 잔영으로 남아 의식의 혼돈을 가져오고 있는 것이다.

2016년 3월에
송 재 철

차 례

□ 작가의 말

9 _ 전화(戰禍)를 피해서
44 _ 어머니의 고민
63 _ 상길과의 만남
86 _ 병도의 결혼
103 _ 첫 출근
119 _ 혜란의 야심
137 _ 지각없는 여인
151 _ 상길의 고민
171 _ 가정의 파탄
180 _ 슬픈 종말
203 _ 상길의 한(恨)
214 _ 절망은 없다
237 _ 기진의 금의환향

전화(戰禍)를 피해서

천신만고 끝에 1·4후퇴의 참화를 피해 개성을 탈출해 온 영근은 수많은 피난민들과 함께 영등포역에 도착했다. 두 살이 채 안 된 딸아이를 자신이 들쳐업고 아내를 잡아끌며 밀려드는 피난 인파를 헤집고 들어가 막 떠나려는 화물차 칸에 간신히 탈 수 있었던 것이 천행이었다. 콩나물시루처럼 꽉 들어찬 사람들로 숨쉬기조차 힘든 틈에 끼어 부산역에 도착한 그들 앞에는 말로 표현할 수 없는 수많은 난민들이 거지 떼처럼 우글거리는 참상만이 펼쳐져 있었다. 이제 어디로 가야 할지 암담했다. 한겨울의 날씨지만 이곳은 개성보다 남쪽이고 항구 도시여서 그런지 몸으로 스며드는 찬 기운이 한결 덜한 듯했다.

그동안 화물칸에서 몸을 부딪치며 옆자리에 함께 해 왔던 여러 사람 중에서도 유난히 노모와 단둘이 피난길에 오른 삼십대 초로 보이는 한 청년과는 자연스럽게 대화가 되고 있었다.

화물칸 안은 발 디딜 틈조차 없이 사람으로 가득 차 있었다. 불결한 냄새와 탁한 먼지로 숨조차 제대로 쉴 수 없는 공기는 질식하기 직전의 괴로움이었고, 거기다가 제대로 먹지도 못한 배고픔에 시달리면서 삼 일 만에 겨우 부산역에 도착했던 것이다. 그러나 해가 뜨기 직전의 부산의 새벽은 세찬 바닷바람이 몰아치고 낮게 뜬 구름은 곧 비라도 내릴 것만 같은 어수선한 분위기였다. 천신만고 끝에 도착은 했지만 다들 갈 데가 있는 것도 아닌 막막한 처지들이다. 그러나 화물칸에서 마구 밀려 내리는 난민들이 철로며 역 광장으로 흩어져 나가는 참상은 말로 표현할 수 없는 처참한 것이었다. 하기야 갑자기 이렇게 전화를 피해 내려온 처지들이니 갈 곳이 따로 있을 리 있겠는가. 그동안 같은 화물칸에서 이삼 일을 이심전심으로 함께 해 온 까닭인지 나이는 영근보다 다소 아래인 듯한 이 사람과는 어느새 구면이 되어 있었다.

"인사가 없읍네다. 내래 이병도라고 합네다. 어머니를 모시고 평양에서 내려왔시오."

"아, 네 그렇습니까. 나는 윤영근이라고 합니다. 개성에서 왔지요. 여기 이 사람이 제 아내지요."

간단히 자신들을 소개한 이들은 역에 도착하자 누구랄 것도 없이 마구 화물칸을 뛰어내리며 사방으로 흩어져 나가는 난민들을 안타까운 듯 바라보았다.

"윤 형은 어디 갈 곳이라도 있으십네까?"

"갈 곳이 어디 있겠습니까. 나도 이곳에는 처음 온 걸요."

"나도 부산이란 곳은 말만 들었지 처음 오는 곳인데 어머니를 어드렇게 모셔야 할지 난감합네다."

"자, 이럴 것이 아니라 일단은 우리도 역 광장으로 나가지요. 그리고 가족들이 바람이라도 피할 수 있을 곳을 마련하도록 어떻게든 대책을 세워 봐야 하지 않겠습니까."

"그러게 말입네다. 일단은 그렇게 하도록 합시다래."

바람은 스산하게 불고 하늘에는 구름이 무겁게 끼어 있었다.
역 광장에는 이미 많은 난민들이 무질서하게 빈틈없이 자리를 잡고 있어 빈자리는 거의 없었다.
윤영근의 아내 최지희는 딸아이를 업고 이병도의 노모와 함께 역 광장으로 나와 한 모퉁이에 비집고 자리를 잡았다. 영근과 병도는 여기저기에서 구해 온 거적이며 헌 마분지들을 대충 깔고 자리에 앉게 했다. 그리 넓지 않는 역 광장에는 지금 막 화물칸에서 내린 난민들과 이미 먼저 내려와 자리를 잡고 있는 난민들로 북새통이었고 광장 건너편의 시가지와 상가 앞의 큰길에는 많은 차량과 버스며 그리고 시내 전차, 난민들이 무질서하게 얽힌 상황들로 마치 전선의 절박한 상황과는 또 다른 긴박함이 느껴졌다.
"윤 형, 우리가 난민 형편에 무슨 돈이 있어 집이나 방을 얻어 들어갈 수 있갔시오. 아까 언뜻 들은 말로는 초량이나 연주동 감촌동 등 일대의 뒷산에는 이미 앞서 내려온 피난민들이 움막을 치고 사는 사람들이 많다고들 합디다만."
"사실 나도 대충 들었어요. 이런 바람 불고 추운 날씨에 가족들이 이런 허허한 광장에서 견뎌 내기가 쉬운 일이 아닌데…."
잠시 침묵하는 영근을 보며 병도가 말했다.
"어떻습네까. 우리도 한번 그쪽으로 가보는 거이."
영근은 잠시 생각에 잠겼다.
"뭐 다른 방법이 없다면 그렇게라도 해 봐야겠지요. 이 많은 피난민이 들어갈 곳이 있을 것 같지도 않고."
"그나저나 나는 나이 드신 어머니 때문에 더 걱정입네다. 이 추운 날씨에 움막이 있다고 해도 그런 움막에서 견뎌 내실 수 있을지. 잠깐 피신했다가 다시 집으로 돌아갈 생각으로 겨울옷도 제대로 챙겨

오지 못했고 당장 깔고 덮을 이부자리도 없는 처지니 말입네다."

병도는 더 이상 말을 잇지 못했다.

"이 형이나 내 형편이나 별반 다를 것이 없어요. 저 어린것을 보시오. 집사람이 뭐든 잘 먹어야 젖이라도 나올 텐데 그렇지 못하니 사정을 모르는 아이는 보채기만 하고 원. 아무튼 우리도 난민들이 모여 산다는 움막촌을 한번 가 보도록 합시다."

윤영근은 개성에서 살다 육이오가 발발한 후 부모님을 모시기 위해 남쪽으로 피난을 가지 못하고 북쪽 공산당의 치하에 머물러 있었다. 그러나 학교 교사였다는 사실이 밝혀지자 그는 사상 검열에 걸려 내무서로 끌려가 더욱 가혹한 사상 성분의 조사를 받고 끝내는 불순분자로 분류 감금당했다. 천운이랄까, 그때 마침 유엔군의 기습적인 인천상륙작전이 전개되었다. 허를 찔린 인민군들은 국군의 신속한 북진으로 전세가 급박하게 불리해졌고 이를 감당하지 못하고 우왕좌왕했다. 그 사이를 틈타 영근은 탈출에 성공할 수 있었다. 그러나 그들이 퇴각하고 얼마 후 중공군이 참전하여 인해전술을 폈고, 불리해진 유엔군은 남으로 또 안타깝게 밀려나게 되었다. 포성은 개성 인근에서 점점 가깝게 들려오고 하늘에서는 전투기 편대가 쉴 새 없이 적진인 듯한 곳으로 굉음과 불벼락을 내뿜으며 수없이 곤두박질치다 높이 솟구쳐 오르는 모습들이 계속 보였었다. 한편 북쪽에서 밀려오는 많은 피난민들은 달구지에 짐을 싣거나 머리에 짐을 인 채 아이들을 업고 걸리고 앞서거니 뒤서거니 대로를 따라 남쪽으로 남쪽으로 구름처럼 내려갔다. 풀로 위장한 군인들을 가득가득 태운 군트럭들은 낮인데도 헤드라이트를 강하게 밝힌 채 급히 전선으로 전선으로 향하고 있었다. 일이 이렇게 되자 영근의 아버지는 마음이 조급했다.

"얘야, 너도 이렇게 있을 것이 아니라 이번에는 더 늦기 전에 어서 남쪽으로 피난을 가도록 해야겠다."

"아버지, 피난을 가도 다 함께 가야 합니다. 그들이 다시 쳐들어오면 어떤 가혹한 짓을 할지 몰라요."

"다 늙은 우리에게야 무슨 짓을 하려고, 걱정 말거라. 그리고 우리는 이 고향을 떠나지 않을 것이야. 그러니 더 이상 지체하지 말고 너나 어서 너의 식구를 데리고 떠나도록 해."

재촉하는 아버지에게 더 말씀을 드려도 들어 주지 않을 것 같아 할 수 없이 아내와 어린 딸만을 데리고 나온 것이다. 아내는 고등학교를 나온 평범한 여인으로 좀 허약한 편인데 아이를 낳고 산후 조리도 제대로 하지 못한 탓에 신통치 않는 몸으로 피난을 나오게 되어 여간 고통스러운 것이 아니다.

영근과 병도는 우선 초량시장을 지나 그 뒷산을 향해 올라갔다. 산은 완만한 산이 아닌 다소 가파른 편이었다. 탁 트인 남쪽 앞바다에는 군수품을 실은 크고 작은 배들이 수없이 정박해 있었다. 또 여기저기 부두에 접안한 여러 척의 큰 배들에서는 쉴 새 없이 군수품인 듯한 물품들이 분주히 하역되고 있었다. 산의 곳곳에는 조림된 삼나무들이 크게 자라 숲을 이루고 있었고 숲 사이사이에 움막을 짓고 사는 난민들이 한둘이 아니었다. 비탈길을 따라 올라가며 보이는 그들의 사는 모습은 거지 떼가 따로 없는 말로 표현할 수 없는 처참한 형편이었다. 지옥이 따로 있는 것이 아니라 이곳이 바로 지옥이라 생각되었다. 어디서 구해 왔는지 허술하고 빈약한 나무 조각들을 얼기설기 엮어 세운 막대 위에 시장이나 거리의 뒷길에서 수집해 온 헌

가마니나 천막 조각들을 씌워 겨우 바람을 막으며 임시 연명하고 있었다. 그러나 이 중에 이미 자리가 잡힌 움막들은 나름대로 겨울 채비를 갖추고 있었다. 새로 찾아든 난민들은 그나마 움막을 짓기 위해 여기저기에 터를 닦거나 자리를 물색하느라 정신이 없었다.

"윤 형, 다들 사는 모습이 말이 아니구먼요. 우리는 어떡하디요?"

"그러게 말이오. 그러나 우리라고 별 수 없지 않소. 이 낯선 곳에서 갈 데도 없고 오라는 데도 없으니 식구들을 찬바람이라도 피해 있게 하려면 도리 없이 더 늦기 전에 우리도 움막이라도 하나 마련해야 하지 않겠소?"

병도는 잠시 침묵하다 말을 꺼냈다.

"에잇, 이 망할 놈의 전쟁이 이 많은 사람들을 생지옥에서 살게 하는구먼."

"그러니 어쩌겠소. 모두에게 떨어진 날벼락인 걸. 우선은 우리도 뭐라도 해 봐야 하지 않겠소. 이 형, 저 위쪽은 아직 비어 있는 듯한데 올라가 봅시다."

영근이 가리킨 곳은 약간 지대가 높은 편이어서 그런지 아직은 비어 있었다.

"됐어요. 여기면 움막 두 채는 지을 수 있겠어. 우선 바닥을 평평하게 다진 다음 아래로 내려가 움막 지을거리를 구해 봅시다."

둘은 움막을 짓기 시작하였다.

"이 형, 이럴 게 아니라 역 광장에 있는 가족들을 우선 이리로 오게 하는 것이 좋을 것 같은데?"

"아직 다 짓기도 전에 말이오?"

"벌써 해도 많이 기운 것 같은데 더 늦기 전에 여기 와서 함께 있는 것이 좋을 것 같은 생각이 들어서 말이오."

"그렇기는 하갔구먼."

그렇게 해서 영근과 병도는 아내와 어머니를 그곳으로 데리고 왔다. 영근의 아내 최지희는 상황이 상황인 만큼 어쩔 수 없이 받아들이며 아이를 들쳐업고 움막 짓는 일을 돕기 시작했다. 하지만 병도의 어머니는 환갑이 넘은 노인으로 화물칸에서의 시달림으로 이미 몸이 많이 초췌한 상태였다.

병도는 국군의 평양 수복 후 우익 활동을 하다 중공군의 인해전술 총공세에 밀려 수복했던 평양마저 어쩔 수 없이 포기하고 급히 남하하게 되었다. 인민군의 퇴각 당시 그들에게 끌려 북으로 가신 아버지의 행방을 끝내 찾지 못하고 어머니만을 모시고 피난길에 올랐던 것이다. 사실 병도의 아버지는 우익이니 좌익이니 하는 그런 이념과는 아무런 상관이 없는 선량한 시민이었다. 다만 대대로 물려받은 재산으로 다소 부유한 생활을 해 왔다는 것이 북한식 사회주의 체제에 반하는 부르주아 계층의 지주로 분류되어 모든 재산을 몰수당하고 그에 대해 늘 반감을 가지고 있던 차에 국군의 평양 입성을 유달리 반기셨다. 그러다가 국군의 입성 직전 북으로 철수하는 인민군에게 어디론가 끌려간 후 소식을 알 수 없게 되었다. 국군의 평양 입성 후 아버지의 소식을 알기 위해 백방으로 노력했지만 알 수 없었다. 심지어 인민군이 철수하며 우익 진영의 사람들을 집단으로 학살한 여러 곳의 시체들도 샅샅이 살펴봤지만 결국 아버지의 시신은 발견하지 못했다. 이런 한을 가슴에 안은 병도는 국군의 평양 입성 후 더욱 적극적으로 우익 활동을 하게 되었다. 그러나 불행하게도 다시 국군이 평양에서 철수하고 공산군이 밀려오는 상황이 되어 그곳에 머물 수 없는 처지가 되었다. 어머니를 모시고 피난길을 떠나려 했지만, 뜻밖에도 어머니는 평양을 떠나지 않겠다고 하셨다. 남편이 돌아올 것이라는 희망과 기대를 버리지 못했기 때문이다.

"어마니, 어마니가 떠나지 않으시면 저도 떠나지 않갔습네다."

"아니다. 나는 아바지를 더 기다려 볼 것이니까니 너는 이 어마니 걱정은 하지 말고 어서 떠나도록 하라오."

"어마니가 아바지를 기다리시면 저도 어마니와 함께 이곳에 남아서 아바지를 기다리갔습네다."

"아니 된다. 다 늙은 나에게야 무슨 일이 있갔어. 그렇지만 너는 안 된다. 그놈들이 들이닥치면 너에게 무슨 짓을 할지 모르는 일인데 너마저 변을 당하게 할 순 없는 일이 아니갔어. 그러니 어서 피하도록 하라오. 아바지는 돌아가시지 않았으면 꼭 돌아오실 거이야. 그러니 집에 아무도 없으면 얼마나 섭섭하시갔어. 나만이라도 집을 지키고 있어야 하지 않갔어? 내 걱정은 말고 너는 더 늦기 전에 어서 떠나도록 하라오."

어머니는 병도에게 피난을 재촉하셨지만 병도는 어머니를 혼자 사지에 두고 갈 수는 없다고 생각했다.

"어마니, 저 혼자 살갔다고 어마니를 이곳에 두고 갈 수는 없시요. 저도 남갔습네다."

아들의 말을 듣던 어머니는 병도가 자기만 이곳에 두고 가지 않을 것이란 생각이 들었다. 그리고 그놈들에게 끌려간 남편이 돌아올지 안 올지도 모르는 일인데 남편을 기다리갔다는 자기 고집 때문에 자식마저 그놈들에게 잡혀가 변을 당하게 할 수는 없다는 절박한 생각이 들었다. 어머니는 이러지도 저러지도 못하는 마음인지 잠시 심각한 표정으로 병도를 보다가 깊은 한숨을 몰아쉬었다.

"그러면 시골 외가에라도 가서 전쟁이 잠잠해질 때까지 잠시 피신을 했다가 다시 돌아오도록 하자꾸나."

그러나 안이한 어머니의 생각은 빗나가고 말았다. 그들이 외가에 도착했을 때는 이미 외가 가족들도 어디론가 피난을 떠난 후로 개, 닭, 돼지 등 가축들만이 빈집 마당에서 우왕좌왕하고 있었다. 이런 상황을 본 어머니는 갑자기 조급해진 듯 서둘렀다.

"병도야, 아니 되겠구나. 우리도 더 늦기 전에 어서 피난길을 떠나야겠다."

포성은 점점 가까이에서 계속 들려왔고 하늘에는 전투기가 굉음을 토하며 쉴 새 없이 북으로 향했다. 끝없이 밀려 내려오는 많은 피난민들은 대로를 가득 메우며 남으로 남으로 향하고 있었다. 어머니는 잠시 시골로 피신했다가 전쟁이 잠잠해지면 다시 돌아와 남편을 만나겠다는 일념이었다. 하지만 이번 전쟁은 그렇게 간단한 것이 아님을 어머니도 느낀 듯했다.

중공군의 참전과 물러서지 않는 유엔군과의 공방으로 쉽게 결판이 날 것 같지 않았다. 이젠 너 어쩔 수 없이 밀려오는 피난민들의 대열을 따라 남으로 내려갈 수밖에 없었다. 사실 평양 토박이인 병도네는 시골이라고 마땅히 갈 곳이 있는 것도 아니었다. 그렇다고 전쟁터로 변한 평양의 집으로 다시 돌아갈 수도 없는 처지니 병도도 어쩔 수 없이 어머니를 모시고 피난 대열에 끼지 않을 수 없게 된 것이다. 그 후 끝없이 북쪽에서 밀려 내려오는 피난민들과 함께 폐허가 된 개성을 지나 서울로 왔다. 그리고 서울역을 지나 처참하게 파괴되어 일부는 강물에 처박히고 또 일부 철골은 퍼런 강물 위에 위험하게 이리저리 솟아 얽혀 있는 한강을 곡예하듯 어머니를 모시고 겨우 건너 영등포역에 도착했다. 하지만 이미 그곳엔 모여든 피난민들로 인산인해요, 아비규환이었다. 모두들 앞다투어 부산으로 내려간다는 화물차를 타기 위해 홍수처럼 밀려들었다. 병도는 앞뒤 가릴 사이도 없이 급히 어머니를 이끌며 필사의 힘으로 인파를 헤집고 들어가 겨우 화물칸에 몸을 실을 수 있었다. 그로부터 삼 일간 악취와 탁한 공기를 견디며 부산까지 겨우 내려올 수 있었다.

병도 어머니는 갑자기 내려온 낯선 곳에서 거친 바닷바람에 시달리며 움막을 짓는 아들을 보며 걱정스러운 듯 물었다.
"애야, 이런 움막을 짓고 사람이 살 수 있갔어?"
"어마니, 죄송합네다. 우선 갈 곳은 없고 찬바람이라도 피할 곳을 마련해 보자는 것입네다."
병도는 죄송한 마음 때문에 어머니를 똑바로 보지도 못했다.
"어마니 며칠만 견뎌 주시라요. 이곳엔 처음 왔고 수많은 피난민이 모여들어 아우성이니 우리가 살 만한 곳을 구하기가 쉽지 않습네다. 해서 우선 이렇게 움막이라도 짓고 찬바람을 피해 보자는 것이니 좀 견뎌 보시자요. 내일이라도 제가 시내로 나가 형편을 살펴보고 살 곳도 마련해 볼까 생각하고 있시요."
그렇게 해서 움막도 나름대로 지어졌고 다행히 어머니도 잘 견뎌 주셨다.
사실 영근에게는 개성을 나올 때 아버지가 몰래 쥐어 주신 돈이 좀 있었고, 또 어머니가 마련해 주신 미숫가루도 적지 않게 있어 오늘 밤은 우선 이것을 조금씩 나누어 두 식구가 허기를 달랠 수 있었다.

이 난리통에도 자연의 섭리는 변함없이 인간사의 어려운 삶을 아는지 모르는지 어제와는 달리 겨울답지 않은 쾌청한 날씨였다. 초량 뒷산에서 멀리 바라보이는 수평선이 그렇게 아름다울 수 없고 지금 막 힘차게 새벽을 뚫고 솟아오르는 태양빛은 그야말로 신비로움 그

자체였다.

밤새 잠을 제대로 이루지 못한 영근은 움막의 거적을 헤집고 밖으로 나왔다. 병도도 잠을 이루지 못했는지 벌써 일어나 움막 곁에 쌓인 흙더미 위에 아무렇게나 걸터앉아 먼 수평선을 바라보고 있었다.

"일찍 일어나셨군. 어머니께서 불편하셨겠구먼? 참 죄송한 일이야. 그러나 어찌하겠소. 그놈의 난리통에 졸지에 이런 낯선 곳으로 밀려오게 되었으니 세상 한탄만 하고 있을 수도 없는 일이고. 해서 말인데 오늘은 우리 시내로 나가 먼저 피난 온 사람들은 어떻게 살고 있는지 한번 살펴보도록 합시다. 이놈의 전쟁이 하루 이틀로 끝날 것 같지도 않고 그러니 집으로 돌아가게 되기까지는 죽으나 사나 이제 이곳에 머물게 될 것 같은데 그러자면 우리도 살길을 찾아야 하지 않겠소."

충혈된 눈으로 새벽 바다만 이리저리 응시하던 병도는 사실 밤이 새도록 잠을 이루지 못했고 앞이 캄캄할 뿐이었다.

"네, 그렇게 해야갔디오. 전쟁이 쉬이 끝날 것 같지도 않고 어머니를 이런 움막에 계속 계시게 할 수도 없는 일인데 참 안타깝구먼."

"물론 어머니를 모시는 일도 중요하지요. 하지만 더 중요한 것은 당장 끼니를 이어갈 문제가 더 급한 일이 아닙니까. 그러니 우리는 아직 이곳 사정을 아무것도 모르는 처지이니 오늘은 우선 우리가 여기에서 어떻게 대처하며 살아가야 할지 살펴보도록 하는 것이 더 급한 일이 아니겠소?"

"동감입네다. 나는 어머니를 모시고 시골 외가로 피신하려고 갔었는데 이미 외가 식구들은 어디론가 다 피난을 가고 없었습네다. 다시 평양의 집으로 돌아가려니 전세가 급하게 돌아가 더 지체할 수가 없게 되어 그대로 피난길에 올랐던 것입네다. 그러니 입은 것, 손에

든 것밖에 아무것도 없으니 더욱 난감한 거디요."

그들은 일찍 일어난 영근의 아내가 내어주는 미숫가루를 물에 대충 풀어서 마시고 피난민들이 주로 모인다는 국제시장을 가보기로 했다.

부산은 전쟁으로 파괴된 평양이나 개성, 그리고 서울에 비해 시가지는 화려했다. 하지만 전국 각지에서 밀려든 피난민들의 절박한 삶의 각축장이 된 국제시장은 마치 무기 없는 전쟁터와 같았다. 골목마다 빈틈없이 자리 잡은 노점에서는 피난민들이 팔려고 내놓은 물건들을 보고 다급해진 난민들의 삶의 모습을 짐작할 수 있었다. 피난을 오면서도 애지중지 간직해 왔던 애장품이나 보잘것없는 물건들까지 팔기 위해 길바닥에 펼쳐 놓고 지나가는 사람들에게 간곡히 사 주기를 바라는 모습들에서 그들의 다급함을 느낄 수 있었다. 뿐인가, 연이은 양키시장이라는 곳에는 골목마다에 판자로 집을 짓고 천막으로 지붕을 덮은 간이 시장이 생겨났다. 그곳에는 미군 부대 등에서 흘러나온 물건인 듯한 온갖 잡화, 말하자면 미군들의 군복이며 군화, 그리고 미군용 비스킷, 껌, 초코릿, 통조림 등 없는 것이 없다 할 정도로 다양한 것들을 싸놓고 성시를 이루고 있었다. 그들의 말씨로 봐서는 분명 부산 사람들은 아니었다. 서울 말씨에서부터 평양 함경도 말씨가 이곳저곳에서 들려오는 것으로 봐 그들도 분명 피난민들이었다.

영근과 병도는 앞서거니 뒤서거니 인파를 헤치며 거리를 살폈다.

"윤 형, 여기가 국제시장이라고 하는 곳이구먼요. 과연 국제시장입네다. 없는 게 없구먼요. 어드메서 이런 물건들이 이렇게 나오는 것입네까? 참 대단합네다."

"글쎄요. 난들 처음 오는 곳이라 무얼 알겠습니까."

영근은 잠시 주춤하더니 한 천막 가게로 들어가 서울 말씨를 하는 주인인 듯한 남자에게 서슴없이 말을 건넸다.

"실례합니다. 서울에서 피난 오셨습니까?"

가게 주인은 흘깃 영근을 바라보았다.

"네, 난 서울에서 왔소만. 여긴 서울뿐만이 아니라 각처에서 피난 온 사람들이 죽지 못해 이렇게 모여서 장사라도 하고 살고 있는 곳이지요."

"네. 그러시군요. 우리는 압록강까지 밀고 올라갔던 유엔군의 철수로 급히 밀려 내려온 이북 피난민들입니다. 이렇게 낯선 곳으로 갑자기 몸만 빠져나왔으니 무얼 어떻게 해야 할지 난감하고 앞이 캄캄합니다."

"뭐 이곳에 피난 온 사람들이야 누구든 다 그런 처지지요. 그러니 죽지 않고 살기 위해선 뭐든 닥치는 대로 해야 하는 거고."

"네, 그렇습니다만 이곳에 도착한 것도 이제 겨우 이틀밖에 되지 않아 뭐가 무언지 어리둥절하기만 하고 방향도 잡지 못하고 있으니 막막하기만 합니다."

영근은 낙담한 듯 말했다.

"아직 덜 급하시구먼, 방향이고 뭐고 살기 위해 난리를 피해 무조건 내려왔으면 한가하게 방향 타령이나 할 겨를이 어디 있습니까. 눈치 코치 가릴 것 없이 주위를 살펴서 뭐든지 할 수 있는 일이 있으면 악착같이 달려들어 해야 하는 것입니다. 지금 이 좁은 부산은 전국 각처에서 모여든 피난민들로 아비규환의 생지옥과 같은 곳인데 다들 자신이 살기 위해서는 남을 생각할 겨를이 없는 처지지요."

가게 주인은 한심하다는 듯 영근과 병도를 번갈아 바라보았다.

"그렇게 막연히 돌아다닌다고 누가 '여기 와서 일하시오.' 하고 불러 줄 사람은 아마 아무도 없을 게요. 보아하니 젊으신 분들인데 이런 시장에서 두 분이 할 수 있는 일을 찾기는 쉽지 않을 것입니다. 혹시 일당 막노동 밥벌이라도 해보겠다면 저 부두 선창가 쪽으로 나가 보시오. 거기는 배에서 화물을 하역할 인부를 수시로 구하기도 하니까. 잘하면 일을 할 수 있을지도 모르지."

"아이고 고맙습니다. 이 마당에 막노동이면 어떻습니까. 일당을 받을 수만 있다면 당장 해야지요. 감사합니다. 지금 바로 그리로 가 보겠습니다."

영근은 일만 할 수 있다면 막노동이고 뭐고 가릴 것 없이 해야겠다는 생각뿐이었다.

"이 형, 어떻습니까? 이럴 것이 아니라 우리도 부두 선착장 쪽으로 한번 가봅시다. 저 사람의 말로는 거기서는 때때로 막노동 인부를 구하기도 한다고 하지 않습니까."

"아니, 윤 형 갑자기 막노동을 할 수 있갔시오?"

"그러나 어쩝니까. 가진 것이라곤 아무것도 없고 이 몸뚱어리 하나뿐인데 쓴맛 단맛 가릴 수 있나요. 막노동이라도 해서 우선 입에 풀칠이라도 할 수 있다면 해야 하지 않겠소. 그런 일당벌이 노동이라도 해서 식구들을 당장 먹여 살릴 수만 있다면 고마운 일이 아닙니까. 서둘러 가봅시다."

영근은 병도의 의견은 무시한 채 서둘러 시장을 벗어나 한참 거리에 있는 부두를 향해 걸어가기 시작했다. 병도도 어쩔 수 없이 영근을 따라갔다.

"윤 형, 나는 그런 막노동을 해보지 않아서 할 수 있을지 걱정입네다."

"나도 같은 처지입니다. 뭐 가봐야 알겠지만 우리 같은 서툰 신참 피난민에게 일을 맡겨 줄지가 더 걱정입니다."
　그들은 부산의 자갈치시장이라는 곳을 우선 찾아들었다. 그러나 그곳은 국제시장과는 아주 다른 분위기였다. 크고 작은 무수한 어선들이며 화물선들이 무질서하게 정박해 있었다. 색색의 요란한 깃발들이 다양한 깃대에 매달려 거친 바닷바람에 기세 있게 휘날리는 배 갑판 위에는 어구들이 가득 실린 채 출항 준비가 한창이었다. 만선으로 갓 돌아온 어선에서는 아직 살아 펄펄 뛰는 싱싱한 생선들이 가득 담겨 있는 상자들을 하역하느라 인부들이 바삐 움직이고 있었다. 그 모습은 마치 전쟁터를 방불케 하였지만 활기찬 분위기였다. 비릿하고 소금기 머금은 바닷바람과 함께 연달아 밀려오는 거친 파도는 거대한 어선들을 쉴 새 없이 선창에 밀쳐 대며 출렁였다. 부두에 연이은 어시장에는 어선에서 막 하역한 생선을 어판장 바닥에 즐비하게 펼쳐 놓고 생선들을 사려는 사람들과 팔려는 상인들의 거칠고 발악적 외침으로 북새통이었다. 나라의 북쪽에서는 일진일퇴의 치열한 전쟁이 계속되고 있고 남쪽에서는 그야말로 먹고살기 위한 삶이 전쟁터를 방불케 하는 또 하나의 현실이었다.

　평양에서 내려온 병도는 생전 처음 보는 이런 광경에 기가 눌렸는지 어리둥절한 듯 말없이 두리번거렸다.
　"윤 형, 이렇게 큰 생선 시장은 처음 봤습네다. 원! 이렇게 많은 생선들이 다 팔리다니 참 대단하구먼. 그나저나 이런 판에 우리가 여기서 무슨 일을 할 수 있갔시오."
　"저기 인부들이 일하는 쪽으로 가봅시다."
　한참 주위를 살피던 영근은 시장 인파 사이를 헤집고 지나가 인부들이 하역하는 부두 창고로 향했다. 거기에는 물건을 선적하는 배와 배에서 육지로 하역하는 배들이 여러 척 정박하고 있었는데 인부들은 쉴 새 없이 작업에 열중하고 있었다. 작업 광경을 잠시 보던 영근은 대형 창고가 연립된 한옆에 사무실이 있음을 발견하고 그리로 무턱대고 찾아가 조심스럽게 사무실 문을 노크했다. 그러자 안에서는 일상인 듯한 거침없는 어투로 "들어오이소." 하는 경상도 사투리의 묵직한 음성이 들려왔다.

문을 열고 들어가자 한 남자가 둘을 아래 위로 살펴보았다.

"무슨 일로 왔습니꺼?"

영근은 잠시 머뭇거리다 공손하게 대답했다.

"네, 혹시 막일이라도 할 수 있을까 해서 이렇게 찾아왔습니다만."

그는 의아한 표정으로 쳐다보았다.

"아니 지금이 몇 신데 이 시간에 일거리를 찾습니꺼? 새벽 다섯 시에 와서 기다려도 일자리를 얻을까 말까 하는 판에. 참 한가한 사람들이네!"

그는 딱하다는 듯 바라보았다.

"막노동을 해본 사람들은 아인가 본데 이런 일을 할 수 있겠으요? 이거 아무나 할 수 있는 일이 아인데."

영근은 눈에 힘을 주고 그를 바라보며 말했다.

"아닙니다. 무슨 일이든 맡겨만 주시면 다 해낼 수 있습니다."

"그래요. 그렇다 캄은 마침 저녁에 들어오는 배의 하역을 맡을 인부가 좀 부족했는데 할 수 있을지 모르겠네."

"저녁이에요? 저녁이면 어떻습니까. 몇 시부터 작업을 하게 됩니까?"

"아마 배가 오후 여섯 시에는 들어올 긴데 그리 되면 하역 작업은 잘하면 밤 일곱 시나 돼야 시작될 기고 일은 며칠 계속됩니다. 내일 아침은 낮 작업조하고 교대하고 밤에 다시 일을 해야 하는데 할 수 있겠으요? 힘들긴데?"

"이 형, 어떻습니까? 나는 할 생각인데."

"윤 형이 하겠다면 나도 하갔시오. 그런데 어머니가 걱정이야요."

"그러면 일을 하는 걸로 하고 지금이 두 시니까 일단 식구들에게 돌아갔다가 작업 시간에 맞춰 다시 오도록 합시다."

둘의 대화를 듣고 있던 직원이 끼어들었다.

"인부 머리수를 확인해야 하니 다섯 시 반까지는 와서 점호를 받아야 합니다."

"네, 알겠습니다. 그럼 다섯 시까지 오겠습니다. 감사합니다."

둘은 안도하는 마음으로 움막으로 돌아왔다.

영근은 아침에 자신이 혼자 생각했던 일들이 뜻밖에도 잘 풀린다고 생각하며 아내 지희에게 그날 일을 얘기했다.

"사실 나는 어젯밤은 잠도 제대로 자지 못했어. 아무리 피난을 온 처지지만 이 낯선 곳에서 아무것도 가진 것 없이 내일부터 당장 무얼 먹고 살아가야 할지 앞이 캄캄했었다고. 하늘이 무너져도 솟아날 구멍은 있다고 했는데 한가하게 좌절만 하고 있을 수는 없더라고. 그래서 일찍 시내로 나갔던 거야. 우리가 먹고 살 수 있는 일을 무슨 수를 써서라도 찾아야겠다는 마음으로 우선 피난민이 많이 모인다는 국제시장엘 갔는데 많은 사람 중에 마침 서울 말씨를 쓰는 사람이 있어 무턱대고 그의 가게에 들어가 사정을 말했지. 그 주인은 '지금 이 부산은 죽기 아니면 살기로 막다른 골목에 밀려온 피난민들로 꽉 차 있다고 해도 과언이 아닌데 쉽게 일자리를 구할 수 있겠소. 보아하니 험한 일을 해본 사람들이 아닌 것 같은데 이곳 사정을 아직 잘 모르시는 것 같구먼. 그저 이 마당에서 살길은 딱 하나뿐이오. 안면 몰수하고 앞뒤 좌우 가릴 것 없이 무슨 짓이든 다 하겠다는 각오가 되어 있지 않으면 살아남기 어려운 곳이 지금 이 부산이란 말이오. 더욱이 초참인 댁들이 이 살벌한 시장판에서 무슨 일을 할 수 있겠소. 옛날 살던 생각은 아예 싹 버리고 뭐든 하겠다는 각오가 서 있다면 여기보다 선창가 부두 쪽에 한번 가보시오. 그곳에는 혹시 화물 하역을 위한 인부를 구하는 곳이 아직은 있을지 모르니.' 하기에 이 형과 함께 그곳으로 갔다가 마침 밤샘 하역을 해야 하는 작업이 있다고 해서 당장 오늘 밤부터 일을 하기로 했어. 그러니 오늘 밤은 들어오지 못할 거예요. 그렇게 알고 난희와 함께 자도록 해요."

"아니 그렇게 힘든 밤샘 작업을 당신이 갑자기 해낼 수 있겠어요?"

"걱정 말아요. 남들도 다 하는 노동인데 나라고 못 하겠소. 우리는 당장 먹고살 일이 급한 처지인데 무얼 못 하겠어. 염려 말아요. 일을 하게 된 것만으로도 얼마나 다행인지 모르겠소."

부두로 내려갈 시간이 다 되어 영근은 미숫가루를 물에 타 마시고 움막을 나왔다.

"이 형, 갑시다."

병도 어머니가 움막에서 나오며 걱정스럽게 영근을 보았다.

"애기 아바이, 밤샘 일들을 한다는데 우리 병도는 아무것도 먹지를 못했으니 일을 해낼 수 있을지 걱정이구먼!"

병도 어머니의 말에 영근은 아차 싶었다.

"아 참, 그렇구먼. 미처 생각을 못 했네. 난희 엄마, 미숫가루를 이 형 어머니께도 드려야겠어요."

"어머니, 남자가 한두 끼 못 먹었다고 죽기야 하갔시오. 염려 마시라요."

"아닙니다. 미숫가루가 아직은 좀 있으니 먹고 갑시다. 공복에 밤샘 일을 한다는 게 쉬운 일이 아닙니다."

둘이 부둣가에 도착했을 때는 이미 인부 여러 명이 대기하고 있었다. 잠시 후 관리실 직원이 나와 인원 점검을 했다. 일하려는 사람들이 너무 많이 모여들어 어쩔 수 없이 여러 명은 일을 하지 못하고 돌아가게 되었다. 영근과 병도는 오전에 작업 신청을 해둔 탓에 다행히 작업을 할 수 있었다.

"자, 이제 인원이 된 듯하니 여섯 명씩 선내 조와 육지 조로 나누어 선내 조는 배에 오르고 나머지는 육지에서 작업을 합니다."

영근은 육지, 병도는 선내 쪽의 작업조가 되어 작업감독의 지시에 따르게 되었다.

"자, 여섯 시 반에 작업을 시작합니다. 선내 조는 저 사다리로 배에 오르고 육지 조는 부두에서 지시를 따라 주시오."

병도는 생전 처음 이런 큰 배에 오르는 것이다. 배에는 여기저기 환하게 밝혀진 전등불로 대낮같이 밝았다. 배에 오른 병도로서는 이 배가 얼마나 큰 배인지 몇 톤이나 되는 배인지 짐작도 할 수 없었다. 반장의 지시에 따라 네 개 조로 나뉜 인부들은 배 앞쪽의 일 번 하치에서부터 이 번, 삼 번, 사 번 하치의 화물칸으로 차례대로 배치되어 한 조에 여섯 명씩 나누어 화물칸으로 내려갔다. 혹하고 풍겨 오는 건조한 냄새는 그곳에 꽉 들어찬 묵직한 마포대의 내용물이 곡식임을 짐작하게 했다. 이미 경험한 다른 인부들의 말로는 이것은 구호물자로 들어온 밀 포대인데 선내 조가 육지에 내려 주면 육지 조는 이것을 부두의 창고 안으로 옮겨 쌓는다는 것이다.

작업반장의 안전 주의와 작업 지시에 따라 일은 곧 시작되었다. 배의 상부 갑판에 설치된 윈치가 요란한 소리를 내며 울리자 그와 함께 화물 운반용 굵은 마 줄로 엮은 망이 와이어에 매달려 화물칸으로 내려왔다. 조장의 신속한 지시에 따라 그 망을 바닥에 펼쳐 놓고 그 위에 이십여 개의 밀 포대를 인부들이 쌓아 올렸다. 축 늘어진 밀 포대는 꽤 무겁고 다루기 힘든 것이었다. 그러나 작업반장은 지체없이 작업을 독려하기 시작했고 망 위에 포대가 쌓이면 반장이 호루라기를 불고 윈치에 손 신호를 보내면 윈치는 그것을 힘차게 들어올려 순식간에 육지로 내려보내는 것이다. 이렇게 시작된 작업은 밀포대가 얼마나 쌓여 있는지 해도 해도 끝이 없었다. 인부들은 처음 만난 사람들이어서 서로 어색한 듯 말없이 작업반장의 지시대로 무거운 밀 포대를 나르기만 했다. 그러나 여기에 참여하고 있는 인부들 중의 몇몇은 이미 이런 일에 경험이 있는 듯 보였고, 그들의 말씨로 봐서 이들도 피난민인 것 같았다. 그중에서도 구레나룻이 유난히 검게 자란 나이 오십쯤 되어 보이는 까무잡잡한 사람이 병도를 쳐다보면서 말했다.

"이런 일을 처음 하는 것 같구먼, 벌써 힘들어 하는 걸 보니."

사실 병도는 아까부터 웬일인지 어지럽고 현기증이 났다. 하루 종일 굶고 간신히 미숫가루 한 대접을 얻어먹고 나온 처지였으니 시장기도 돌고 또 묵직한 밀 포대를 계속 들고 날랐으니 힘이 드는 것도 사실이었다. 그러나 왠지 꼭 그런 이유만은 아닌 것 같았다. 이상한 것은 인부 중의 한 사람은 이미 한옆에서 구토를 하고 있었다.

"아하, 저 사람도 신참인 모양이구먼. 배멀미를 하는 걸 보니, 오늘은 고생깨나 하겠어. 아까부터 배가 좀 울렁인다 했더니 벌써 배멀미를 하고, 그래서 신참은 힘드는 일이라니까."

그 모습을 구레나룻의 사나이가 안타까운 표정으로 바라보았다. 그것도 그럴 것이 배멀미를 한다 해도 작업은 계속해야 했다. 만일

한 사람이 일을 못 하게 되면 그 몫을 다른 사람이 해야 하므로 서로가 불편해지기 때문이다. 병도를 비롯한 두셋은 신참이었고 그들도 배멀미를 하는 듯했다. 화물 하역 회사로서는 며칠 사이에 이 화물을 다 하역한다는 계약이 되어 있어 그 계약을 지키기 위해서는 배멀미다 뭐다 해서 우물쭈물할 수가 없었다. 해서 회사의 지시를 받는 감독이야 인정사정없이 작업을 독려할 뿐이다. 그러니 이미 이런 작업을 경험했던 인부들은 신참이 끼는 것을 달가워하지 않는다. 그러나 병도는 남에게 부담을 주지 않기 위해 식은땀을 흘리면서도 내색을 하지 않았다. 결국 한 사람은 배멀미를 참지 못하고 구토를 하다가 쓰러지고 말았다. 그러나 일은 계속되었다. 밀 포대가 무겁기는 했지만 그런대로 들어 메고 나를 수 있었다. 하지만 시간이 갈수록 그 무게가 만만치 않은 부담으로 압박해 왔다. 열두 시면 야식을 한다고 했는데 그 시간이 그렇게 기다려질 수가 없었다. 허기진 배는 허리에 달라붙고 배멀미와 현기증은 더 심해졌다. 병도는 '어마니 배가 고파 못 견디갔시오.' 하고 마음속으로 외쳐 보았지만 소용없는 일로 반장의 작업 재촉만 더 심할 뿐이었다. 어찌 되었거나 기진맥진 참고 기다리던 야식 시간이 드디어 왔다. 그야말로 구세주 같은 반가운 시간이었다. 배의 상판으로 올라가 차례대로 배식을 받았다. 보리와 쌀이 반반 섞인 밥에 노란 단무지가 전부였지만 피난길을 떠나온 후 이런 밥을 대해 보기는 처음이다. 배멀미고 뭐고 언제 그랬느냐는 듯 밥을 보는 순간 눈물이 주르르 흘러내렸다.

'어마니, 죄송합네다. 나만 이렇게 밥을 먹고 있시오.'

병도가 밥을 앞에 두고 잠시 침묵하자 옆에서 이 모습을 보고 있던 구레나룻이 물었다.

"왜 그러시오? 어디 불편하시오? 먹지 못하겠으면 날 주시오."

병도는 잠시 아무 말도 하지 않았다.
"불편한 것이 아니라 밥을 보니 갑자기 어머니 생각이 나서요."
구레나룻은 다소 의외라는 듯 병도를 바라보았다.
"아니, 어머니가 불편하십니까?"
"아니오. 어머니가 불편하신 거이 아니라 나는 이삼 일 전에 온갖 고생을 하며 어머니를 모시고 평양에서 내려왔시오. 그동안 어머니께 이런 밥 한번 해드리지 못했는데 막상 밥을 보니까니 어머니 생각에 가슴이 메이느만요."
"그래도 걱정할 어머니가 계시는 것만으로도 고맙게 생각하시오. 이 난리판에 죽지 않고 살아남았다는 것만으로도 감사할 일이니 말이오. 누가 어머니께 밥을 해드리고 싶지 않아서 그런 것이 아니지 않소. 세상이 뒤집혀서 그런 것인데 어쩌겠소. 그러니 오늘은 잡다한 생각은 뒤로 미루고 어머니를 위해서라도 열심히 먹고 열심히 일을 해서 더 많이 갚아 드리면 되지 않겠소, 어서 드시오."
병도는 그에게서 지금까지 생각했던 것과는 다른 인간성을 느끼게 되었다.
"네, 고마운 말씀입네다. 더 열심히 일을 해서 더 많이 갚아 드려야디요. 그런데 인사가 늦었습네다. 저는 이병도라고 합네다. 조금 전에도 어머니 말씀을 드렸습네다만. 아버지는 국군이 평양을 수복하기 이전인 공산치하에서 부르주아 지주 계급의 사상적 불순분자로 분리되어 감시를 받다가 국군이 평양에 들어오기 직전 그들에게 납치되어 가신 이후 행방을 찾았지만 결국 찾지 못하고 헤매다가 다시 국군이 평양을 철수하게 되는 바람에 어쩔 수 없이 어머니만을 모시고 이렇게 피난을 나오게 된 거디요. 막상 여기까지 내려와 보니까니 무어가 어드렇게 돌아가는지 알 수가 없구먼요. 아무튼 먹고는 살아야 하갔기에 피난길에서 알게 된 사람과 함께 이곳에 왔습네다만 이런 일은 처음 해보는 거야요."

"음, 그러시군. 나는 박준식이오. 뭐 여기서 일하는 인부들은 대개가 다 피난민들이고 죽지 못해 이 일이나마 하는 것인데 그나마 이 일도 배가 들어오지 않으면 못 하게 되는 처지니 안심할 수가 없어요. 그렇다고 돈이 있는 것도 아니고. 기껏해야 나도 종교인으로 교회에 몸담고 있던 몸, 갑자기 이렇게 내몰려 왔으니 어쩔 수 없이 살기 위해 이런 막노동이나마 하고 있는 건데 전쟁은 언제 끝날지도 모를 일이고 신문을 보아하니 중공군의 인해전술로 유엔군이 고전을 면치 못하고 있다는 뉴스가 계속 실려 있더구먼, 참 답답하고 앞이 캄캄할 뿐이야. 그나저나 다른 피난민의 말을 들으니 군수품이 외국의 큰 화물선에 실려 연일 들어오는 2부두나 3부두 4부두 쪽에서는 사람들을 많이 쓴다고들 하던데 이번 이 일이 끝나면 나도 그쪽으로 한번 가봐야겠어."

"네, 그러시구먼요. 나야 뭐 아무것도 모릅네다만. 그런데 지금은 어드메서 사십네까?"

"어디서 사느냐고? 그 뭐 어디서 산다고까지 할 것이나 있나. 아무 데서나 움막을 치고 살면 그곳이 내가 사는 곳이고 내 집인 걸. 그 왜 피난민이 많이 모여 산다는 연주동 뒷산에 움막을 지어 놓고 두더지처럼 살고 있지."

그들이 이런저런 이야기를 하던 사이 벌써 야식 시간이 끝난 모양이었다. 작업반장이 호루라기를 불며 작업 시작을 알리자 인부들은 다시 해치로 내려가 작업을 시작했다. 한참 밀 포대를 나르다 잠시 밤하늘을 보자 하늘에는 어느덧 새벽 기운이 물들어 있었다. 병도는 털보 박 씨를 선생님이라 불렀다.

"박 선생님, 벌써 새벽이 다가오고 있는 것 같시오."

박 씨는 밀 포대를 들러다 말고 팔목시계를 보았다.

"그렇군, 벌써 네 시 반이 다 되었으니 곧 교대 인부들이 들어오겠어. 처음 하는 일은 첫날이 제일 힘드는 법인데 게다가 배멀미까지 했으니 고생깨나 되었겠구먼!"

박 씨는 작업 초반부터 배멀미로 구토를 하며 심하게 악전고투하던 인부를 바라보며 씩 웃었다. 잠시 후 작업 교대반이 선내로 들어왔고 육지로 내려온 병도는 윤영근을 만났다.

"선내 작업은 어땠어요? 이곳 육지 작업은 바닷바람이 심하게 불고 기온도 내려가 몹시 춥고 힘든 작업이었어요."

"말씀 마시라요. 선내도 쉽지가 않았시오. 이 큰 배에서 배멀미가 날 줄은 미처 생각지 못했으니까. 나도 나지만 신참들은 다 배멀미로 고생들을 심하게 했시오."

"그랬었구먼. 밤샘하는 일인데 어디라고 쉬울 리가 있으려고. 아무튼 수고했어요."

새벽 선창에는 아직도 성난 파도가 끊임없이 거대한 배의 옆구리를 때리며 거친 하얀 거품을 토해내고 있었다. 어디선가 날아온 한 쌍의 흰 갈매기는 곡예하듯 평화롭게 유유히 바다 위를 한참 선회하다 끼룩끼룩 울음을 남긴 채 고달픈 인부들이 웅성거리는 선창을 뒤로하고 다시 어디론가 날아갔다.

병도는 내색은 하지 않았지만 지난밤의 작업은 악몽 같았다. 그동안 누구보다 강인하다고 자부해 왔던 체력이었다. 그러나 변변히 먹지도 못한 상태로 밤샘 작업을 하고 나니 육지에 내려오는 순간 왠지 몸이 휘청거리는 듯한 느낌이었다.

피곤한 몸을 이끌고 움막으로 돌아온 영근의 모습이 아내는 안타까워 보였다.

"힘드셨지요. 이렇게 밤샘 일을 해서 어떡해요."

"견딜 만해요. 이런 급한 때에 그나마 밤샘 일이라도 하게 되었으니 얼마나 다행인지 몰라. 힘은 좀 들지만 계속 일을 하게 되었으면 좋겠는데. 어때요, 움막이 춥지 않았소? 아이가 감기 들지 않도록 조심해야 하는데 걱정이구먼."

"바람은 좀 불었지만 개성에 비하면 여기는 훨씬 덜 추운 것 같아요. 다행히 아이는 잘 잤어요."

아내는 움막 한옆을 치웠다.

"이리로 누워서 쉬셔요. 불을 피워서 밥을 지어 드릴게요."

영근은 주위를 살피다가 새로 마련된 식기와 용기들을 보았다.

"아니 이것들을 어떻게!"

"개성에서 나올 때 어머니께서 당신 모르게 급할 때 쓰라고 쥐어 주신 돈이 좀 있었어요. 그래서 이 선생님 어머니와 함께 시장에 나가 간단한 식기와 물통 등 일용품 몇 가지를 마련했어요."

"그랬었구먼. 어머니가 그렇게 당신에게 마음을 쓰셨구먼."

영근은 어느덧 어머니의 애틋한 마음이 가슴에 저며 들어 눈물이 날 것 같았다.

'감사합니다. 어머니.' 하고 잠시 아무 말 하지 않고 누워 있던 영근은 어느새 잠이 들었는지 코를 골고 있었다.

"어마니 죄송합네다. 춥지 않으셨시오?"

"어카겠, 추위도 견뎌야디. 그래 밤새며 일하기가 힘들지 않던? 무슨 일을 했네?"

"네 어마니! 힘은 좀 들었지만 그런대로 할만 했시오. 그런데 그런 큰 배는 처음 타 봤시오. 배가 부두에 접안해 있는데도 파도가 워낙 거친 탓에 배멀미가 나서 혼났시오. 물론 다른 인부들 몇몇도 배멀미로 숱하게 고생들 하더만요."

"그래 그 배에는 뭐가 실렸던?"

"구호품으로 들어온 밀 포대가 꽉꽉 들어차 있는데 그걸 하역하는 일이었시오. 아마 그걸 다 하역하려면 배가 워낙 커서 주야간으로 해도 며칠은 걸릴 것 같습데다."

"그래 고생했다. 오늘 밤에도 갈 거이가?"

"어마니, 거기에서 함께 일하는 사람들을 보니까니 거의가 피난민이었시오. 하기야 이 좁은 부산 바닥에 밀려 내려와 넘쳐나는 피난민들이 살기 위해 눈에 불을 켜고 설치는 마당인데 막노동이라고 안 할 수는 없는 거디요."

어머니는 병도를 안쓰럽게 바라보았다.

"그래, 그럼 밥을 빨리 지어 줄 테니까니 어서 먹고 한잠 푹 자도록 하라오. 그래야 또 밤일을 할 게 아니갔어."

"아니 어마니, 이 그릇들을 어떻게 마련하셨시오?"

"어저께 난희 어마니하고 저 아래 시장에 나가서 몇 가지 사왔디 뭐. 이것들이라도 있어야 밥을 짓든 구걸을 하든 할 거이 아니갔어."

"아니 어마니가 무슨 돈이 있다고."

"뭐 전부터 좀 가지고 있던 게 있었어."

"그래요! 어마니 죄송합네다. 며칠 후면 노임을 받을 수 있을 기야요."

영근과 병도는 낮잠으로 몸을 풀고 오후 좀 일찍 다시 부두로 나왔다. 털보 박 씨가 인부 대기실 한옆 의자에 혼자 앉아 기도를 하는지 무언가 골똘히 생각에 잠겨 있었다.

"박 선생님, 일찍 나왔습네다."

병도가 인사를 하자 그는 자리에서 일어나 뜻밖이라는 듯 병도를 쳐다봤다.

"아니 어저께는 배멀미를 심하게 해서 오늘은 일을 포기하고 나오지 않을 것이라 생각했는데."

"아니, 그 정도를 가지고 일을 포기할 수는 없디요. 죽느냐 사느냐 하는 살벌한 마당인데."

"하긴 그렇기는 하지."

병도는 뒤돌아보며 영근에게 박 씨를 소개했다.

"윤 형, 인사나 나누시라요. 이분은 박준식 씨라고 어저께는 나하고 한 조가 되어 선내에서 일을 했시오."

"아, 네 그러시군요. 저는 윤영근이라고 합니다. 개성에서 왔지요. 고생하십니다."

"뭐 이 고생쯤이야. 다 살겠다고 피난 온 처진데 어쩔 수 없는 일이지요. 이것도 다 하나님이 우리에게 주시는 사랑의 시련(試鍊)이 아니겠습니까. 고맙게 생각해야지요."

박준식의 말을 듣고 병도는 약간 의아했다.

"아니 박 선생님도, 이 고생도 하나님이 주시는 것이니 고맙게 생각하란 말입네까? 참 목사님다운 너그러운 말씀을 하십네다."

병도의 말에 준식은 잠시 미소를 지었다.

"우리가 사는 모든 이치가 다 하나님의 섭리(攝理)에 의해 이루어지는 것인데 이것도 우리를 보살펴 주시는 하나님의 뜻인 것을 어떻게 고맙다고 하지 않을 수 있겠습니까."

그의 표정은 아까와는 달리 생기가 도는 듯했다.

"자자, 그건 그렇고 박 선생님. 어저께 왜 3부두나 4부두 쪽에서도 군수품 하역 작업에 많은 인부들을 쓴다는 말을 들었다고 하셨는데 가 본 적은 있습네까?"

"아직 가 보지는 못했지만 연주동 피난민 중에는 그쪽으로 가는 사람도 많이 있어요. 그렇지만 그것도 그쪽 부두 노동자 관리소의 허가를 받아야 일을 할 수 있다고 했어요."

"그래요?"

병도는 영근을 보았다.

"윤 형, 어때요? 여기 일이 끝나면 우리도 그쪽으로 한번 가 봅쇠다."

"물론 여기 일이 다 끝나면 다른 일을 찾아봐야 하니 그리로 가 보는 것도 좋겠지요."

십여 일 만에 밀 포대 하역 작업은 끝났고 며칠 후 그들은 3부두의 노무 관리실을 찾아갔다. 그러나 낮일은 이미 더 이상 인부를 뽑지 않았고 야간 작업반만 좀 더 뽑는다고 했다. 어쨌거나 더운밥 찬밥 가릴 처지가 아니었다.

"윤 형, 어떻습네까? 우리도 일을 한번 해 봅쇠다. 이것도 자칫 사람이 차면 못 하게 될 수도 있을 게 아니갔시오?"

영근은 잠시 생각에 잠겼다.

"밤일만 계속하다 보니 밤낮이 바뀌는 생활이라 낮일을 했으면 했는데 낮일을 할 수 없다니 어쩔 수 없는 일이지요. 그렇게 하도록 합시다."

다음 날 오후 다섯 시에 인원 점검을 하고 여섯 시부터 작업이 시작된다고 했다. 이미 야간 작업 경험이 있어 밤 추위는 견뎌 낼 수 있을 것이라 생각했다. 하지만 아직 2월이라 밤이면 기온이 많이 내려가 생각했던 것보다 더 추웠다. 부두에는 하역하기 위한 거대한 화물선 서너 척이 정박해 있고 미처 정박하지 못한 화물선 수십 척은 부산 앞바다 여기저기에서 전등불을 불야성처럼 밝히고 대기하고 있었다. 하역된 화물들은 대낮처럼 밝힌 창고와 야적장에 쌓였고, 한편 일부는 군 트럭들이 그것들을 가득 싣고 끊임없이 어디론가 가곤 했다.

호명과 함께 인원 점검이 끝나자 작업반장이 지시를 내렸다.

"여섯 시 정각에 작업을 시작합니다. 각 조장은 사고 없이 인부들을 인솔하고 작업장에 임해 주시기 바랍니다."

야적장에 쌓여 있는 엄청난 군수품과 계속 하역되어 쌓여 가는 광경을 본 병도는 참으로 놀라웠다.

"윤 형, 이 엄청난 물건들이 어디서 이렇게 오는 겁네까?"

"뭐 나도 잘 모르지만 남한을 돕겠다는 미국을 비롯한 유엔의 여러 나라에서 보내오는 군수품이 아니겠습니까."

"그렇갔디요. 저 밤바다에 수도 없이 떠 있는 배들을 보시라요. 바다가 아니라 불밭입네다. 참 대단하구먼요."

"그렇게 감탄만 할 게 아니라 우리도 어서 조장을 따라가야지요. 어서 갑시다."

해치가 1번에서 5번까지 있는 것으로 보아 먼저 일하던 밀을 싣고 왔던 배보다는 이 배가 좀 더 큰 듯했다. 영근과 병도는 3번 해치에 배정되었다. 갑판에서 화물칸 안으로 가려면 수직으로 된 철 사다리를 타고 내려가야 했다. 처음에는 발이 좀 후들거렸지만 그런대로 곧 적응이 되었다. 화물칸 안에는 무엇인지 모를 네모난 마분지 상자의 화물이 겹겹이 꽉 들어차 있었고 건조한 냄새가 확 풍겨 왔다.

이어 상판에서 윈치가 돌아가는 굉음이 요란하게 울리고 곧 물건을 실어 내릴 목판이 와이어에 매달려 선내로 내려왔다. 작업이 드디어 시작된 것이다. 인부들이 목판 위에 차곡차곡 이십여 개의 상자를 쌓아 올리면 반장의 호루라기 신호에 따라 윈치가 그것을 번쩍 허공으로 들어 올려 육지로 내려보냈다.

그 부두에 모인 수백 명의 인부들 거의가 피난민들인 것 같았다. 각양각색의 남루한 복장과 피폐(疲弊)한 몰골들을 보면 그들의 삶이 얼마나 열악하고 고달픈가를 짐작하고도 남음이 있었다. 영근과 병도는 다행히 이번에는 한조가 되어 선내 반에 배정되었다.

그러나 궁금한 것은 도대체 이 많은 상자 속에 무엇이 들어 있느냐 하는 것이었다. 그 궁금증은 곧 풀렸다. 파손된 상자가 여기저기에 널려 있고 그 속에서 나온 물건들이 사방에 어지럽게 흐트러져 있었기 때문이다. 영근이나 병도가 그동안 한 번도 접해 보지 못했던 물건들로 껌, 초콜릿, 비스킷, 통조림 등 여러 가지 다양한 잡화들이었다. 이것들의 포장을 뜯어 내용물을 먹다가 여기저기 버린 것들이 많이 있었다. 작업조장은 물건 상자를 절대 파손하거나 내용물에 손을 대서는 안 된다고 각별히 당부하였지만 그것이 그렇게 지켜지지 않았다. 물론 영근이나 병도같이 초참인 사람들이야 감히 꿈도 꿀 수 없는 일이었지만 이미 이 일에 경험이 있는 사람들, 특히 영어 줄이나 읽을 수 있는 사람이라면 박스 포장에 쓰여 있는 글만 보면 그 내용물이 무엇인지 바로 알 수 있었다. 작업반장의 지시에도 눈을 피해 내용물을 뜯어내고 그것을 먹기도 하고 몸에 감추고 교대 시 밖으로 가지고 나가 시장에서 팔곤 했던 것이다. 물론 이런 일이 쉬운 것은 아니다. 교대 시 출입문에서는 한 사람 한 사람 몸수색을 하는데도 용케 그것을 피해 몸에 지니고 나가는 사람이 있었다. 출근할 때부터 이미 계획적으로 허름한 방한복을 여러 벌 겹쳐 입고 들어와 물건을 여기저기 숨겨 나갔다. 때론 입고 온 내의를 다 벗고 절취한 미 군복이나 내의 따위를 여러 벌 겹쳐 입거나 몸에 감는 방법으로 검색을 피해 밖으로 나가기도 했다. 이런 얌생이(절도) 짓을 하는 것을 다른 인부들도 다 알고 있지만 자신의 물건을 훔쳐가는 것도 아니니 그들이 하는 일에 별로 관심을 두지 않는다. 물론 다른 사람인들 왜 그것을 가지고 나갈 욕심이 없겠는가. 그러나 아무리 굶주림에 허덕이고 어려운 삶을 살고 있다고는 해도 겁 없이 그걸 가지고 나가다 몸수색에서 발각되어 절취범으로 처벌을 받게 되는 것도 문제지만 그렇게 되면 다시는 이곳에 취업을 할 수 없는 처지가 된다는 사실이 두려워 실천하지 못하는 것이다.

병도는 참 요지경 속이라 생각했다.

"윤 형, 거 국제시장에서 군용 잡화나 염색한 군복들을 많이 팔고 있던데 그것들도 다 이렇게 해서 나간 물건들이 아니갔시오? 그리고 저 C. 레이숀은 미군 피엑스 물건인 것 같은데 미군들은 전쟁을 하면서도 군인들에게 저렇게 맛있는 과자들까지 보급해 주는 걸 보면 참 부자 나라인 것만은 틀림없구먼요. 우리네 같으면 꿈이나 꾸갔시오?"

영근과 병도는 부두 인부 일을 시작하고 며칠 지내는 동안 가지고 나올 수는 없었지만 귀한 미제 통조림이며 파인애플이며 소시지 등 잡화류를 안 먹어 본 것이 없을 정도로 먹어 봤다. 병도는 그런 것들을 먹으면서도 늘 '이것들을 어머니께 갖다 드리면 얼마나 좋아하실까' 하는 생각을 떨쳐 버릴 수 없었다.

"윤 형, 이걸 어머니께 갖다 드리면 아주 좋아하실 것 같은데 내 오늘은 이걸 좀 몸에 지니고 나가 볼까 하는데 어드럴지 모르갔시요."

"아, 갖다 드리면야 좋아하시겠지요. 그렇지만 무슨 수로 가지고 나가겠소. 자칫 몸수색에 걸렸다가는 절도범으로 몰리고 또 이 일마저 못하게 되는 처지가 될 텐데. 어머니는 이 형이 그렇게 되기를 바라지는 않으실 것입니다. 뭐 가지고 나갈 수만 있다면 난들 왜 망설이겠습니까. 하지만 우리는 이판사판으로 살 수 없는 가족이 딸린 몸이고 이제 겨우 사선을 넘어와 이렇게 피난 생활을 시작한 몸인데 경솔하게 처신을 하다가는 어렵게 됩니다."

"저들을 보시라요. 저 친구 어저께도 몸에 지니고 나가는 걸 봤는데 아무 탈이 없었던지 오늘 또 나온 걸 보면 몸수색이 그리 심한 게 아닌 것 같은데."

"글쎄 잘은 모르지만 어저께도 발각되어 잡혀가는 사람을 보지 않았습니까. 탈 없이 나갈 수 있었던 사람들은 듣기로는 그들은 이미 어떤 조직과 내통이 되어 몸수색 때 아예 적당히 눈감아 준다는 말이 있어요. 그러니 멋 모르고 어설프게 저 사람들 하는 짓을 따라 하다가는 오히려 그들이 저질러 놓은 범죄까지 뒤집어쓰게 될 수도 있어요."

영근의 말에 병도는 잠시 주춤했다.

"그러기는 하갔쉬다."

그렇지만 한번 가지고 나가 보자는 생각을 쉽게 떨쳐 버릴 수가 없었다. 그러다가 자신도 그들의 조직과 줄을 댈 수 있는 길을 탐색해 보자는 생각이 들었다. 며칠을 두고 작업 중에 그들에게 접근을 시도해 봤지만 그들은 평상시에도 별로 말이 없을 뿐더러 인부들과는 대화도 잘 하지 않았다. 그들이 그곳에 들어와 일을 한다는 것은 위장일 뿐이고 목적은 얌생이 짓을 하기 위한 것이었다. 그것을 감추기 위해 더 열심히 일했다. 병도의 끈질긴 접근으로 점차 그들과의 대화가 열리고 그들의 속내를 알게도 되었다. 그들 중의 한 사람이 살짝 귀띔해 주었다.

"이는 절대 비밀입니다. 우리는 인부 감독실의 몸수색을 담당하는 사람과 내통이 되어 있어 그들이 몸수색을 하는 날에만 물건을 지니고 나갑니다. 그것들을 시장에서 처분하면 삼칠제로 그들이 삼이고 우리가 칠로 나누어 갖습니다."

물론 이런 분배는 정확히 규정된 것이 아니고 다만 눈감아 주는 조건으로 그들에게 삼을 준다는 것이다.

영근은 병도의 말을 듣고 내심 '역시 그랬었구먼. 그래서 그들은 대담하게 몸에 지니고 나가는 것이었어. 우리들처럼 피난 생활의 절박함을 조금이라도 면해 보려는 소박한 견물생심의 발로에서가 아니라 계획적이고 조직적인 범행이었던 거야. 그러니 소극적인 작업 반장의 주위 따윈 먹혀들지도 않을 뿐더러 작업 인부들도 그들의 그런 행동을 보고 오히려 호기심을 갖게 되고 어설프게 흉내를 내다 몸수색에 걸려 일자리마저 잃게 되었던 것이로군.' 하고 생각했다.

며칠 후 병도는 영근에게 오늘은 좀 일찍 일을 나가자고 했다.
"왜 무슨 특별한 일이라도 있습니까?"
"다름이 아니라 실은 오늘 그 검색원을 소개받기로 했시오. 해서 윤 형도 함께 가 보는 것이 좋을 듯해서 말이오."

영근은 잠시 병도를 쳐다봤다.
"누가 소개를 하는 겁니까?"
"거 왜 우리 조의 그 약삭빠르게 생긴 얌생이꾼 말이외다. 그 친구가 소개해 주겠다고 했시오. 아무도 눈치채지 않게 해야 한다고, 작업 시간 전에 간단히 서로 얼굴만 익혀 두면 뒷일은 자기네들하고 같이 하면 된다고 했시오. 그러니 우리 함께 가서 한번 만나 보는 것도 좋을 것 같고 이번 작업이 끝나고 다른 배를 타게 되더라도 그들과 안면을 터두는 것이 유리할 거이 아니갔시오?"

"그 사람들을 믿을 수 있겠소? 자칫 그들과 함께 그런 얌생이 짓에 발을 들여놓았다가 일이 잘못되었을 때는 그들이 파 놓은 함정에 빠져 우리만 책임지는 꼴이 생길 수도 있어요. 그리고 그들은 벌써 이 바닥에서 그런 일에 익숙한 사람들이고 우리는 부두 노동을 시작한 지 이제 겨우 일주일 남짓인데 그들이 하는 일을 쉽게 보고 따라 하다가는 낭패를 볼 수도 있습니다."

"그렇기는 합네다만 그들이 하는 일 우리라고 못 하갔시오. 그리고 몸 검색원을 만나도록 비밀리에 주선해 주고 또 그들이 눈만 감아 준다면 눈에 띄지 않게 몸에 지니고 나가는 일은 어렵지 않다고 합데다. 한번 만나 보는 것도 좋지 않갔시오?"

"글쎄요. 만나 보는 거야 좋겠지요. 그렇지만 왠지 조심스럽네요."

"그러면 오늘은 내가 먼저 나가 만나 보갔시오. 그렇게 한 다음 윤 형도 만나 보시라요."

얌생이꾼들과 내통한 병도는 어설픈 얌생이 짓을 하기 시작했고 점차 대담해졌다. 병도는 부두 하역이 끝난 다음 그동안 함께 했던 얌생이꾼들의 소개로 알게 된 다른 패거리들과 손잡고 미군 부대 창고에 보관된 맥주며 PX 물건들을 내부에 근무하는 한인들과 공모 차 떼기로 빼내어 시장에 팔아먹는 대담한 일까지 하기에 이르렀다.

그럭저럭 돈을 제법 벌게 된 병도는 어머니를 계속 움막에 계시게 할 수 없었다. 그래서 초량시장 근처로 내려와 방을 하나 얻어 움막 생활에서 겨우 벗어나게 되었다. 그러나 영근은 교사 출신이어서 그런지 병도처럼 적극적이고 대담하게 그런 일에 손을 대지 못했다.

병도는 계속 미군 부대 등에서 암암리에 흘러나오는 부정한 물건들을 직접 사들이고 그것을 시장 상인들에게 팔아 그동안 많은 돈을 벌었다. 하지만 영근은 초라한 움막 생활에서 좀처럼 벗어날 수 없었다. 병도는 더욱 적극적으로 발을 넓혀 돈이 되는 물건이 나왔다 하면 무엇이든 가리지 않고 사들여 상인들과의 암거래로 많은 이익을 보고 자본금도 축적했다. 군복, 군화, 모포 등 이런 것이 많을 때는 트럭으로 나오기도 하고 심지어 사진, 필름, 인화지, 일회용 사진기 등 그 외에도 다양한 물건들이 서면이나 변두리 미군 부대에서 흘러나왔다. 다행이라면 다행으로 일이 년 사이 부정거래를 계속하면서도 용케 법망에는 한 번도 걸리지 않았다. 그렇게 해서 제법 큰돈을 축적하게 된 그는 초량 뒷산 아래쪽 변두리에 조그마한 단층짜리 적산 가옥을 하나 마련할 수 있었다. 집을 사던 날 기뻐하시는 어머니를 바라보며 병도는 아버지가 돌아오실 때까지는 집을 지키겠다고 하시던 어머니의 그 애틋한 마음이 생각났다. 그러자 병도의 가슴에도 뜨거운 눈물이 흘러내렸다.

 어머니는 그동안 어려운 움막살이를 잘 견뎌 주셨다. 어머니의 아버지를 생각하시는 마음을 풀어 드리는 일은 안타깝지만 지금의 나라 형편으로는 불가능했다. 전쟁이 끝나고 남북이 통일이 되기 전에는 어렵겠다는 생각이 들자 병도는 더욱 가슴이 아팠다. 그렇지 않아도 그동안 움막 생활로 어려움을 겪으신 어머니는 눈에 띄게 수척해지셨다.

어머니의 고민

 병도의 어머니 최 씨는 병도가 혼기를 지나도 한참 지난 나이로 홀아비 아닌 홀아비로 사는 것이 몹시 안타까웠다. 빨리 결혼을 해서 집안의 대를 이을 손자를 봐야 할 텐데 병도를 이렇게 혼자만 살게 할 수 없다는 조바심이 이는 것은 자신이 늙어 가는 탓인지 요즘은 더욱 조급하게 느껴졌다.
 병도는 삼 년 후배인, 일제 말기 면장을 지낸 여남식의 딸 여남분과 암암리에 깊이 사귀는 사이였다. 그러나 일제가 패망하고 한반도의 해방과 함께 일어난 미국을 중심으로 한 민주 진영과 소련을 중심으로 공산 세력의 이념적 갈등은 한반도의 허리인 38도선을 중심으로 국토를 양분하였고, 북쪽은 사회주의 남쪽은 자유민주주의라는 체제가 되고 말았다. 그리고 북쪽은 사회주의 체제를 더욱 강화하여 시민의식을 강력한 사회주의 인민의식으로 관리해 갔다. 이 과정에서 일제 때 친일을 했다는 많은 사람들과 함께 면장을 지낸 여남분의 아버지는 악질 친일 분자로 낙인 찍혀 무자비한 인민재판으로 처형당했고, 병도의 아버지는 반사회주의 지주라는 죄목으로 전 재산을 몰수당했다. 이런 참담한 한 집안의 몰락을 보는 사회는 이들을 동정의 눈으로 보기보다 오히려 당연한 듯 냉소적으로 보는 풍조가 팽배해 있었다. 그 후 여남분의 가족은 아무도 모르게 어디론가 자취를 감추고 말았고, 남분을 잊지 못했던 병도는 이후 어떤 여인에게도 관심을 주지 않았고 오늘에 이르고 있는 것이다.

피난 생활도 이제 어느 정도 자리가 잡히자 병도의 어머니는 홀아비 아닌 홀아비로 사는 병도가 몹시 안타까웠다. 해서 하루는 저녁 늦게 돌아온 병도를 작심을 하고 불러 앉혔다.

"요새는 계속 바쁜 모낭이디? 이렇게 늦은 시간에 들어오는 거이, 끼니나 제때 먹고 다니는지 모르갔구나."

"아이고 어머니, 죄송합네다. 업자들과는 늘 저녁에 만나 대화를 하게 되니까니 어쩔 수 없이 이렇게 늦어지게 됩니다. 어머니는 저녁을 드셨습네까?"

"나야 집에 있는 몸인데 걱정하지 말라오."

어머니는 잠시 병도를 바라보았다.

"오늘은 나하고 이야기래 좀 하자오. 그리 앉으라오."

어머니가 소파에 앉자 병도도 따라 앉으며 의아한 눈으로 어머니를 바라보았다.

"네 나이 삼십 하고도 한참이 지났는데 이렇게 혼자서만 살 수야 없지 않갔네. 더 늦기 전에 장가를 들어야 할 게 아니갔어! 나도 이제 며느리를 보고 살았으면 좋갔구나. 너도 알다시피 내 나이 이제 환갑이 한참 넘었으니 그렇고 또 너는 어떡하고! 이렇게 혼자 총각 홀아비로만 살갔어? 아바지도 아바지지만 이제 여남분의 일은 잊으라오. 네가 그 애미나이를 잊지 못하고 있는 거 나도 짐작은 하고 있어야. 어카건, 이제 그 애미나이를 다시 만나기는 어려운 일이 아니갔어? 사람은 지나간 일만을 생각하고 현실을 무시하고 살 수는 없는 기야. 이제 피난 생활도 싫든 좋든 그런대로 자리도 잡혀 가고 그리고 쉽게 평양으로 돌아갈 것 같지도 않으니. 물론 돌아갈 수만 있다면야 얼마나 좋갔어. 하지만 그거이 그렇게 쉬울 것 같지가 않구나. 그러니 더 이상 지난 일은 마음에 담아 두지 말고 훨훨 털어 버리라오. 현실은 현실에 맞도록 살아가는 것이 좋지 않갔어?"

어머니의 말을 잠잠하게 듣고 있던 병도가 조심스럽게 말했다.

"어마니 죄송합네다. 저도 알고 있시오. 돌이킬 수 없는 지난 일이라는 걸. 그러나 여 면장님이 인민재판으로 처형당하실 때 몸부림치며 울부짖던 남분이의 애처로운 모습이 몇 년이 지난 지금도 쉽게 마음에서 지워지지가 않습네다."

"그렇다고 갑자기 온 가족과 함께 행방이 알 수 없게 된 집안의 애미나이만을 생각하고 살 수는 없는 것이 아니갔어?"

"네 알고 있시오. 그러나 그거이 그렇게 쉽게 잊어지지가 않습네다. 요즘은 왠지 그때 울부짖던 남분이의 애처로운 모습이 새삼 안타깝게 살아나는 것입네다."

아들의 말을 가만히 듣고 있던 어머니 최 씨는 말없이 병도를 지켜보다 깊은 한숨을 몰아쉬었다. 잊을 수 없는 상처가 아들의 마음에 깊이 박혀 있음을 느낄 수 있었다. 그러나 어미로서 이렇게 보고만 있을 수 없다는 생각에 단호한 모습을 보이기로 결심했다.

"그래, 잊지 못할 일이 한두 가지갔어? 너는 아바지가 그놈들에게 잡혀가 행방도 알지 못하고 내려왔는데 그보다 그 애미나이 생각을 더 잊지 못하고 이렇게 세월만 보내고 있단 말이가! 너는 우리 이씨 가문의 하나밖에 없는 자식이고 아바지의 대를 이을 책임도 지고 있는 몸으로 이렇게 멀리 피난까지 온 거이 아니갔어. 아바지의 행방을 찾지 못한 안타까움도 있지만 지금으로서는 어쩔 수 없이 그 한을 삼키며 살 수밖에 없는 거이 아니갔어. 그러니 더욱 너에게는 아바지를 대신해 가문을 이어 갈 책임이 크다는 걸 잊어서는 안 되는 기야. 그리고 찾을 수 없는 애미나이에 대한 옛 정에 연연하며 현실을 직시하지 못하는 너의 그 나약한 모습이 한심스럽구나. 네가 그런 사람이었단 말이가? 이 먼 곳까지 너를 믿고 따라온 어미를 더 실망시키지 말라우. 너의 그런 모습은 아바지를 찾지 못한 슬픔보다 더 내 가슴을 아프게 하는구나."

최 씨가 소매 깃으로 눈물을 찍어 내자 병도는 어찌할 바를 몰라 했다.

"아이고 어머니, 제가 잘못 생각했습네다. 그동안 나름대로 잊으려고 애를 썼습네다만 쉽게 잊을 수가 없었습네다. 철없는 이놈을 용서하시라요."

병도는 어머니 앞에 무릎을 꿇고 깊이 머리를 숙였다.

"알갔습네다. 어머니."

사실 사내놈이 왜 그동안 여인과의 접촉이 없었겠는가. 그러나 안타깝게도 그럴 때마다 몸부림치며 절규하던 남분의 처절한 모습이 병도의 앞을 가로막곤 했던 것이다.

"어머니, 조금만 더 기다려 주시라요. 그렇지 않아도 그동안 아는 목사님께 제 마음을 말씀드린 적이 있습네다. 그 목사님도 말씀하셨시요. 안타까운 마음은 이해하지만 과거의 일이 오늘을 사는 데는 아무런 도움도 되지 않고 오히려 그런 과거에 집착하는 나약한 마음은 미래를 어둡게 할 뿐이니 하루 속히 잊고 현실에 충실하는 것이 좋겠다고 했습네다. 그리고 목사님은 자신이 아는 집안의 참한 아가씨가 있는데 그 아가씨를 소개하고 싶다고도 했습네다. 그러나 그에 대해서는 제가 아직은 아무런 말도 하지 않았습네다."

최 씨는 반가운 듯 서두르는 기색이 역력했다.

"그거이 정말이가! 그럼 더 이상 머뭇거릴 거이 없다. 그 목사님을 집으로 한번 모시고 오라마. 내가 만나 뵈야갔구나."

"어마니, 좀 기다려 주시라요. 저에게도 마음의 준비가 되어야 하지 않갔습네까."

"마음의 준비! 그래, 마음의 준비도 있어야갔지. 하지만 마음의 준비란 마음먹기에 달린 거이 아니갔어? 이미 돌이킬 수 없는 일을 가지고 사선을 넘어 낯선 이 먼 곳까지 피난 와서 아들 하나만 바라보고 외롭게 사는 어마니 생각은 마음에도 없었단 말이가? 참 섭섭하구나."

어머니의 표정을 차마 죄스러운 생각에 바로 볼 수가 없어 병도는 고개를 깊이 숙였다.

"어마니, 용서하시라요. 목사님을 한번 모시고 오갔습네다."

"그래, 잘 생각했다."

박준식은 기독교 목사였다. 불행하게도 그는 부인과 열 살 된 아들을 미군의 폭격에 잃고 말았다. 자신의 가족만 잃은 것이 아니다. 갑자기 교회로 들이닥친 인민군 부대를 본 미군 폭격기가 교회는 물론 그 주변에 주둔한 인민군 부대까지 집중 폭격하는 바람에 민간인의 희생자까지 생겨났고 박 목사는 사랑하는 가족마저 잃고 말았다. 구사일생으로 살아남은 박 목사는 처참하게 죽어 간 가족들을 뒤로한 채 아픈 가슴을 안고 부산까지 내려오게 되었다. 어떻든 그도 사람이고 먹고는 살아야 하겠기에 노동을 하면서도 목회자로서의 사명을 잃지 않고 있었다. 어려운 피난민들과 함께 판자촌을 중심으로 교회를 개척해서 하나님의 복음을 전하고 싶었다. 그러나 그것이 뜻대로 잘 되지 않았다. 그것도 그럴 것이 '전능하신 하나님이 계시다면 왜 우리가 무슨 죄를 졌다고 이 난리를 겪게 하고 또 그 많은 사람들을 죽게 하느냐 말이오. 쓸데없는 헛소리 하지 말고 당신이나 열심히 믿고 잘 살라' 고 오히려 핀잔을 하는 사람들이 많았던 것이다. 하긴 이 어려운 피난살이에서 죽느냐 사느냐 하는 판인데 한가하게 교회다 뭐다 하는 일이 먹혀들기나 하겠는가. 그러나 그는 뜻을 굽히지 않았다. 단 몇 사람이라도 함께하는 사람이 있다면 그 사람들과 움막에서라도 기도를 하자는 생각이었다.

평소에도 박준식은 늘 생각해 왔다. 기도를 위한 자리가 반드시 하늘을 찌를 듯 웅대한 건물의 교회여야 한다고 생각지 않았다. 자신에게 주어진 소박한 삶의 자리에서 늘 진솔한 마음으로 하나님과 기도를 통해 대화를 할 수 있는 곳이면 그것으로 충분하다고 생각해 왔다. 판잣집이면 어떤가. 기도하는 마음은 주위의 환경이나 분위기 따위로 좌우되는 것이 아니다. 그런 것과는 상관없이 오직 자신의 하나님에 대한 절대적인 믿음으로 이루어지는 신심인 것이다. 여기에는 높고 낮음도 있을 수 없고 특별히 선민(選民) 된 직위의 사람도 따로 있을 필요가 없다.

이런 의식을 가진 박 목사는 늘 낮은 데로 임하는 자세로 선교를 해 왔고 일부의 과시욕이나 권위 의식에 사로잡혀 마치 자신만이 특별한 신앙인인 양 군림하는 그런 성직자들을 특히 경멸해 왔다.

오랜만에 연주동 박 목사의 판잣집으로 병도가 찾아왔다.
"아니 이게 누구신가. 오랜만이구먼. 이 형이 돈을 많이 벌었다는 말은 그동안 자주는 아니지만 가끔 만나는 윤영근 씨에게서 들은 것 같은데."

"무슨 돈을 많이 벌었다고들 하십네까? 부끄럽습네다. 그저 어머니를 모시고 살 만한 조그마한 집을 하나 마련한 것뿐인데."

"아니, 이 난리통에 그게 어딥니까. 다들 냄새 나고 벌레도 나오고 습기가 찬 움막 판잣집을 벗어나지 못하고 있는 처진데."

"아이 그만 하시라요. 목사님도."

"그래, 오늘은 무슨 바람이 불었기에 연주동 이 판자촌까지 오셨나?"

"아니 뭐 특별한 볼일이 있어서 온 거이 아닙네다. 한동안 뵙지 못해서 궁금하기도 하고 또 시간도 좀 있고 해서 이렇게 찾아왔습네다. 목사님이라 술은 하실 것 같지 않아서 오는 길에 미제 파인애플 통조림 하나를 가지고 왔습네다. 한번 먹어 보시라요."

"아이고, 이렇게 큰 통조림을, 고맙구먼 잘 먹겠어요."

박 목사는 병도가 불쑥 이렇게 찾아온 것은 무슨 까닭이 있을 것만 같았다. 그는 전에 여남분이라는 첫사랑 여인과의 관계를 이야기하며 아직도 그녀를 잊지 못하고 있다고 했었다. 그리고 나이 드신 어머니는 말씀을 하지 않으시지만 자신이 빨리 결혼을 해서 가정을 가져 주기를 바라고 계심도 잘 알았지만 안타깝게도 마음에 깊이 자리한 남분의 그늘을 쉽게 떨쳐 버릴 수가 없다고 했었다. 그런 그에게 박 목사는 돌이킬 수 없는 과거의 일에 매달려 오늘을 개척하지 못하는 나약함은 어머니에게는 불효가 됨은 물론 한 가정의 주인으로서도 무책임한 일이 되는 것이라고 했다. 그 후에도 그에게는 아무런 변화가 없었다. 그러나 오늘 이렇게 찾아온 그를 다시 바라본 박 목사는 이제 이 사람도 사십을 바라보는 나이가 아닌가. 인생 선배라는 입장에서 생각해 보아도 이런 상황을 그냥 보고만 있기에는 왠지 무책임하다는 생각이 드는 것이다. 하기는 친일을 했다는 이유로 아버지가 잔인한 공산주의자들에 의해 처참하게 처형당하는 모습을 목격하고 처절하게 절규하던 사랑하는 여인의 모습을 쉽게 잊지는 못할 것이란 생각도 들었다. 그러나 세월은 흘렀고 또 현실은 변했다. 안타깝지만 그때의 그런 상황에 마냥 젖어 있을 수만은 없는 것이 오늘의 현실이 아닌가.

박 목사는 이런저런 생각 끝에 말을 꺼냈다.

"이병도 씨, 이제 사십이 가깝지 않습니까. 올해 어떻게 되시지요?"

"네, 이제 서른일곱입네다."

"그러시군. 그나저나 이렇게 혼자 계실 수만은 없질 않습니까? 나이 드신 어머니도 계신데 더 늦기 전에 장가를 드셔야지요."

병도는 멋쩍은 웃음을 짓다 고개를 살짝 들어 천장을 한 번 바라보고는 고개를 숙였다.

"글쎄요…."

잠시 침묵하던 병도는 무겁게 입을 열었다.

"그렇지 않아도 어머니께서 더 늦기 전에 장가를 들어야 한다고 성화십네다."

"왜 그렇지 않으시겠소. 벌써 늦어도 한참 늦은 것을. 이럴 것이 아니라 기왕 말이 났으니 말인데 전에도 내가 한번 말한 적이 있지 않습니까. 내 인척 집안의 딸 중에 난리통에 고등학교만 졸업하고 집에서 가사를 돌보며 살고 있는 참한 아가씨가 있는데 나이는 아마 이십오륙 세쯤은 되었을 것입니다. 어때요? 이 형에게 꼭 소개하고 싶은데 한번 만나 보시겠소? 의향이 있다면 내가 주선을 하리다."

"네, 목사님이 여러모로 마음을 써주셔서 감사합네다만 사실 그동안 여인들과의 접촉이 없었다면 거짓말일 것입네다. 그러나 하나같이 마음에 들어와 주지 않습네다. 그러니 누구를 만난다는 것도 쉽지 않고 자신도 없습네다."

병도가 나이답지 않게 얼굴을 붉히며 말하는 모습을 본 목사는 빙그레 웃었다.

"참 이 형은 아직 순진하시구먼. 순진한 것은 좋은 것입니다. 그리고 지극히 사랑하던 지난날의 여인을 쉽게 잊지 못하는 그 애틋한 마음도 이해하고요. 그러나 냉혹한 현실에선 그런 과거에 연연하며 살 수 없다는 것도 잘 알고 계시지 않습니까. 그리고 사람은 어쩔 수 없이 현실적인 동물입니다. 과거가 아무리 화려하고 훌륭했다고 해도 그것은 어디까지나 이미 지나간 과거의 일이고 오늘은 오늘을 위한 현실과 삶이 있고 그것을 개척하며 살아가야 하는 것이 사람에게 주어진 운명입니다. 그렇다고 과거의 일을 전부 잊으라는 건 아닙니다. 그러나 오늘을 사는 한 더욱더 건강한 내일을 위한 책임도 다해야 한다는 것입니다. 더욱이 아버님의 행방도 모르는 처지로 외로운 어머님을 모시고 이 먼 곳으로 피난을 오지 않았습니까? 시국이 어떻게 변할지는 모를 일입니다. 그러나 아시다시피 내일을 위해 사과나무는 심어 놓아야 한다고 했듯이 내일을 위해 내일의 가정을 위해 어머님의 말씀을 따르는 것이 옳다고 생각합니다."

목사의 말을 듣고 난 병도는 헌 신문으로 덕지덕지 도배가 된 판잣집 벽면을 잠시 이리저리 응시하다가 다시 고개를 숙이며 말했다.

"네, 목사님의 말씀이 전적으로 옳은 말씀입네다. 사실 그동안 어마니의 눈치를 보며 살아왔습네다만 쉽게 마음이 열리지 않아서였습네다. 그러다가 며칠 전 어마니의 정신 차리라는 심한 꾸중을 듣고서야 이래서는 안 되겠다는 생각이 들었습네다. 그래서 사실 오늘은 목사님을 찾아뵙고 인생 상담을 하고 싶었시오."

"아! 그래요. 뭐 내가 인생 상담을 할 만한 위인이 될지는 모르겠지만 서로 의견을 나누어 볼 수는 있겠지요. 아주 잘 생각했습니다. 좀 주제 넘는 말이 될지는 모르지만 조금 전에도 말했듯이 이 형은 뭣보다 우선 과거의 집착에서부터 벗어나야 한다고 생각합니다. 사람의 삶이나 생활은 우선은 가정이라는 틀의 안정에서부터 시작되는 것이 아닙니까. 그러니 원만한 사회 활동도 행복한 가정이 뒤에 있을 때만이 더욱 힘을 얻게 되는 것이라 봅니다. 이 형은 지금까지 인생의 반쪽만으로 살아왔습니다. 물론 어머님이 계시지요. 그렇지만 어쩔 수 없이 어머니는 이 형의 반쪽은 아닙니다. 낳아 주시고 길러 주신 분이지만 이 형이 나이 사십이 다 되어 가는 지금의 처지에서 보면 어머니의 역할에는 한계가 있는 것이고 이 형의 그 빈자리를 채워 주어야 하는 것은 어머니가 아닌 또 다른 여성이 아닙니까. 이는 다 아는 상식이지만 한 번 더 말씀 드리는 것입니다."

"옳은 말씀입네다. 그동안 철없이 현실보다 실현될 수 없는 과거의 정에만 매달려 어마님께 불효를 해왔던 것 같습네다. 부끄럽습네다."

"아닙니다. 이 형의 옛 여인을 잊지 못하는 그 마음은 순결한 것입니다. 그 순결한 마음을 아픈 상처로 남게 한 이 나라의 현실이 안타까운 것이지요. 우리는 크든 작든 이미 아픈 상처들을 누구나 가지고 있습니다. 그러나 우리 인간은 하나님 앞에서는 평등한 존재로 항상 회개하고 서로를 용서하는 마음으로 함께 기도하며 살아가야 하는 것입니다."

그러나 병도는 아무리 목사의 말이지만 하나님 앞에서 평등한 인간으로 서로를 용서하고 기도하자는 말에는 동의할 수 없었다. 공산주의자들의 악랄한 살인을 눈으로 직접 보고 경험한 사람으로서 어떻게 그 살인마들을 용서할 수 있단 말인가. 그들은 선량한 아버지마저도 지주라는 죄명을 덮어씌워 어디론가 납치해 간 이후 행방조차 알지 못한 채 이렇게 한을 품고 살고 있지 않는가. 그런 그들을 어떻게 용서할 수 있단 말인가. 종교인이 아니어서 그런지는 모르지만 그런 목사가 병도는 왠지 위선자로 보였다. 하기야 그런 처절한 경험을 하지 못한 목사로서는 직접 아픔을 경험한 사람들의 그 철천지 원한을 어떻게 알 것이며, 그것을 그렇게 간단히 용서란 말로 쉽게 덮을 수 있다고 생각하는지 아무리 종교인이라지만 아직은 인간의 잔인함이 어떤 것인지 잘 모르는 어설픈 종교인의 말장난에 불과하다고 생각했다. 사실 병도는 종교에 대해서는 아무것도 모르는 처지였다. 그러나 아무리 인간이 하나님 앞에서는 평등하다고 해도 그런 악랄한 인간들을 평등이라는 미명을 내세워 용서할 생각은 추호도 없었다.

병도가 이런 생각을 하고 있던 것도 모른 채 목사는 한술 더 떴다.

"어떻습니까. 우리 하나님을 섬기는 일에 함께하지 않겠습니까?"

병도는 얼떨결에 뭐라고 답해야 할지 어리둥절해 그저 그를 바라보았다.

"이 움막에서 매주 일요일과 수요일 밤마다 몇몇의 교우들이 모여 예배를 드리고 있습니다. 움막이면 어떻습니까. 하나님을 섬기는 일인데. 이렇게 하다 보면 교우들도 많이 모여들 것이라 믿습니다."

그러나 병도는 목사의 그런 말에는 별로 깊이 마음을 두지 않았다.

"네, 목사님. 그런 뜻이 잘 이루어질 것이라 믿습니다. 저는 뭐 특별히 종교에 대해 생각해 보지 않았던 터라 뭐라 말씀드릴 수 없습네다만 목사님의 뜻이 꼭 이루어지기를 바라겠습니다."

"아 그러믄요. 급하게 서둘 일은 아닙니다. 하지만 이 형 같은 분이 함께해 주신다면 더 많은 힘이 될 것이라 생각합니다."
 병도는 더 이상 그에 대해 할 말이 없어 잠시 침묵했다. 그런데 박 목사가 갑작스런 제안을 했다.
 "어떻습니까. 쇠뿔도 단김에 뽑으랬다고 기왕 말이 났으니 그 처자 아이를 한번 만나 보시겠소?"
 "아닙네다. 아닙네다. 아직은 아닙네다. 그렇게 경솔할 수는 없습네다. 어마니께 말씀도 드리고 그리고 만나게 되더라도 추후 날을 정해서 만나도록 하갔시오."
 "네, 그렇게 하시겠다면 그렇게 하는 것도 좋겠지요. 사실 그 아이는 내 조카뻘 되는, 친척 집안의 딸입니다. 그러니 내가 잘 알고 있는 처지지요. 이름은 혜란, 박혜란이라 하고 얼굴은 귀엽게 생긴 영특한 아이지요. 하긴 뭐 급하게 서두를 일은 아니지만 기왕 말이 났으니 그렇게 해보는 것도 좋을 것 같아 말씀을 드렸던 것입니다. 어마니께 말씀도 드리고 한번 기회를 마련해 보시지요."
 "네, 감사합네다. 수일 내로 또 찾아뵙도록 하갔습네다."
 병도가 목사의 기도소를 나왔을 때는 벌써 세 시가 지나 있었다.

 병도는 부두 노동판에서 조금씩 맛들인 얌생이 짓에서 벗어나 이 제는 그때 알게 된 몇 사람과 함께 부산 주위에 주둔한 미군 부대의 보급창이나 PX에서 불법으로 흘러나오는 여러 가지 물건들을 직접 사들이고 그것을 국제시장 업자들과의 거래로 많은 돈을 벌고 있었다. 취급하는 물건은 여러 가지 PX의 잡화나 사진 재료, 의류 등이었고 심지어는 자동차의 부품, 기름까지도 빼돌려 팔았다. 그러자니 늘 자금이 부족했다. 이런 사정을 알게 된 병도의 어머니는 아들에게 더 이상 그런 불법적인 위험한 사업은 하지 않는 것이 좋겠다고 만류해 왔다.

"어머니, 제가 직접 양생이 짓을 하는 것도 아니고 만일 그런 물건들을 제가 사지 않는다고 해서 그들이 양생이 짓을 하지 않는 것도 아닙네다. 제가 사지 않아도 다른 사람에게 얼마든지 팔아넘길 수 있습네다. 그러니 물건이 나왔을 때 물건을 보고도 자금이 부족해서 그것을 사지 못하게 되는 것이 늘 안타까웠습네다. 그리고 이런 불법적인 거래들은 서로가 믿지 않으면 거래를 하지 않는데 한번 거래선이 깨지면 다음은 이들과 거래를 트기가 쉽지 않아요."

말없이 아들의 말을 듣고 있던 최 씨는 아들의 딱한 사정을 알게 되자 오히려 이렇게 보고만 있을 것이 아니라 한번 도와주는 것이 좋지 않을까 하는 생각이 들었다. 그는 잠시 병도를 좀 불안한 듯한 표정으로 바라보다가 말을 꺼냈다.

"그거 일이 잘못되면 큰 변을 당할 텐데 걱정이 되느만. 정 자금이 딸린다고 하니 내가 전부터 간직해 왔던 거이 몇 푼이 있는데 보탬이 될지는 모르갔다만 도와주어도 될지?"

병도는 의아한 눈으로 잠시 어머니를 바라보았다. 어머니는 자신의 방으로 가더니 피난 올 때부터 깊이 간직해 두었던 보따리를 가지고 나와 그것을 풀며 조그마한 주머니에서 금붙이를 꺼내 놓으시는 것이 아닌가.

병도는 깜짝 놀랐다.

"아니 어머니, 이런 것을 어떻게!"

"이거는 아버지도 모르게 너의 할마님이 며느리인 나에게 물려주신 금붙이들이야. 네가 장가를 들면 내가 또 며느리에게 넘겨주어야 할 물건들인데 이것만은 어떤 일이 있어도 쓰지 않으려고 그동안 간직해 왔던 거인데. 네가 그렇게 자금이 부족하다고 하니 그냥 보고만 있을 수 없어 내놓는 것이니 조심하고 깊이깊이 생각해서 쓰도록 하라오."

어머니는 병도를 다시 주시했다.

병도는 상상도 못했던 고풍스러운 금비녀며 금반지 등 여러 가지 귀한 것들을 내놓는 어머니를 다시 한 번 바라봤다.

"어마니, 이런 귀한 것들을 내놓으시다니요. 이걸 제가 어떻게 쓰갔시오."

병도는 가슴이 뭉클했다. 잠시 침묵하던 병도는 결심한 듯 말했다.

"어마니, 고맙습네다. 무슨 수를 쓰더라도 성공해서 이 귀한 귀금속을 다시 마련해 드리갔시오."

어머니가 내놓은 물건에 자신이 그동안 저축했던 돈을 합치자 적지 않은 자금이 되었다. 여러 차례 수사기관의 단속에 걸려 경찰의 신세도 지고 사기꾼의 함정에 빠져 적지 않은 돈을 잃기도 했다. 하지만 그는 굴하지 않고 홀어머니를 모시고 사선을 넘어 이곳까지 내려왔고 또 더 이상 물러설 곳도 없는 벼랑 끝에 놓인 처지로 이 짓마저 하지 않으면 살 수 없다는 절박한 심정으로 불법 거래도 망설임 없이 해왔던 것이다.

영근은 병도가 불법 암거래 사업을 통해 많은 돈을 벌었다는 것을 알고 있었다. 그러나 무능한 자신은 하루하루의 삶도 헤어나기 어려운 처지에 있으면서도 타고난 성격 탓인지 그런 일을 대담하게 해내질 못하니 사는 형편이 나아질 리가 없었다. 그래서 아직도 초라한 일용직 부두 노동자로 판잣집 신세를 벗어나지 못하고 있었다. 3부두의 군수품 하역 작업이 끝난 다음 이번에는 중앙 부두로 옮겨와 원조물자로 들어온 강냉이 포대 하역 노동자로 일을 하고 있었다. 이미 배가 접안한 부두에는 큰 배들로 포화 상태였고 미처 접안하지 못한 배들은 부두 앞바다에서 작은 배에 화물을 옮겨 싣고 그것을 틈새 부두에 하역하는 고단한 작업이었다. 그러나 그렇게 힘든 작업이었지만 그에게는 늘 그 고단함을 덜어 주는 아내와 귀여운 딸이 있어 행복했다. 그러나 아내는 이런 어려운 피난살이에도 모두가 겪는 일로 생각하며 불평 한 번 하지 않았다. 영근은 그런 아내에게 늘 미안했다. 더욱이 병도가 집을 마련하고 움막을 떠날 때는 무능한 자신이 더욱 초라하게 느껴졌다.

"이 형은 생활력이 강하고 수완이 좋아 벌써 집을 마련하여 나가는데 우리는 언제 이 움막 신세를 면하지?"

"여보 조급하게 생각하지 말아요. 비록 움막이지만 저는 이 집에 정이 들었어요. 뭐 좀 불편한 점이 없지는 않지만 그것도 그동안 나름대로 익숙해져서인지 그렇게 불편을 느끼지도 않구요. 그리고 우리는 당신도 있고 난희도 있고 또 다들 건강하게 잘 살고 있잖아요. 남이 좀 앞서간다고 해서 조급할 필요는 없어요. 우리는 우리 길이 있어요. 좀 어렵게 사는 한이 있어도 당신은 이 선생님과 같은 방법의 삶을 따르지 않으셨으면 해요. 저는 당신과 이렇게 사는 것도 행복한 걸요."

영근은 아내의 말을 듣고 자신의 무능함이 부끄러웠다. 아내의 말이 자기를 위로하기 위한 것임을 알고 있었기 때문이다. 아무리 정이 들었다고 해도 이런 움막이 좋을 리 없고 내 집을 마련하여 나가는 병도, 그가 부럽지 않을 수 있겠는가. 영근은 한심한 생각이 들었다. 부두의 막노동자 처지로 언제 집을 마련하고 이 움막을 벗어날 수 있을지 생각할수록 암담할 뿐이었다. 이놈의 전쟁은 언제 끝날지, 신문엔 휴전 협상이 진행 중이라고 했다. 하지만 전투는 한 치의 물러섬도 없이 피아(彼我)는 치열한 공방을 이어 갔다. 아직도 개성 지역이 수복되지 못한 상태였다. 이대로 휴전이 성사되는 날엔 고향에 돌아가기도 어려울 것 같다는 생각이 들자 개성에 남아 계시는 부모님들 안부가 몹시 걱정되었다.

병도가 이사를 간 다음 영근은 한동안 그를 만나지 못했다. 바닷바람이 심하게 불고 파도도 높아 하역 작업이 일시 중단되었다. 영근은 그간의 소식이 궁금하던 차에 병도를 만나 보기로 하고 모처럼 그의 집으로 찾아갔다. 그러나 웬일인지 영근을 맞이한 것은 병도가 아닌 그의 어머니였다.

"그동안 안녕하셨습니까? 오랜만에 이 형을 만나 보고 싶어 왔습니다."

어머니는 반가워하면서도 뭔가 걱정스러운 표정으로 영근을 맞이했다.

"잘 오셨시오. 이리 안으로 들어 오시라요."

거실로 들어가 의자에 앉으라고 권했다.

"병도가 웬일인지 이틀째 집에 돌아오지 않고 있시오. 무슨 일이 생겼는지 아무런 연락도 없으니 답답합네다."

"아니 무슨 일이라도 있었습니까?"

"글쎄 무슨 일이 있었는지는 잘 모르갔는데 이렇게 소식이 없으니 걱정이 되느만요."

"전에도 이런 일이 있었습니까?"

"더러는 있었습네다만 왠지 이번에는 좀 이상한 느낌이 드는구먼요."

"무슨 특별한 일이라도?"

"뭐 잘은 알 수는 없지만 무슨 물건이 나왔다고 연락이 왔는데 전 같으면 기다렸다는 듯 나갔는데 이번에는 나갈까 말까 망설이다 나 갔시오. 그렇게 나간 다음 아직 돌아오지 않고 연락도 없으니 원."

노모의 표정이 아주 무겁게 보였다.

"네…. 사업상 그럴 수도 있겠지요. 너무 걱정하지 마십시오. 이 형은 능력 있는 사람인데 무슨 일이 있겠습니까. 곧 돌아올 것입니 다. 혹시 연락할 곳이라도 있습니까?"

어머니는 자리에서 일어나 방에 들어가더니 종이쪽지를 가지고 나 왔다.

"나갈 때 이 종이쪽지를 주고 가며, 혹시 자기가 속히 돌아오지 않 거든 이 사람에게 연락을 하라고 맡기고 갔시오."

조그마한 메모지에는 전화번호와 사람의 이름이 적혀 있었다.

"네! 그래서 여기에 연락을 해보셨습니까?"

"아직 하지 않고 조금만 더 조금만 더 하고 기다리던 참이었시오."

"그럼 제가 전화를 한번 해 볼까요?"

어머니는 잠시 망설였다.

"그럼 그렇게 해 보시갔시오?"

영근은 수화기를 들고 종이쪽지에 적혀 있는 번호를 돌렸다. 신호 는 계속 가는데 받질 않았다. 수화기를 내려놓으려는 순간 그쪽에서 전화를 받았다. 그러나 말이 없었다.

"여보세요. 여보세요…."

몇 번을 반복하자 아주 낮은 목소리로 조심스런 말투가 들렸다.

"누굴 찾는교?"

"네, 이병도라는 사람을 찾는데요."

"누군데 그 사람을 왜 찾는교?"

영근은 멈칫했다.

"어머님, 저쪽에서 병도를 왜 찾느냐고 묻는데 전화를 한번 받아 보시지요."

영근의 말이 끝나기도 전에 어머니는 급히 수화기를 빼앗듯 받아 들었다.

"여보세여, 내가 병도이 어민데 그 아이래 거기 있으면 바꾸어 주시라요."

잠시 침묵이 흐르더니 저쪽에서 전화를 그냥 끊었다.

"아니 이 사람이 전화를 끊고 마누만. 이거 무슨 일이 있는 게야. 없으면 없다, 있으면 바꾸어 주면 될 일인데 왜 말 없이 전화를 끊고 마는 게야."

최 씨는 몹시 걱정이 되는 얼굴로 영근을 바라보았다.

"이거 병도에게 무슨 일이 생긴 거구먼. 늘 물건을 잘못 거래하면 잡혀갈 수도 있다고 했는데 혹시 잡혀간 거이나 아닌지 모르갔구먼."

안절부절못하는데 갑자기 전화기가 울렸다. 최 씨는 다급히 수화기를 들었다.

"여보세요?"

조금 전과 다른 사람의 목소리였다.

"이병도 씨 어머님이십니까?"

"네 병도 어마니 되는 사람입네다. 어드렇게 된 거인지 병도가 며칠째 들어오지 않아 걱정이 돼서 전화를 했시오."

"아, 네. 이병도 씨는 지금 부산에 없습니다. 아무 염려 마시고 계시면 며칠 안에 집으로 돌아갈 것입니다."

"아니 부산에 없다면 어디로 갔단 말입네까?"

"네, 그거는 잠시 다른 지방에 일이 좀 있어 그리로 갔습니다만 일이 끝나는 대로 곧 돌아올 것이니 염려 마시고 조금만 더 기다리십시오."

그 사람은 그렇게 말하고 곧 전화를 끊어 버렸다. 아쉬운 듯 수화기를 몇 번 쳐다보다가 마지못해 내려놓는 최 씨의 표정은 다소 안도하는 듯했다.

"병도는 지금 부산에 없고 며칠 후면 집으로 갈 것이라고만 하는구먼요."

"부산에 없다면 어디로 갔다고 했습니까?"

"그에 대해선 말을 하지 않았시오."

"네, 그러면 염려 놓으시고 좀 더 기다려 보시지요."

영근은 왠지 찜찜한 기분으로 집으로 돌아왔다.

'이 사람이 도대체 무슨 일을 하기에 어머니에게도 행방을 알리지 못하는 일을 하고 있단 말인가.'

영근은 몹시 궁금했다.

사실 부대에서 나오는 물건들은 부산뿐 아니라 다른 곳에서도 비밀 루트를 통해 나왔다. 그것들은 모두 음성적으로 거래하기 때문에 아무에게도 거래처를 알리지 않는다. 해서 병도 역시 어머니에게도 비밀에 부쳤으리라. 어머니가 무의식중에 남이 알아서는 안 될 말까지 할 수도 있다는 우려 때문이 아니겠는가. 특히 이런 물건들은 조직적인 루트를 통해 나오기 때문에 극히 비밀이 지켜져야 하는 것이다. 병도는 이미 이런 쪽에서는 자금깨나 있는 사람으로 알려져 있었다. 따라서 다른 지방과 거래를 트게 되면 며칠씩 집에 들어오지 못하는 일이 생기는 것이 아닌가 생각되었다.

상길과의 만남

 영근이 다시 하역 일을 시작하고 한참 된 어느 날이었다. 초량시장을 지나다가 우연히 개성에 있을 때 함께 교직에 몸담고 반공운동을 했던 김상길 국어 선생을 만나게 되었다. 처음에는 피난 생활에 초라해진 몰골에다 덥수룩한 머리가 이마를 가린 채 도장을 파느라 고개를 숙이고 있어 잘 알아보지 못했지만 어쩐지 낯이 익어 보였다. 그냥 지나치려던 영근은 아무래도 느낌이 달라서 다시 발길을 돌려 도장을 파는 그에게 다가가 유심히 살펴보았다. 그는 분명 김상길 국어 선생이었다. 이것이 꿈인가 생시인가 영근은 깜짝 놀랐다.
 "아니! 이거! 김상길 선생이 아니시오?"
 도장을 파던 그는 웬 사람이 자신의 이름을 부르는가 하여 고개를 들고 잠시 바라보더니 갑자기 놀란 듯 눈을 크게 뜨며 자리에서 벌떡 일어났다.
 "아니, 이게 누구야. 윤영근! 윤영근 선생이 아니시오?"
 상길은 망설임 없이 영근의 손을 덥석 잡았다.
 "아니! 이거 진짜 윤영근 선생이 맞아요? 용케 살아 있었구먼. 참 반갑소. 이렇게 만나다니."

두 사람은 손에 힘을 더 꽉 주어 잡다가 서로를 뜨겁게 포옹했다.

"아니, 윤 선생은 내무소에 끌려가 학살당했다는 말을 다른 동지들에게서 들었던 것 같은데 난데없이 여기에서 이렇게 만나다니."

상길은 반가움에 상기된 얼굴로 어쩔 줄 몰라 했다.

"아니, 이게 꿈이 아니고 현실이 맞습니까?"

둘은 다시 뜨겁게 마주 보다 포옹했다.

"그래 지금은 어디에 사시기에 여기에?"

"네, 나는 저 뒷산 피난민 판자촌 움막에서 살고 있어요. 그래 김 선생은?"

"말도 마시오. 나라고 별 수 있겠소. 보시다시피 이 보잘것없는 거지 같은 좌판에서 오죽하면 이렇게 도장이나 파고 있겠소. 자자, 이럴 게 아니라 우리 이렇게 기적적으로 만났는데 어디 가서 이야기나 좀 합시다. 오, 그렇지. 이 시장에서 조금 더 올라가면 막걸리에다 빈대떡하고 파전을 잘하는 데가 있어요. 거기 가서 한잔하며 그동안의 이야기나 좀 합시다."

"아니 김 선생 가게는 어떡하고?"

"아이 이까짓 가게가 문제겠소. 살겠다고 사선을 넘어 이 멀리까지 피난 와서 외롭게 살다가 이렇게 죽은 줄 알았던 고향 동지를 다시 만났는데 이까짓 것이 무슨 대수겠소."

상길은 서둘러 도장포를 정리하고 앞장섰다.

"자, 갑시다."

영근은 평소 이 시장 길은 사람들이 많이 다니는 복잡한 곳이어서 잘 다니지 않았다. 그런데 우연히 들른 곳에서 김 선생을 만났던 것이다. 골목 양옆에는 난민들이 어지럽게 좌판이며 자리를 펴놓고 보잘것없는 물건들을 팔기 위해 외치는 소리들이 여기저기에서 소란하게 들린다.

영근은 꿈만 같았다. 그동안 무척 외로웠는데 이렇게 고향 동지를 가까운 곳에서 만나다니 무어라 말할 수 없이 반가웠다. 검게 염색한 허름한 미군용 오버코트를 걸치고 앞서가는 그의 뒷모습에서 무척 고달픈 삶을 살고 있음을 느낄 수 있었다. 교직에 있을 때는 인기 있고 고지식한 교사였는데 무슨 딴 재주가 있었겠는가. 그나마 다행히 죽지 말라고 도장을 파는 재주라도 있었던 모양이다. 영근은 그래도 그가 자신보다 낫다는 생각이 들었다. 자신이야말로 인기 없는 지리 교사였을 뿐 재주라곤 아무것도 가진 것이 없는 한심한 놈이 아닌가. 그러니 아직까지도 부두의 막노동에 시달리며 살아오는 처지를 면치 못하고 있는 것이 아니겠나. 몰골로 따지자면 그보다 자신이 더 초라했으면 초라했지 덜하지는 않을 것이란 생각이 들었다.

골목 안의 막걸릿집에는 사람들이 꽤 많이 앉아 술을 마시고 있었다. 상길이 들어가자. 술집 주모는 그를 알아보고 얼른 그에게로 다가왔다.

"아니 웬일로 오늘은 일찍 오셨네예. 장사가 잘된 모양이지예. 어서 이리 앉으이소."

주모가 상길을 대하는 표정이나 시선이 예사롭지 않았다. 마치 연인을 대하듯 가벼운 미소를 띠며 반겼다. 깔끔한 옷매무새에 단정하게 앞치마를 두른 모습이 일반 술집 주모와는 달리 가볍게 보이지 않는 구석이 있었다. 그러나 상길은 뭐 특별할 것도 없는 여인을 대하듯 시선도 주지 않았다.

"윤 선생, 그리로 앉읍시다."

상길은 자리에 앉으며 술과 안주를 시켰다.

"주모, 오늘은 아주 귀한 손님을 모시고 왔는데 특별히 걸쭉한 막걸리에 파전 좀 넉넉하게 잘 구워 주시오."

영근은 그동안 살기에도 바빴고 또 누구와 대작을 할 만한 사람도 여유도 없었다. 오랜만에 느껴 보는 이런 분위기가 왠지 낯설기도 하고 한편으론 오래전의 향수를 느끼게도 했다.

"그래, 그동안 어떻게 지내셨어? 어디 취직이라도 하셨소?"

"웬걸, 취직이라니. 우리 같은 피난민이 어디 취직할 곳이라도 있습디까. 막노동을 하는데 그것도 수시로 일거리가 떨어지면 이리저리 옮겨 다녀야 하는 처지이고 고달픈 생활이지요. 그동안 부두 하역 인부로 일을 하고 있지만 여기서도 일거리가 떨어지면 또 다른 곳으로 옮겨 가야 하는 하루살이 신셉니다. 아무튼 이놈의 전쟁이 하루 빨리 끝나서 고향으로 돌아가야 할 텐데."

"하긴 피난민 신세는 다 같은 처지가 아닙니까. 오죽했으면 시장통에서 도장을 파고 있겠소. 사실 도장을 파게 된 것도 전쟁 전에 교사로 있을 때 심심풀이로 전각(篆刻)을 좀 했는데 그것을 밑천으로 시작한 겁니다. 도민증을 발급받는 데 도장이 필요한 탓에 다행히 시원치 않은 재주지만 나름대로 한동안은 눈코 뜰 새 없이 바쁘기도 했지요. 그나저나 그때 윤 선생은 내무서에 잡혀갔던 것으로 아는데 어떻게 용케 부산까지 내려오셨군?"

"말씀 마십시오. 그때 교사였다는 것이 알려져 그놈들에게 잡혀가 말로 표현할 수 없는 고문과 고초를 겪었지요. 만일 유엔군이 인천 상륙작전을 며칠만 더 늦게 시작했더라도 아마 잡혀 있던 많은 사람들과 함께 처참하게 처형을 당했을지도 모릅니다. 그때 그놈들이 유엔군의 인천 상륙에 당황하여 우왕좌왕하는 틈을 이용해 탈출에 성공했지요. 유엔군의 북진 후 잠시 집에 머물러 있다가 1·4후퇴 때 이리로 피난을 오고 말았지요."

주모가 푸짐한 파전이며 김치, 그리고 다른 안주거리와 함께 술 주전자와 대폿잔 두 개를 탁상에 내려놓았다.

"음, 파전이 푸짐하구먼. 자 술을 듭시다."

상길이 주전자를 들자 주모가 얼른 주전자를 빼앗아 들었다.

"김 선생님요. 첫 잔은 제가 따라 드릴게요."

입가에 가벼운 미소를 띠며 상길을 바라보는 주모의 시선에서 둘의 사이가 각별함을 느낄 수 있었다.

"그래, 그럼 내가 모시고 온 손님에게 먼저."

"아니 아니, 김 선생 잔에 먼저."

상길과 영근은 서로 잔을 먼저 받으라고 권했다.

"아, 누가 먼저면 어떻습니까. 자, 먼저 받으이소."

주모는 상길의 잔에 술을 가득 채운 다음 영근의 잔에도 가득 채우고는 상길을 향해 한 눈을 질끈 감아 윙크를 보냈다.

"두 분 많이 드시이소."

주모는 주방으로 돌아갔다. 영근은 상길을 대하는 주모의 태도가 더욱 예사롭지 않음을 새삼 느꼈다.

"김 선생은 여기를 자주 오시는 것 같구먼."

"자주라기보다 가끔은 와서 저 주모와 함께 대작도 하지요."

"그래서 그런지 주모가 김 선생을 대하는 태도가 각별하게 보이는데."

영근의 말에 상길은 멋쩍은 듯했다.

"뭐 각별하다기보다 단골손님 관리 차원에서겠지요. 어쨌거나 이렇게 윤 선생을 여기서 만나다니 참 꿈만 갔구먼. 자 어서 듭시다."

둘은 단숨에 시원하게 첫 잔을 비웠다.
"그래, 김 선생은 어디에서 기거를 하십니까?"
영근의 물음에 상길은 잠시 뜸을 들였다.
"나야 홀몸인데 그저 왔다 갔다 합니다. 처음은 연주동 피난민촌에 있다가 얼마 전부터는 저 산 아래 남이 버리고 간 판잣집에서 살고 있지요."
"아니 산이라면 초량 뒷산 말입니까?"
"네, 그렇습니다."
"그럼 가족들하고는 함께 계시지 않는 모양이군요?"
"우리 가족은 다 학살당했거나 집사람이 아이들을 데리고 어디론가 잠적했는지 모를 일이지요. 그때 나는 체포되어 보위부에 구금된 상태로 그 후 가족에 대한 소식은 알 수 없었지요. 놈들은 뭣이 급했는지 미처 우리를 처치하지 못하고 우왕좌왕할 때 탈출했고 곧 국군이 개성에 진주할 무렵 집으로 급히 갔습니다만 가족의 소식이나 행방은 아무도 모르는 상태였습니다. 백방으로 수소문도 했었지만 찾을 수 없었지요. 그 후 나는 악질 적색분자들을 색출하는 데 힘을 썼고 그것은 가족의 행방을 알기 위한 방편이기도 했지요. 그러나 중공군의 참전으로 곧 전세가 불리해져 또다시 급히 개성을 떠나지 않을 수 없게 되었고 이렇게 부산까지 내려오게 된 것이지요. 그러니 이렇게 된 마당에 더 이상 가족의 일은 알 길이 없고 한 많은 세월을 보내고 있지요."
"음, 그렇게 되셨군요. 나는 안타깝게도 부모님과는 함께 나오지 못하고 아내와 딸 하나만을 데리고 겨우 내려왔습니다만 변변치 못한 내 능력으로 고생만 시키고 있습니다."
"그래도 윤 선생은 가족이라도 있지 않습니까. 고생을 해도 가족과 함께 하는 고생은 행복한 고생입니다. 나에게는 그런 가족도 없습니다. 이런 심정을 이해 못 하실 것입니다. 그나저나 혹시 윤 선생은 소식을 들으셨는지 모르겠네요."

"아니, 무슨 소식 말입니까?"

"우리가 재직하던 학교가 이곳에 피난 학교를 개교하기로 했다는 소식 말입니다."

"그래요! 나야 뭐 먹고 살기가 바빠서 다른 데 마음을 쓸 겨를도 없었으니 뭘 알겠습니까. 그게 사실입니까?"

"아직 확실하지는 않지만 그 학교 이사장이 지금 부산에서 피난 생활을 하고 있답니다. 그 양반이 그 학교 출신의 정계 인사들과 깊이 의논하고 있다는 말을 들었습니다. 물론 더 두고 봐야 하겠지만 가능할 것이라 했습니다."

"그래요. 그거 참 반가운 소식이네요. 김 선생은 그쪽으로는 소식이 닿는 모양입니다?"

"뭐 특별히 소식이 닿는다기보다 개성에 국군이 들어온 다음 함께 우익 활동을 좀 하던 사람인데 같이 피난을 내려왔지만 어떻게 살길이 막막하고 먹고 살자니 무슨 일이라도 해야 할 처지라 그 사람은 때 마침 미군 부대의 노무자 모집이 있어 거기에 지원을 했다가 전에 차를 운전한 경험도 있고 또 마침 부대 트럭 운전수 모집이 있어 그에 응했던 것이 다행히 발탁되어 일을 하게 된 사람이 있지요. 그러나 아직 이곳 물정도 잘 모르는 사람임을 안 약삭빠른 얌생이꾼들이 이 사람을 이용, 차의 운전용 기름을 빼다 팔아먹자는 농간에 말려 트럭의 기름을 팔아먹다가 걸려 해고당해 지금은 민간 운수업체가 운용하는 화물 트럭 운전수로 일을 하고 있는 사람인데 가끔 나를 찾아와 이런저런 이야기를 하곤 하지요. 이 사람은 발이 넓어 피난 나온 개성 사람들의 소식도 잘 알고 있고 또 그런 소식들을 나에게도 알려 주곤 합니다. 그래서 알게 된 것인데 부산 지방의 모 유지도 피난 학교 설립에 뜻을 함께하고 있다는 것입니다. 학교 위치가 연주동 어디라고 했지만 아직은 확실하지는 않다고 했어요."

"학교를 개교한다고 해서 과거의 교사들까지 다 채용해 주겠습니까?"

"물론 그것은 알 수 없는 일이지만 그때의 교사들이 구사일생으로 이곳에 내려와 있고 또다시 교직에 복직하겠다고 한다면 우선 그 사람들을 채용해 주는 것은 옳은 일이지요. 아무튼 더 두고 볼 일이지만."

영근은 지금까지 외롭고 답답했던 일상에서 김상길을 만나 이렇게 대화를 한다는 것이 꿈만 같고 그동안 답답했던 숨통이 탁 트이는 것 같았다. 영근은 그야말로 오랜만에 취하도록 마시고 집으로 돌아왔다. 그러자 지희는 깜짝 놀랐다. 그동안 술이라곤 입에 대지도 않던 사람인데 어떻게 이렇게 취하도록 마셨을까. 그동안 내색은 하지 않았지만 혼자 외롭고 힘들었던 것이다. 지희는 가슴이 아팠다. 무능한 자신은 안타깝게도 그에게 아무런 도움도 주지 못해 왔다. 매일 힘든 노동에 지쳐 파김치가 되어 돌아오는 모습을 볼 때마다 안타까울 뿐이었다. 오늘은 얼마나 힘들었으면 술에 취해 돌아오자마자 이렇게 쓰러져 잠들어 버리는 것일까.

다음 날 아침 지희는 해장에 좋다는 콩나물국을 시원하게 끓여 영근에게 마시게 했다.

영근은 아내에게 물었다.

"나 어저께는 많이 취했었지?"

"아니 어떻게 되신 거예요. 웬 술을 그렇게 많이 드시구?"

"그럴 일이 있었어."

"무슨 언짢은 일이라도 있었던 거예요?"

"아니야 언짢은 일이라니, 아주 반가운 사람을 우연히 저 아래 초량시장에서 만났지 뭐야."

"반가운 사람이라니요. 고향 사람이라도 만났던 거예요?"

"아니 그걸 어떻게 알았어?"

"지금의 당신에게 반가운 사람이라면 고향 사람이 아니겠어요?"

"그래요. 용케 개성에서 교직을 함께 하던 김상길 국어 선생을 만났지 뭐야."

"아니 어떻게요?"

"글쎄 어저께는 바닷바람이 심하게 불어 하역 작업을 못하게 되었거든. 해서 집으로 돌아오다 초량시장 골목이나 한번 둘러볼까 하고 시장 안을 이리저리 기웃거리다 한옆 허름한 좌판에서 검게 염색한 미군 겨울용 코트를 입고 깃을 깊이 세운 채 엎드려 도장을 열심히 파고 있는 사람 앞을 무심코 지나가는데 어쩐지 그 사람이 낯익어 보였어요. 덥수룩한 머리가 이마를 가리고 고개를 약간 숙인 채 작업을 하고 있었지만 아무래도 낯익어 보여서 지나가다 다시 그에게로 다가가 잠시 살펴보다 혹시 김상길 선생님이 아니냐고 조심스레 물어보았지. 그는 가늘게 뜬 눈으로 잠시 올려보다 나를 알아보고 깜짝 놀란 듯 갑자기 자리에서 벌떡 일어나는 게 아니겠어. 그러자 너무도 뜻밖의 반가운 만남에 둘은 아무 말 못하고 서로 마주 보다 그저 뜨거운 포옹만을 했어. 그러다가 둘은 자리를 옮겨 대폿집으로 가게 되어 그동안 서로가 겪은 이야기들이 너무도 많아 자연히 말이 길어지고 술도 많이 마시게 되었어."

"반가운 분을 만나셨네요. 그분이 시장 좌판에서 도장을 파고 계셨다면 벌써 오래전에 초량시장에 자리를 잡고 계셨던 것 같네요."

"그런 것 같았어. 김 선생은 국어 선생이었는데 교직에 있을 때도 손재주가 있었고 또 전각을 팠던 경험도 있어 도장 파는 일을 시작했다고 하더군. 뭐 재미도 좀 본 듯했고."

"그래요. 그럼 그 선생님은 그동안 초량에서 사셨던 것 같네요?"

"글쎄, 초량에 살고는 있지만 가족과 함께 피난을 나오지 못하고 아직도 혼자 살고 있다고 하더구먼."

"어머나 그럼 혼자 사시는군요?"

"그런 모양이야. 그러니 사는 형편도 형편이지만 얼마나 외롭겠어. 차림새도 그렇고. 그러니 삶에 의욕인들 나겠어. 그런데 김 선생 이야기로는 우리가 개성에서 재직하고 있던 학교가 이곳 부산에서 피난 학교를 시작할 것 같다는 말을 하더구먼. 아직 확실하지는 않지만 그 학교 이사장이 이곳 부산에 피난 와 있는데 피난 학교 개교를 위해 노력하고 있다고 했어."

"그래요? 만일 그렇게 되면 그 학교에 재직하던 교사들은 다시 복직할 수 있겠네요?"

"글쎄! 우선 학교가 개교하고 볼 일이지. 그렇게 되면 좋겠지만 아직 어떻게 될지 모를 일이지."

이후로도 영근과 김상길은 자주 만나게 되었고 만날 때마다 가는 곳은 대체로 처음 만났던 시장 안 대폿집이었다. 이 집 상호는 밀양집이다. 상길이 이 집을 드나들게 된 것은 비용도 부담이 적은 데다가 홀아비 신세로 적적할 때마다 찾아가면 서슴없이 술 상대가 되어 주는 주모의 다감함이 싫지 않았기 때문이다. 눈치 빠른 영근이 상길에게 물었다.

"김 선생, 아무래도 저 주모는 김 선생을 좋아하는 것 같구먼."
"뭐 나 같은 삼팔따라지를 좋아하겠습니까? 그저 혼자 찾아오는 손님 대접하는 뜻이겠지요."
"그런 것만은 아닌 듯 보이는데 인물도 괜찮고 또 김 선생을 자별하게 대하는 걸 보면."
"아니, 사실은 저 여자가 어떻게 알았는지 내가 도장포에서 도장 파는 피난민이고 혼자 내려와 홀아비로 살고 전직이 학교 교사였다는 것까지 다 알고 있더구먼."
"그것 보시오. 그거 다 김 선생에게 호감이 있으니까 관심을 가지고 살펴본 것이 아니겠소."
"그러니 어떡하겠소. 자식을 둘이나 데리고 어딘가에 살아 있을 아내를 생각하면 가볍게 한눈을 팔 수도 없는 처진데 윤 선생도 보다시피 저렇게 예쁘게 생긴 젊은 여자에게 관심을 주었다가 뒷감당을 어떻게 하려고."
"그렇다고 좀 안 된 말로 월남을 하지 못했거나 생사를 확인할 수 없는 상황이 계속 된다고 해도 지금처럼 이렇게 혼자 사시겠소? 신문의 기사를 보면 휴전이 되어도 개성은 수복하기 힘들 것 같은 예감이 들더구먼."

영근의 말에 상길은 술집 천장만 눈을 꿈벅꿈벅 한참 올려다보다가 무겁게 고개를 숙이고는 술잔을 한참 주시하였다.

"에잇 이 망할 놈의 세상."

상길은 대폿잔을 들고 단숨에 들이켰다.

"어서 드시오. 윤 선생 술이나 마셔야지."

대폿집 주모의 이름은 여순분으로 나이는 삼십 세다. 밀양이 고향이고 여상을 졸업했지만 시골의 삶이 싫어 친구와 함께 부산으로 내려왔었다. 친구에게는 이미 오래전에 부산으로 내려와 방직공장에서 일하는 사촌 오빠가 하나 있었다. 그 오빠의 주선으로 그들도 방직공장에서 일하게 되었다. 일을 한 지 몇 달이 지났을 무렵, 생각했던 것보다 중노동이고 노동에 비해 지급되는 급요는 박봉일 뿐만이 아니라 틀에 박힌 듯 같은 일을 반복하는 작업은 순분의 적성에는 맞지 않아 더 이상 견딜 수가 없었다. 해서 다른 직장으로 옮겨 볼 생각을 하던 차에 모 잡지사에서 외무 사원을 구한다는 광고를 보게 되었다. 다행히 예쁘장하고 적극적인 성격에 붙임성 있는 그는 몇 사람의 지원자를 물리치고 사원으로 채용되었다. 그리고 몇 주의 수습 과정을 거쳐 업무에 임하게 되었는데 일이라야 아직은 외부 원고를 받아 오는 일이나 그 외의 자질구레한 일들이었지만 순분이 여상을 나왔다는 사실을 알게 된 사장은 그를 경리 일을 보게 했고 몇 달 후에는 특별히 사장의 추천으로 한국잡지기자협회 기자로 정식 등록까지 되어 본격적인 기자 활동까지 하게 되었다. 그러나 이 어려운 시국에 출판 사업이 제대로 될 리가 없었다. 결국 어려운 경영난을 이기지 못한 잡지사는 문을 닫는 처지가 되어 순분은 실직자가 되고 말았다. 그러나 순분은 밀양에서 처음 내려올 때처럼 외롭지는 않았다. 그동안 잡지사에서 알고 지낸 사람도 많았고 또 지인의 소개로 모 광고 회사에 다시 취직하게 되었다. 이 광고 회사는 기업체나 생산 공장의 홍보를 위한 광고물을 제작 납품하는 그런 곳으로 비교적 잘 돌아가는 회사였다. 이 회사의 직원들은 그저 책상머리에 앉아서 서류나 뒤적이는 월급쟁이가 아니었다. 직원 각자는 나름대로 자신의 거래처를 개척하여 그곳에서 확보한 광고물의 수입을 직원이 삼 회사가 칠로 나누어 가져갔다. 이는 직원의 급료 외의 수당으로 묵

인해 주었다. 이처럼 이 회사는 직원들이 중소기업이나 기업체의 홍보, 생산 제품의 광고 등 다양한 형태의 인쇄물을 섭외해 오면 그것을 제작 납품하는 광고 대행업체였다. 순분은 대중잡지의 기자로 익힌 노하우와 붙임성 있고 성실한 대인관계로 수주 실적이 신참으로는 좋은 편이었고 회사에서도 인정을 받았다.

　사실은 순분도 모르게 그녀의 수주 활동을 적극적으로 도와주는 사람이 있었다. 다름 아닌 친구의 사촌 오빠인 김덕만이었다. 그는 방직공장의 물품관리 계장으로 비중 있는 사람이고 또 발이 넓어 그녀의 광고물 수주에 많은 보탬을 줄 수 있었던 것이다. 그는 삼십대 초반의 미혼남으로 순분이 고등학교 다닐 때부터 자신의 동생과 가깝게 지내던 그녀에게 많은 관심을 가졌었다. 그런 그녀가 학교를 졸업하고 동창인 동생과 함께 부산에 내려오고 싶어 한다는 말을 동생에게서 전해 들은 덕만은 이때다 하고 그를 방직공장에 주선해 주었던 것이다. 그러나 순분은 얼마 동안 일을 했지만 그 일이 적성에 맞지 않아 공장을 그만두고 잡지사로 자리를 옮겨갔던 것이고 이 말을 동생에게서 듣게 된 덕만은 몹시 섭섭했지만 그러나 어쩔 수 없는 일이었다. 그 후 그녀는 또 잡지사를 그만두고 광고물 회사에 취직을 했다는 말을 듣게 된다. 이 광고물 회사는 사원이 광고물을 직접 섭외를 해야 하는 곳으로 신참인 처지로는 그것이 쉽지 않아 어려움을 겪고 있다는 말도 들었다.

　순분은 요사이 몇 건의 광고물이 의외로 쉽게 성사되었다. 그러나 웬일인지 광고주가 전화로 광고문을 의뢰하며 꼭 여순분 씨냐고 확인을 하는 것이었다. 좀 이상하게 생각은 했지만 어찌 되었건 자신을 찾아주는 광고주에게 감사할 뿐이었다.

그러던 어느 날 한 광고주에게서 김덕만 씨와는 어떤 관계냐는 말을 듣게 된다.
순분은 난데없이 듣게 된 김덕만이라는 이름에 그가 누구인지 잘 기억하지 못했다가 잠시 후 친구의 오빠인 것이 생각났다.
"아! 네, 생각나네요. 고향 오빠라예. 왜 그러십니까?"
"아! 아닙니다."
광고주는 말문을 닫아 버렸다.

덕만은 순분이 방직공장을 그만둔 것이 몹시 섭섭하기는 했지만 그렇다고 억지로 잡아 둘 순 없는 일이었다. 하지만 그를 잊을 수가 없었다. 물론 일방적이긴 했지만 그에 대한 연정은 점점 더 뜨거워졌다. 그래서 그는 알게 모르게 순분의 근황을 살펴보았다. 광고물 회사의 외무사원이라면 광고물 수주를 얼마나 잘해 오느냐에 따라 대우가 달라진다는 것을 아는 덕만은 신참인 그가 광고물을 따오기란 쉽지 않을 것이란 것도 잘 알았다. 해서 그는 그녀에 대한 연연한 마음으로, 그를 도와줌으로써 더욱 가깝게 다가서고 싶었던 것이다.
그동안 방직공장과 거래로 손이 닿아 있는 여러 업자들에게 광고물을 주문할 때는 일광광고사의 여순분이라는 직원과 맺도록 부탁해 왔다.
이렇게 그는 그녀의 광고물 섭외에 음으로 양으로 많은 힘을 실어 주었고 그런 사실을 알게 된 순분과의 사이는 점차 밀접해졌다. 그러나 순분은 그런 그의 배려가 자신에게 호의를 가지고 접근하는 것이라고는 생각하지 못했고 단지 동생의 친구를 도와주는 의미로 잘 챙겨 주는 고마운 오빠라는 정도로 생각하며 스스럼 없이 대해 왔던 것인데 그러던 어느 날이었다.

"순분이 오늘은 토요일인데 오후 퇴근 후에 나와 한번 만나 주겠어?"

갑작스럽기는 했지만 순분은 별 급한 일도 없고 늘 관심 있게 살펴주는 친구의 오빠인데 딱히 거절할 필요도 없다는 생각이 들었다.

"그래요. 오빠, 만나요. 어디로 갈까요?"

"응, 그래. 그럼 왜 범일동 버스 정류장에서 조금 더 올라가면 새로 생긴 일동 한식집이 있어. 거기서 여섯 시 반에 만나 저녁이나 같이 하자고."

"네 알았어예. 그럼 그리로 갈게예."

순분과 덕만이 만난 시간은 여섯 시 반이 좀 지나서였다. 한식집이지만 몇 개의 별실이 따로 마련되어 있는 제법 큰 식당이었다. 별실에 자리를 잡았다. 순분은 그를 보자 반갑게 인사를 했다.

"지난번 소개해 주신 광고 건은 도안이 잘되었다는 광고주의 승낙이 있어서 곧 인쇄에 들어가면 물건은 광고주에게 넘어갈 거라예. 매번 이렇게 살펴 주시는데 진즉 모셨어야 하는 걸 이렇게 늦었어예. 죄송합니다."

"무슨 별소릴. 고향 사람이고 내가 좋아하는 사람에다 친동생이나 다름없는 사촌 동생의 친구가 객지에 나와 애를 쓰고 있는데 도울 수만 있다면 당연히 내가 살펴 주어야지. 그걸 부담스럽게 생각한다면 내가 오히려 쑥스럽지."

순분은 좋아하는 사람을 위해 당연히 해주는 것이란 그의 말이 왠지 예사롭지 않게 들렸지만 별 내색은 하지 않았다.

"오빠, 저녁부터 먼저 할까예?"

"아니야, 저녁은 좀 나중에 하고 맥주부터 먼저 하자고. 요즘 어때? 광고 따기가 쉽지 않지?"

"그래요. 저 같은 신참에게는 일거리를 잘 맡겨 주지 않을라고 해예."

"그렇지, 광고주들이야 막대한 예산을 들여 운영하는 기업체이고 자신들의 홍보물인데 그렇게 쉽게 아무에게나 광고물을 맡기겠어. 경험이 풍부하고 실적이 많은 광고 회사가 아니면 맡기려 하지 않지."

"그동안 오빠 덕분에 회사에서는 신참이면서 굵직한 광고를 잘 물어 오는 사원으로 평가받고 있어예. 고마워예."

"고맙긴 동생 친군데 당연히 내가 할 수 있으면 힘이 되어 주어야지. 사실 지금 말이지만 순분이 고향에서 학교 다닐 때부터 차마 말은 못했지만 나는 순분에게 많은 호감을 가지고 있었어."

"아이, 그러셨어예. 제가 뭐 볼 게 있다고 호감을 가지셨어예? 부끄럽네예. 어서 식사도 시키고 맥주도 가지고 오라고 하지예."

순분은 그동안 신세만 지고 한 번도 대접을 못해 왔는데 오늘은 기왕 이런 자리가 마련되었으니 차라리 넉넉하게 대접을 해야겠다고 생각했다.

"응, 그래. 그게 좋겠네. 그럼 그렇게 하지."

밝은 회색 바지에 하얀 유니폼을 깨끗이 차려입은 젊은 여직원이 다가왔다.

"정식 2인분하고 우선 맥주 두 병을 가지고 오세요."

"네, 알겠습니다. 곧 준비해 올리겠습니다."

직원은 공손히 머리를 숙였다가 물러갔다.

둘 사이에는 잠시 침묵이 흘렀다. 무릎이 약간 가릴 정도의 엷은 녹색 주름치마에 목깃에 잔잔한 하얀 레이스가 수놓인 소매가 짧은 분홍색 블라우스 차림은 오늘따라 유난히 발랄한 순분의 젊음과 풍만한 가슴을 돋보이게 했다. 덕만은 사실 그동안 순분에 대한 자신의 마음을 고백하려고 했지만 쉽게 그런 기회를 갖지 못했다. 오늘은 작심하고 자리를 마련했지만 그러나 선뜻 무슨 말부터 해야 할지 망설여졌다.

순분이 먼저 침묵을 깼다.

"미향이를 만나 보지 못한 것도 벌써 한참 되었네예. 공장에는 잘 다니고 있지예?"

"그럼 잘 다니고 있지."

"그 친구는 학교 다닐 때부터 끈기가 있고 공부도 잘했는데 저는 그렇지가 못해서 아직 자리도 잡지 못하고 이런 꼴이니. 그런데 얼마 전에는 전에 함께 있던 잡지사 직원이 주책없이 갑자기 저한테 프러포즈를 하는 거예요. 호호호…."

가만히 듣고 있던 덕만의 표정이 약간 굳었다.

"여자 혼자의 몸으로 객지에 이렇게 나와 있는데 남자 관계는 각별히 주의해야 해. 순분이는 예쁜 데다 성격도 활달하고 붙임성이 있어 남자들에게 호감을 갖게 할 수도 있거든. 사실 아까도 말했지만 나도 순분이가 동생 미향이하고 학교 다닐 때부터 늘 '저 여학생 참 괜찮다.' 하고 생각해 왔었어. 그런데 학교를 졸업하고 미향이가 부산에 내려간다고 하자 어떻게 함께 갈 수 없겠느냐고 하더라는 말을 미향이에게서 듣고 서둘러 자리를 주선했던 것인데…."

"죄송해예. 그렇게 마련해 주신 자리를 오래 있지도 못하고 나와 버렸는데도 또 염치없이 이렇게 도움만 받고 있으니 어떡하지예."

"어떡하긴, 내가 무슨 대가를 바라고 하는 건가? 그저 동생의 친구이고 내가 좋아하는 사람이니까 그렇게 하는 거지."

순분을 바라보는 덕만의 표정이 전에 없이 상기되어 있었다. 순분은 오늘따라 왠지 그의 시선이 전과 같지 않게 부담스럽게 느껴져 똑바로 바라볼 수가 없었다. '이 남자 혹시 나에게 딴 마음을 먹고 있는 것이 아닌가' 하는 생각이 들자 더욱 그의 시선이 뜨겁게 느껴졌다.

차려진 한식은 역시 성찬이었다.

"오빠, 자 우선 한 잔 받으셔야지예."

순분이 술잔에 가득 맥주를 따르자 덕만은 단숨에 잔을 비우고 순분에게 잔을 권했다.

"자, 순분이도 한 잔 해야지."

"아이라예. 저는 술은….'

"아니 이게 무슨 술인가. 독일에서는 이걸 음료수처럼 마신다는데. 자, 그러지 말고 한잔만 해요. 여자들도 요새는 맥주 정도 마시는 거야 매력이지. 그것도 못한다면 어떡해 광고 섭외를 할 수 있겠어."

"그러게 말이에예, 그럼 한 잔만 받을게예."

잔을 받는 순분은 서슴없이 단숨에 쭉 마셔 버렸다.

"아니 못 마신다더니 잘만 마시네. 더 권하지 않았으면 섭섭할 뻔 했겠어. 자, 한 잔 더."

"아니에예. 저는 이젠 고만 마실 거라예."

순분이 고개를 설레설레 흔드는 모습이 유난히 귀엽고 풋풋하게 보였다. 덕만은 새삼 어떤 일이 있어도 순분을 자신의 여인으로 만들어야겠다고 마음먹었다.

이렇게 해서 마시기 시작한 맥주는 소주로 바뀌었고 술을 못한다던 순분의 말은 겉치레였다. 실은 잡지사에 있으면서 회식이다 뭐다해서 어울려 마시던 주량이 꽤 늘어 술맛을 알게 될 정도가 된 것이다. 그러니 처음과는 달리 서로 이러니저러니 이야기를 주고받고 하는 사이 순분은 어느덧 술에 기분 좋게 취한 상태였고 시계는 벌써 여덟 시가 지나 있었다. 앞에 앉은 덕만은 맥주만으로는 성에 차지 않는 듯 맥주에 소주를 타서 연거푸 마시더니 얼떨떨한 술기운으로 고개를 좌우로 가볍게 흔들다가 갑자기 속마음을 털어놓았다.

"순분이! 그동안 나는 순분이 때문에 속이 많이 상했었어."

"아니 왜요, 오빠?"

"왜라니, 좋아했던 순분이를 가깝게 두고 싶어 직장까지 마련해 주었던 것인데 남의 속마음도 모르고 훌쩍 떠나 버렸으니 왜 속상하지 않겠어."

순분은 어리둥절했다. 보아하니 덕만이 많이 취했고 아까부터 자기를 바라보는 시선이 뜨겁게 이글거렸다. 아무래도 더 이상은 안 되겠다는 생각이 들었다.

"아니 오빠, 술이 좀 과하셨어예. 벌써 여덟 시가 지났는데 오늘은 이만하지예."

덕만은 말없이 그녀를 주시하다 입을 뗐다.

"내가 술에 취해서 하는 말이라고 생각해? 나는 그동안 말은 못 했지만 순분이를 사랑해 왔다고. 이래도 내가 술에 취한 기분으로 말하는 것 같아."

순분은 더욱 당황스러웠다.

사실 순분도 좋은 집안에다 키도 큰 편이고 비교적 잘생긴 덕만이가 그동안 싫지는 않았다. 그러나 그의 사촌동생인 미향이와는 친한 사이였지만 부유한 집안의 장남인 덕만을 가난한 집안에 별 볼 일 없는 자신으로서는 가까이 할 수 없는 사람이라고 생각해 왔었다. 그런 그가 자기를 좋아한다고, 아니 사랑한다고 했다.

순분은 어리둥절하였다. 오빠가 자기를 사랑한다고 고백했지만 지금의 순분으로서는 그에 대해 뭐라고 말을 해야 할지 당황스럽기만 했다.

"순분이는 나를 싫어하는 모양이제?"

덕만은 자신의 술잔에 술을 가득 따라 단숨에 마신 다음 순분의 옆자리로 다가와 앉으며 그녀의 손을 덥석 잡았다.

"순분이, 내가 순분이를 사랑한다는 이 말을 그동안 하지 못해 얼마나 속상하고 애태워 왔는지 알아?"

덕만은 뜨겁게 순분을 바라보다 그의 무릎에 갑자기 엎드려 버리는 것이 아닌가. 순간의 일에 당황한 순분은 그를 밀쳐 내지 못했다. 순분도 오랜만에 마신 술기운 탓인지 덕만의 자신을 사랑한다는 말을 듣는 순간 갑자기 그가 단순한 친구의 오빠가 아닌 이성으로서 깊이 다가오는 느낌을 받았다.

"오빠 왜 이러십니까. 이러시면 어떡해예. 많이 취하신 것 같네예."

덕만은 잠시 고개를 들고 순분을 뜨겁게 바라보았다.

"아니 순분이는 내 마음을 모르겠어? 내가 왜 이렇게까지 하는지."

덕만은 더욱 적극적으로 순분을 끌어안았다.

"나는 순분이를 사랑한다고. 내 이 진심을 받아줘."

더욱 밀착해 오는 덕만의 힘을 피할 사이도 없이 순분이 옆으로 쓰러지려 하자 덕만은 그녀를 더욱 힘 있게 자신의 품으로 끌어안고 밭은 숨을 몰아쉬었다.

"순분이! 순분이!"

덕만은 안타깝게 순분을 부르다 어느새 그녀의 얼굴을 두 손으로 깊이 감싸며 순식간에 그녀의 입술을 뜨겁게 탐닉하였다. 사실 순분은 당황스러워 피하려고 했다. 하지만 술기운 탓인지 자신을 사랑한다는 그의 말과 적극적인 행동이 왠지 불쾌하지는 않았다. 오히려 덕만의 이런 행동을 기대하고 있었던 것인지도 모른다. 처음엔 다소 어색해했지만 순분이 덕만의 적극적인 행동에 크게 반항하지 않자 덕만은 더욱 대담하게 순분의 젖무덤에 얼굴을 묻고 뜨거운 입김을 토해 냈다.

"사랑해, 사랑해, 순분이."

덕만이 밭은 숨을 몰아쉬며 더욱 파고들자 순분도 어느 사이에 그의 머리를 끌어안았다.

"오빠, 저도 내색은 못해 왔지만 오빠를 사랑했어요."

순분은 가슴에 끌어안은 덕만의 머리를 더욱 깊이 안으며 뜨겁게 옥죄었다.

덕만은 더 이상 망설이지 않았다. 한식집의 꽤 넓은 특실의 한옆으로 그녀를 안고 가 눕혔다. 순분은 기다리고 있었다는 듯 다소곳했다. 막상 덕만이 그녀의 옷을 벗기려 하자 그제서야 당황한 듯 몸을 움츠리며 피하려 했다. 그러나 이미 이성을 잃은 덕만의 거친 행동을 이겨낼 수가 없었다. 그동안 고이 간직해 온 순분의 풍만한 여체가 적나라하게 드러나자 덕만은 미친 듯 그녀를 끌어안고 이리저리 탐닉하다 발악적인 행동으로 그녀의 몸 깊은 곳에 자신의 뜨거운 몸을 섞어 버리고 말았다.

순분은 이 순간의 실수가 불행의 씨앗이 될 줄은 꿈에도 생각하지 못했다.

이즈음 덕만의 집안에서는 덕만의 뜻과는 달리 이미 그의 신붓감으로 점찍어 놓은 여인이 있었다. 여기에 엎친 데 덮친 격으로 한 번의 실수가 순분에게 임신이라는 무거운 짐을 지게 한 것이다. 고민 끝에 그녀는 덕만에게 임신 사실을 알렸다. 그러나 그는 당황하며 현실을 피하려는 듯 낙태만을 강요하였다.

"순분이, 우리 당분간 거리를 두는 것이 좋겠어. 낙태 비용은 내가 책임질게."

덕만은 그렇게 돌아간 이후로는 순분을 잘 만나 주지도 않았다. 감언이설로 고백했던 덕만의 사랑은 결국 순분의 낙태 수술로 끝나 버렸다. 순분은 비열한 덕만과의 관계를 이것으로 깨끗이 정리하고 말았다.

순분은 광고 회사도 그만두었고, 그렇게 되니 어쩔 수 없이 살기 위해 이런저런 일을 닥치는 대로 하다가 이렇게 초량시장의 막걸릿집까지 하게 되어 김상길을 만나게 된 것이다. 순분은 나이는 좀 있어 보였지만 피난민인 김상길의 됨됨이가 마음에 들었다. 상길 또한 언제 만날지도 모를 가족만을 생각하며 산다는 것이 외로웠고 이 외로움을 달래기 위해 찾아가던 대폿집 주모의 밉지 않은 외모와 살갑게 대하는 그녀의 따뜻한 붙임성이 싫지 않았다. 또 드나들 때마다 그녀의 예사롭지 않는 눈빛을 느끼기도 했었다. 어느 날 그는 그녀에게 단도직입적으로 물었다.

"주모는 가족이 없으시오?"

순분은 잠시 주춤하다 대답했다.

"아니 왜 그러시지예?"

"뭐, 주모가 너무 곱게 보여서 한번 물어봤어요."

"호호호…. 곱게 봐주셔서 감사해예. 그러나 아직 미혼이니 가족이 있을 리 없지예."

"아직 미혼이라고. 아니 어떻게!"

"어떻게라니예. 결혼을 안 했으니 미혼이지예. 김 선생님이 구제해 주이소."

주모가 의미 있는 미소를 던지자 상길은 주춤했다.

"인생 구제를 아무나 하나. 더구나 삼팔따라지인 피난민에 판잣집에 살며 입에 풀칠도 제대로 못해 겨우겨우 살아가는 내가 주모 같은 미인을 어떻게 구제할 수 있겠어. 농담도 그런 소린 하지 말아요."

"농담이라니예? 김 선생님도 참. 사람 구제하는 일을 꼭 그런 물질이나 환경이나 돈으로만 하는 것이라 생각하십니꺼? 제가 알기로는 마음으로 하는 것이라 생각하는데예."

"물론 그것을 아니라고 부정하지는 않아요. 그러나 삶의 기본도 되어 있지 않는 놈이 남을 구제하겠다는 생각을 했다면 그것은 아주 무책임한 잘못된 생각이 아니겠소."

"선생님 저는 그래도 선생님이 좋은 걸요."

주모의 말에 어리둥절한 상길은 잠시 멍하니 그녀를 바라보다 다시 물었다.

"아니, 지금 뭐라고 했소?"

"네, 선생님을 좋아한다고 했어예."

상길은 그를 똑바로 바라보다 고개를 가볍게 가로저었다.

"그건 안 됩니다. 나는 살아 있는지 죽었는지 알 수는 없지만 가족이 북에 있는 처지로 어떻게 그들을 무시하고 주모를 좋아할 수 있겠어! 그건 인생을 구제하는 것이 아니라 또 다른 죄를 짓는 것이지."

그런 상길의 말에 주모는 더 이상 아무 말도 하지 않았다. 그러나 둘의 만남은 계속 이어졌다.

병도의 결혼

한여름이 지나 가을에 접어들 무렵이다.
"윤영근 선생, 얼마 전에 내가 안다고 했던 왜 그 트럭 운전기사 말이오. 그 사람이 얼마 전에 다녀갔는데 그 사람 말로는 피난민 학교 설립 작업이 잘되어 내년 신학기에는 학생 모집을 하게 될 것 같다고 하더구먼."

영근은 호기심 어린 눈으로 상길을 바라보았다.

"아니, 그래요! 그거 잘되었네. 학교는 어디에 자리를 잡는다고 하던가요?"

"뭐 그 사람 말로는 전에도 말했지만 연주동 뒷산 어딘가 공터에다 건물을 짓는다고 했어요. 그는 내가 그 학교 교사였다는 사실을 알고 있기 때문에 그쪽 소식은 나에게 잘 전해 주고 있지요."

"아 그래요. 참 고마운 사람이네요."

"머지않아 당시 재직하던 교사들을 찾는 광고도 있을 것이라고 했어요. 사실 그 사람은 이사장의 먼 친척뻘 되는 사람인데 요즘은 운전기사도 그만두고 학교 설립을 위한 이사장의 일을 돕고 있다고 했어요. 그의 말로는 그때 당시의 교사들이 다 피난을 나오지 못했을 수도 있고 또 놈들에게 끌려가 행방을 알 수 없게 된 사람, 해를 당한 사람, 피난을 나왔다고 해도 어디에서 무엇을 하고 있는지 알 수도 없으니 찾기도 어려운 일이라고 했어요. 혹시 연락이 닿는 사람이 있으면 알려 달라고도 하더구먼."

그렇게 해서 영근은 그 지긋지긋하던 부두 하역의 중노동에서 벗어나 신학기부터는 연주동 임시 피난 학교에서 수업을 하게 되었다.

병도는 처참하고 암담한 피난 생활을 극복하기 위한 수단으로 범죄 집단의 장물도 서슴없이 거래하는 대담함을 마다하지 않았다. 물건이 있다 하면 전국 어디라도 가리지 않고 찾아가 물건을 구입하고 그것을 암거래상에게 팔아넘기는 수법으로 막대한 이익을 얻었다. 때로 법망에 걸려 철창 신세를 지는 일도 적지 않았다. 하지만 돈이면 해결되지 않는 것이 없던 무질서하고 혼란한 사회는 오히려 그를 더욱 대담하게 했다. 병도는 이제 누구도 가볍게 넘볼 수 없는 재력을 갖게 되었다. 그러니 과거 영근과 함께 부두 하역 막노동자로 하루의 생활을 걱정하던 때의 병도가 아니었다. 부유한 생활뿐만 아니라 거기에다 사회를 보는 시각도 많이 달라지고 있었다. 과거 평양에서 겪은 좌익의 악랄한 탄압과 그들의 마수를 피하기 위해 지하에 숨어 살며 아버지의 행방조차 찾지 못했던 가슴 아픈 일, 그놈들에게 잡혀간 아버지를 잊지 못하고 아버지가 돌아오실 때까지 사지의 전쟁터에 남아 기다리겠다는 어머니의 간절한 열망도 통한의 가슴에 묻은 채 살아남기 위해 처참한 피난길을 떠났던 때의 그의 의식이나 사회주의 사회에서는 경험하지 못했던 자본주의 사회 나름의 치열한 삶의 현장에서 얻은 지식 등으로 세상을 보는 가치관이 많이 바뀌고 있었다.

　물질 만능 사회의 삶을 위해서는 돈이 있어야 한다는 절박함을 깨달았고 그것을 충족하기 위해서 수단 방법을 가리지 않고 기회를 잡기만 하면 절대 놓치지 않는 야수적 집념도 갖게 된 것이다. 더욱이 아버지의 행방도 모른 채 이렇게 멀리 내려와 비참한 피난 생활을 하시는 애틋한 어머니를 생각하면 무슨 짓을 해서라도 어머니를 잘 모셔야 한다는 생각뿐이었다. 그러나 어머니의 생각은 좀 달랐다. 재산을 몰수당하고 남편마저 어디론가 끌려간 마당에 하나밖에 없는 자식인 병도마저 잃을까 두려워 집을 지키며 남편을 기다리겠다고 했던 마음도 접고 이놈만은 살려 남편의 대를 이어야 한다는 깊은 뜻이 있어 고향을 떠나왔던 것이다. 그런데 그동안 절박한 피난 생활에서 살아남기 위해 허덕이는 자식의 모습을 볼 때마다 어미로서 힘이 되어 주지 못하는 것이 미안해 차마 혼인에 대한 말문을 열지 못했고 눈치만 살펴 왔다. 하지만 생활이 아무리 절박하고 어렵다고 해도 나이 들어 가는 자식을 볼 때마다 더 이상 혼기를 늦출 수 없다는 생각이 들었는데 요즈음 마음이 부쩍 조급해졌다.

　병도는 박 목사의 주선으로 그의 인척이라는 여인 혜란과 둘만의 만남을 갖게 되었다. 그녀를 처음 만난 곳은 그래도 꽤 깔끔하게 차린 부산역 건너편 골목에 자리한 샛별다방이었다.
　병도는 노총각인 자신과는 나이 차가 좀 나는 어린 여인이었지만 첫눈에 호감을 갖게 되었다. 표정이나 차림새가 때묻지 않는 순수한 여성스러움이 병도의 마음을 움직이게 했던 것이다. 흰색 소매가 손목까지 내려오는 얇은 인조견 블라우스에 무릎을 약간 덮은 검은색 치마를 입고, 거기에 레이스가 달린 분홍색 양말과 잘 어울리는 굽이 낮은 검은색 구두를 신은 그녀는 24세의 참한 여성이었다.
 그녀는 아직 초면인 탓에 병도를 바로 보지 못하고 약간 미소 띤 얼굴로 자기소개를 했다.
 "박혜란이라고 합니다."
 "아 네, 저는 이병도라고 합네다. 그리로 앉으시라요. 이쪽은 처음 오는 길이라 다방을 찾느라 시간이 좀 늦었습네다. 용서하시라요."
 병도가 자리에 앉으며 바라보자 혜란은 다소 수줍은 듯 주춤했다.
 "우선 뭘 드셔야디요. 뭘로 하시갔습네까?"
 "네, 이 선생님이 하시는 걸로 같이 하겠습니다."
 병도는 옆으로 다가온 다방 여직원에게 커피 두 잔을 부탁하고는 새삼 혜란을 보았다.
 "목사님은 편안히 잘 계시디요? 자주 찾아뵈야 하는데 뭐 사업이라고 하는 거이 이리저리 돌아다니다 보면 그것도 쉽게 되지 않습네다. 늘 죄송한 마음이디요. 그런데 요즘은 교회도 이곳저곳에 많이 생겨나더구먼요. 전쟁 중에 죄 지은 사람이 많아서 교회가 그렇게 많이 필요한 것인지는 모르겠습네다만 아무튼 목사님도 기왕 교회 사업을 하실 바엔 좀 더 적극적으로 교세 확장과 신도 확보에 마음을 쓰셨으면 좋을 것 같습네다. 그래야 수입도 생길 거이 아니갔습네까!"
 그 말에 지금까지 고개를 숙이고 듣고만 있던 혜란이 의외의 반응을 보였다.
 "목사님은 교회를 하시면서 무슨 수입을 바라고 하시는 것은 아니십니다."
 "왜 그러십네까? 기왕 목사직을 가지고 교회를 하시면 남들처럼 번듯한 교회로 신도들도 많이 모이게 해야 사업도 잘되어 수입도 생길 것이 아닙네까?"

고개를 숙이고 잠시 망설이던 혜란이 말을 꺼냈다.

"우리 목사님은 신앙의 가르침을 내세워 신도들을 모이게 하고 거기에서 어떤 물질적 이득을 보시겠다는 생각은 추호도 없으셔요."

병도는 혜란을 조심스럽게 바라보았다.

"네, 그러시구먼요. 그래도 요즘 여기저기 마구 교회가 생겨나는 걸 보면 무슨 장사를 하듯 어떤 잇속이 생기니까니 하는 것이 아니갔습네까."

혜란은 더 이상 아무 말도 하지 않았다.

"이야기를 하다가 보니까니 쓸데없는 말만 하게 되었구먼요. 그래 혜란 씨는 요즘 어떻게 지내셨습네까?"

이때 다방 직원이 커피를 가지고 왔다. 따뜻한 커피 두 잔을 탁상에 내려놓으며 상냥한 표정으로 맛있게 드시라고 한 후 곁눈으로 혜란을 살짝 보고 갔다.

"혜란 씨 어서 드시라요."

"네, 선생님도…."

커피잔은 보통 가정에서 쓰는 것과는 달리 흰색의 꽤 두툼하고 무게를 느끼게 하는 잔으로 따뜻한 커피향이 유난히 코끝에서 구수하게 맴돌았다. 혜란이 살펴본 병도의 인상은 남자로서 싫지 않는 생김새로 나이는 좀 들어 보였지만 건강하고 매사에 적극적이고 아직도 평양 사투리를 많이 섞어 쓰는 사람이었다.

사실 혜란은 목사님의 곧은 신앙생활이 옳은 길이라 생각하면서도 좀 답답하다는 생각이 없지 않았다. 남들은 여기저기에 교회를 짓거나 건물을 임대해서 무슨무슨 교회라고 현판을 걸어 놓고 신도를 모아 수단껏 재정을 확보하고 교세를 키워 가는데 우리 목사님은 초라한 판자촌 교회에서 하나님의 진리만을 강론하시니 내용보다 형식에 끌려가는 요즘의 세태에서 보잘것없는 판잣집 교회에 누가 관심이나 갖겠는가. 그러나 목사님은 그런 현실을 모르고 계시는 것이 아니다. 다만 그런 타락한 종교계의 현실을 외면하고 자신의 길만을 묵묵히 가는 것뿐이다. 그러니 혜란이 무슨 말씀을 드렸다고 해서 목사님이 자세를 바꾸시겠는가. 그러지 않으실 것이다. 그러나 혜란은 언젠가는 자신의 힘과 전도 활동을 통해 좀 더 적극적으로 교회를 키워 갈 결심을 하고 있었다.

병도는 그 후 혜란과 함께 어머님을 찾아뵈었다. 목사님의 소개인 데다 또 혜란에게 호감이 갔던 어머니 최 씨는 둘의 결혼을 허락했다. 병도와 혜란은 단출하게 혜란의 가족과 영근 등 몇 사람의 친지들을 초청해 박 목사의 주례로 간략하게 혼례를 치르고 병도의 집에서 신혼 생활을 시작하였다.

떳떳하게 내세울 수 없는 사업이었지만 결혼 이후에도 병도는 많은 돈을 벌어들여 남 부럽지 않은 생활을 하였다. 그러나 이제는 가정도 챙겨야 하고 또 남에게 부끄럽지 않은 안정된 사업을 하고 싶어졌다. 그동안 불법적 거래를 사업이랍시고 해오면서도 특별히 관심 있게 생각해 왔던 것이 사진에 대한 일이었다. 미군 PX에서 흘러나오는 카메라며 다양한 사진 재료들을 업자들과 암거래하면서 관심을 가지게 된 것이 초점이나 특별한 조작 없이 셔터만 누르면 초보자도 쉽게 사진을 찍을 수 있는 코닥 카메라였다. 병도는 틈만 나면 코닥 카메라로 많은 사진을 찍고 그 필름들을 DP점에 부탁해 사진으로 현상했다. 그러는 사이 자주 만나게 된 사진 기사 박기원과 자연스럽게 친숙해졌다. 그뿐만이 아니라 그동안 무관심했던 미군들이 찍어 오는 스냅사진들이 많다는 것을 새삼 떠올렸다. 그 일은 전에

PX에서 흘러나오는 사진 재료들을 취급할 때 들어 알고 있었지만 이 사진 대부분이 일본으로 보내져 그곳에서 만들어 온다는 사실을 새롭게 알게 되었던 것이다.

병도는 이런 사실들을 박기원에게 이야기했다.

"이 선생, 그건 이미 알고 있는 일입니다. 물론 일부는 한국 사람들이 하고는 있지만 말이에요."

병도는 잠시 생각에 잠겼다.

"박 선생, 그렇다면 우리가 그런 사진 사업을 한번 해보는 거이 어드레요?"

"아니 그걸 아무나 할 수 있습니까?"

"아니 왜 못합네까? 다른 한국 사람들도 하고 있다면서 그걸 굳이 일본까지 가서 만들어 오게 할 필요는 없지 않습네까? 우리가 할 수 없는 일이라면 어쩔 수 없겠지만."

"글쎄요. 잘은 모르겠지만 우리가 못해서가 아니라 전시체제인 우리 사회의 어수선한 여러 모를 감안해서 미군 PX 쪽에서는 많은 양의 사진을 안전한 일본에서 만들어 오는 것이 좋겠다고 생각한 것이 아닐까요."

병도는 다시 잠시 생각했다.

"그렇다면 우리도 안전하게 사진을 잘 만들면 되지 안캈시오. 박 선생 정도면 충분히 할 수 있을 것 같은데?"

"물론 사진이야 충분히 만들 수 있지요. 하지만 그렇게 하기 위해서는 그들이 믿고 맡길 수 있는 시설이 갖추어져야 하는데, 그렇게 하자면 자금도 필요하고 또 시설도 확장해야 합니다. 그런데 그런 시설도 갖추지 못한 우리 같은 DP점에 그런 일을 맡겨 주겠습니까?"

병도는 무모하다고 생각하면서도 우선 전에 물건을 거래하던 PX 쪽 사람을 한번 만나 봐야겠다고 생각했다.

"박 선생, 만일 우리가 그 일을 맡게 되면 할 수 있겠습네까?"

"글쎄 갑자기 뭐라 대답하기 어렵지만 준비가 된다면 못할 것도 없는 일이지요."

"아니 우리가 할 수 있는 일이라면 한번 추진해 보는 것입네다. 물론 그네들이 안 된다고 하면 어쩔 수 없는 일이지만."

"아이고 이 선생도, 보시다시피 내 이 조그마한 DP점에서 어떻게 그 많은 PX 사진을 취급할 수 있겠습니까. 또 그 일을 맡으려면 암실, 작업실, 건조실 등 시설도 대폭 크게 해야 하고 또 그쪽으로도 줄이 닿아야 하는데 내가 기술은 좀 있지만 그런 여러 조건들을 갖출 능력이 없는 처지로 욕심을 낸다고 되겠습니까?"

"너무 자신 없어 하지 마시라요. PX 쪽은 내가 한번 살펴보갔시오. 그러니 만일 일이 잘 진행되면 사진을 만드는 쪽 일은 박 선생이 감당해 주시갔지요?"

"글쎄 사진에 대한 일이라면 내가 감당하겠지만 조금 전에도 말했지만 그것만으로 되는 것이 아니지요. DP점 규모도 달라져야 하고 숙련된 사진 기사도 작업에 따라 더 필요하게 되고."

그들은 병도의 수완으로 미군 PX 사진 현상을 맡게 되었다. 박 기사는 사진 만드는 쪽을, 그리고 병도는 PX에서 사진 현상물을 따오기 위한 교섭과 사진 제작실 확장 외에 투자되는 비용 전부를 감당하는 조건으로 일을 시작했다. 이익은 박 기사가 삼을 병도가 칠을 갖기로 합의했다. 그런데 사업이 순조롭게 진행되자 박 기사의 태도가 달라졌다.

"아무리 자본을 이 선생이 다 투자했다 해도 내가 삼이고 이 선생이 칠이면 내가 너무 억울한 것이 아닙니까? 이 사업은 기술 없이는 안 되는 일인데 그런 비율의 동업으로 기술만 제공하는 일을 하느니 차라리 동업을 그만두고 이대로 조그맣게 DP점이나 하는 것이 좋겠다는 생각이 들어서요."

병도는 당황스러웠다. 그러나 이 사람이 딱히 동업을 하지 않겠다는 것은 아닌 듯했다. 일이 잘되어 가자 배짱을 부려 보는 것 같았다. PX 쪽 사람과는 이야기가 잘되어 곧 사업을 시작해야 할 처진데 기술자와의 갈등으로 일에 차질이 생기면 곤란하다는 생각이 들었다.

"아니 일을 시작하기도 전에 마음이 바뀐 것입네까? 그렇지 않으면 사업 조건이 마음에 들지 않아서입네까? 뭐 정 못 하겠다면 어쩔 수 없는 일입네다만…."

"뭐 꼭 하지 않겠다는 것이 아니라, 아까도 말했지만 이 사업은 기술이 필요한 일 아닙니까. 우리가 일을 같이 해야 하는 마당인데 기술과 노동을 다 합해서 삼칠제로 한다는 것은 너무 불공평한 동업 조건이란 생각이 들어서 말입니다."

병도는 '이 사람이, 설마 제가 이 사업을 PX에서 따낼 수 있을까' 반신반의하며 자기가 제시한 조건을 가볍게 받아들였다가 뜻밖에 일이 잘 추진되고 사업을 시작하게 되자 생각이 바뀐 것이라 생각했다.

"아니 그러니 처음 약속과는 달라졌다는 말입네까?"

병도가 박 기사를 응시하며 물었다.

"사실 처음은 일이 될지 말지 해서 깊은 생각 없이 한 말인데 지금은 이야기가 달라지지 않았습니까. 해서 말하는 것입니다."

"그럼 구체적으로 조건을 말해 보시라요."

박 기사는 망설이다 말을 꺼냈다.

"뭐 솔직히 말씀드리자면 이익 배당을 오대 오로 해야 하지 않겠습니까."

그렇게 말하고는 병도의 눈치를 살폈다.

그러자 병도는 잠시 침묵한 후 대답했다.

"알겠습니데다. 좀 생각해 보시자요."

어쨌든 기술 없인 할 수 없는 일이니 병도는 막무가내로 그렇게 할 수는 없다고 딱 잘라 버릴 수만은 없어 찜찜했지만 일단은 그렇게 받아들여 놓았다. 사실 병도도 박 기사의 기술이 어느 정도인지 확실히 알지 못하는 마당이므로 만일 기술이 시원치 않아 일을 망쳐 놓으면 망하는 것은 자신만이라는 생각에 일을 하면서도 걱정이었다. 그는 동업 조건을 오대 오로 하자고 요구하고 나오니 그가 요구하는 조건을 무조건 그렇게 합시다 할 수도 없는 일로 고민스러웠다. 며칠 사이 암실 내 기기들과 부대 시설을 준비하는 데도 적지 않는 돈이 들어갔고 앞으로도 사진 재료를 비롯한 여러 준비로 계속 자금이 들어가야 했다. 하지만 이제 PX 쪽에서 필름을 보내오기만 하면 그것을 사진으로 현상 작업할 준비는 거의 된 것이다.

"박 선생, 어떻습네까? 그런대로 준비는 된 것임네까? PX 쪽에서는 사진이 잘 만들어져야 한다고 여러 차례 말을 해왔시오. 그리고 사진이 제대로 만들어지지 않으면 일을 맡길 수 없다고도 했습네다. 그거야 당연한 일이지만 물건을 제대로 만들지 못하는데 계속 일을 맡기겠습네까. 아무튼 최선을 다해 주시라요. 그리고 박 선생이 요구한 대로 오 대 오는 곤란하고 사륙제로 내가 양보하겠습네다. 그 대신 조건이 있습네다. 이 사업을 하기 위해서 많은 사람과 교제도 하고 또 그것뿐입네까. 아시다시피 그동안 시설이며 기자재 구입 등 적지 않은 자금이 들어갔습네다. 그러니 만일 사진이 제대로 나오지 않으면 PX 쪽에서 사진 현상을 보내지 않을 수도 있습네다. 그렇게 되면 나는 망하는 것입네다. 그래서 하는 말인데 그런 일이 없도록 최선을 다해 주시라요. PX 쪽에서 며칠 전에 우리 시설을 보고는 만족한 듯 사진 기사가 필요하면 일류 기사를 소개해 주겠다고도 했습네다만 내가 사진 기사는 훌륭한 분이 계시다고 했시오."

박 기사는 좀 당황하는 듯하더니 새삼 병도에 대한 호칭을 사장님이라 부르기 시작했다.

"사장님, 내가 뭐 꼭 그렇게 해야 한다고 고집한 건 아니었습니다. 사장님이 그렇게 배려해 주신다니 따르도록 하겠습니다. 그리고 말씀대로 사진은 하자가 없도록 최선을 다해 만들겠습니다."

그렇게 해서 일은 본격적으로 시작하게 되었다.

실은 병도의 아내 혜란은 박 목사의 인척 조카가 아니었다. 과거 박 목사와 한 교회에 다녔던 독실한 신자의 딸로 부산에 내려와 우연히 만나게 된 사이였다.

혜란은 병도와 결혼을 하고 난 뒤부터는 교회에 가지 못했다. 그것은 시어머니와 병도는 교회라든가 기독교라든가 하는 그런 쪽에는 관심도 없는 사람들이었기 때문이다. 시집을 왔으면 시집의 가풍이나 법도를 따르는 것이 며느리 된 도리라는 세습의 의식으로 살아온 구세대의 시어머니는 설혹 혜란이 그런 종교인이었다고 해도 한 집안의 며느리로 들어온 이상 며느리일 뿐 그의 종교 따위엔 관심이 있을 리가 없었다. 그동안 남편을 잃은 외로운 집안에 그나마 사십이 다 된 나이로 늦장가를 든 외아들 병도에게 무엇보다 하루라도 빨리 떡두꺼비 같은 아들을 하나 낳아 주기만을 학수고대하고 있을 뿐이었다. 더욱이 병도는 박 목사의 종교관이 마음에 들지 않았었다. 그의 원수를 사랑하라는 말은 아무리 생각해도 아버지를 해한 놈들을 용서하라는 말로 들렸기 때문이다. 병도로서는 그것은 도저히 받아들일 수 없는 일이었다. 그의 중매로 혜란과 결혼은 했지만 그의 종교관에 대해서는 관심이 없었다. 박 목사의 그런 말은 위선으로밖에 들리지 않았고 아버지를 해친 놈들에게는 어떤 관용도 베풀고 싶지 않을 뿐더러 원수를 사랑하라는 말은 아버지를 배신하라는 말로밖에 들리지 않았다. 그러니 박 목사를 가까이 하고 싶지가 않았던 것이다. 그런 집안의 분위기에서 혜란의 입지는 어쩔 수 없이 제한적이었다.

PX에서 보내오는 사진 현상 작업은 의외로 순조롭게 잘 진행되었고 사무 관리나 수입 지출 관리도 별도의 사람을 채용해야 할 처지였다. 그런데 마침 혜란이 경리를 볼 수 있다고 하니 병도는 남을 쓰는 것보다 차라리 믿을 수 있는 아내에게 일을 맡기는 것이 좋을 것 같았다. 벌써 직원이 십여 명이나 되었고 또 병도의 성격상 책상머리에 앉아 관리나 하며 수입 지출이나 따지는 그런 일은 맞지 않았다. 그래서 사진 쪽은 박 기사에게, 경리 관리는 아내에게 맡기고 자신은 총체적인 사업 관리에만 매달렸다. 혜란은 의외로 사무 능력이 섬세하고 수입 지출의 경리도 빈틈없이 잘하였다. 그러나 문제는 어머니였다. 아무리 집안 사업이라고 해도 며느리가 살림보다 사무실에 매달려 있는 것이 불만이었다. 아들의 말처럼 설혹 며느리가 사무를 잘 본다고 해도 왠지 바깥 일을 하는 것이 마음에 들지 않았다. 어머니의 생각은 그저 얌전하게 집안일이나 하며 대를 이을 건강한 손자나 어서 하나 낳아 주기만을 바랄 뿐이었다.

이즈음 박 목사의 교회는 혜란이 결혼한 다음부터 교회에 나오지 않게 되자 그동안 혜란의 꾸준한 전도 사업으로 그나마 모여들던 신도들도 더 이상 늘지 않았고 오히려 줄어드는 형편이었다. 하지만 어찌하겠는가. 혜란을 대신할 마땅한 사람이 없는 것을. 그러나 박 목사는 그동안 판잣집 교회면 어떤가 하며 깊은 신앙심으로 기도만 할 수 있다면 그것만으로도 감사하던 마음이 요즘은 왠지 초라하게 느껴짐을 떨쳐 버릴 수 없었다. 그것도 그럴 것이 이곳 판자촌에서 교회를 시작한 것도 자신이 처음이었고 그 나름대로 성심껏 선교를 해왔다고 생각했는데 어느 사이엔가 주변 몇몇 건물에 교회 현판이 걸렸을 뿐만 아니라 제법 격을 갖춘 교회들은 십자가까지 높이 세우고 적극적인 전도 활동을 통해 신도 확보에 힘쓰고 있었다. 그런 모습들을 볼 때 그동안 은둔자적이고 소극적이었던 자신의 신앙생활에 회의를 느끼게 된 것이다.

그러던 어느 날 혜란이 찾아왔다. 박 목사는 그녀가 결혼한 이후 처음 만났다.

"목사님, 그동안 찾아뵙지 못하였습니다. 별고 없으시지요. 죄송합니다."

"아니 죄송하다니, 결혼해서 시어머니를 모시고 사는 사람이 어떻게 집을 비우고 나올 수 있겠어. 시어머니를 잘 모셔야지 어떻게 이렇게 나올 수 있었어? 시어머니는 건강하시고? 이 선생의 사업도 잘되지?"

"네, 목사님이 늘 염원해 주시는 기도와 하나님의 따뜻한 보살핌으로 그동안 잘 지내고 있었습니다. 그리고 병도 씨도 이번에 다른 사업을 시작했어요."

"그래! 어떤 사업을?"

"네, 목사님도 짐작하고 계셨겠지만 그동안 병도 씨는 미군 부대에서 흘러나오는 건전치 못한 물건들을 암거래하는 일을 사업이라고 해왔는데 이젠 좀 더 반듯한 사업을 하고 싶어 했어요. 그런데 다행히 평소 가깝게 지내던 사진 기사와 미군 PX에서 나오는 미군들이 찍은 스냅사진 현상 작업을 맡아 하게 되었어요. 병도 씨가 아는 PX의 한국 직원을 통해 교섭을 한 결과 일이 잘되어 요즘은 그 일로 아주 바쁘게 돌아가고 있어요."

"그래요! 참 잘되었구먼. 그게 다 평소 혜란이의 하나님을 향한 지극한 기도와 믿음으로 인한 은총으로 이루어진 것이야. 참 잘되었어. 고마운 일이고."

"그것도 평소 목사님이 저희를 위해 늘 기도로 보살펴 주신 덕택이에요. 그런데 이 판자촌을 올라오는 골목에 전에 없던 교회가 벌써 몇 군데나 보였어요. 그리고 교회 건물도 제법 크고 교세도 있어 보였구요."

"나도 알고 있어요. 나야 신도들을 모여들게 할 재주나 능력도 없고 또 명설교로 신도들을 감동케 하는 능변도 없으니 목사로서는 부족한 사람이지. 목사는 하나님의 말씀을 전하는 첨병으로서 신도들과 가장 가깝고 밀접한 자리에서 말씀으로써 교감하고 그들의 마음에 하나님의 뜻을 믿음으로 자리매김되도록 해야 하는데 나는 그런 능력이 부족하니 이렇게 판잣집 교회를 벗어나지 못하는 거지."

"아니에요. 그렇지 않아요. 목사님은 훌륭하셔요. 그러나 좀 더 전도 활동에 힘을 쓸 필요는 있어요. 아무리 구슬이 서 말이라도 꿰어야 보배라고 했어요. 설혹 목사님의 깊고 탁월한 설교가 있었다고 해도 그것을 많은 사람들이 직접 듣고 접하지 못했다면 누가 알겠어요. 그러니 신도들과 함께할 수 있는 기회를 자주 갖기 위해서는 더 많은 전도 활동을 통해 신도들과의 만남을 갖도록 하셔야 해요. '판잣집이면 어떤가. 기도를 통해 하나님과의 절실한 대화가 이루어질 수 있는 곳이면 반드시 어마어마한 교회여야 할 필요는 없다.'고 하신 목사님의 말씀은 이해가 되지만 안타깝게도 오늘의 사회 현상은 그렇지 않아요. 내용이야 어떻든 겉으로 그럴듯하게 차려진 교회를 찾아가는 것이 일반적인 경향이라고 할 수 있거든요."

박 목사는 눈을 지그시 감고 혜란의 말을 들었다.

"뭐 혜란의 말도 일리가 있겠지. 그리고 나도 목사이기 전에 사람이고 그런 크고 화려한 교회에서 설교하고 싶은 마음이 왜 없겠나. 하지만 기도는 반드시 그런 교회라는 특정한 장소에서만 이루어지는 것이 아니라 하나님을 영접할 진실한 마음 자세만 되어 있다면 어느 때 어디서나 우리는 하나님과 기탄없이 진솔한 대화를 나눌 수 있는 것이야. 교회가 크다거나 보잘것없거나 하나님은 차별적으로 대화를 하시지 않으심을 알아야 해요. 일부 물욕에 현혹되어 과장되게 교리를 해석하며 교세 확장이라는 허울 좋은 구실을 내세워 가난하고 어려운, 그리고 피와 땀이 어린 교우들의 천금 같은 헌금을 가지고 교리의 뜻과는 달리 외형적 허상에 치우쳐 경쟁적으로 이곳저곳에 교회라는 이름으로 수없이 난립하는 모습들을 볼 때면 과연 저것이 옳은 일이며 하나님의 참뜻이었던가 하는 회의를 느끼곤 해요. 거듭 말하지만 진실로 하나님을 영접할 마음이 되어 있다면 그곳이 움막이면 어떻고 판잣집 아니 더 못한 곳이면 어떤가. 우리 곁에는 늘 하나님이 계시다는 사실을 알아야지. 마치 장사꾼들처럼 여기저기 경쟁적으로 가게를 차려 놓고 고귀한 십자가를 내세워 선량한 신도들을 허상에 현혹되게 하는 모습들은 참으로 안타까운 일이고 그것은 또 하나의 죄를 짓는 일이 되는 것이에요. 늘 반성하고 그저 묵묵히 하나님의 말씀에 귀 기울이고 거기에서 깨달음을 얻어 참종교인의 더욱더 성숙한 그리고 하나님 앞에 부끄럽지 않는 기도하는 자리가 되기를 진심으로 바랄 뿐이야."

"그렇지만 전도를 통해 많은 신자들에게 하나님의 말씀을 전하는 일도 중요하고 또 필요한 일이라 생각해요."

박 목사는 더 이상의 말은 하지 않았다. 혜란은 목사님의 종교관을 알고는 있었다. 하지만 막상 오랜만에 찾아왔는데 멀지 않는 곳에 그동안 여러 개의 교회가 생겨난 것을 보고 왠지 안타까운 생각이 들었던 것이다.

박 목사를 만난 후 좀 어두운 표정으로 사무실에 돌아온 혜란을 본 병도가 물었다.

"그래 목사님은 잘 계시던가요?"

"잘 계시기는 한데 움막집 교회는 조금도 변하지 않은 초라한 그대로였어요. 목사님의 움막으로 올라가는 골목길에는 전에 보지 못했던 새로운 교회들이 몇 군데나 생겼더군요. 화려한 현판과 함께 십자가도 높이 세워져 있었어요."

"그래요! 교회에 대해서는 나야 잘 모르는 일이지만 요즘 여기저기에 많은 교회들이 생겨나더구먼. 하기야 이런 불안한 전시체제의 사회에서는 누구든 늘 불안한 마음을 안고 살게 되고 그런 불안한 마음은 힘 있는 어딘가에 의지하려는 심리를 갖게 되지. 거기에 종교라는 초능력적 힘을 과시하는 교리에 심취하게 되면 그에 의지하려는 사람들은 자연 그리로 모여들 것이고 그렇게 되면 목사도 사람인데 자기 몫을 챙기기 위해 서로가 경쟁적으로 자신의 영역을 확보하기 위해 여기저기에 교회를 차리려 들 것이고. 그런 현상이 지금 나타나고 있는 것이 아니갔시요. 글쎄? 잘은 모르겠지만 나 같은 장사꾼 놈이 보기에도 어쩐지 신성한 교회를 내세워 마치 장사꾼이 가게를 차리듯 한다는 생각이 들기도 하고 더욱이 같은 십자가를 달아 놓고도 현판에는 무슨 교 무슨 교 하는데 기독교의 가르침도 교파마다 하나님의 말씀이 다른 것인지. 그러고 보면 박준식 목사님의 종교관은 그런 잡다한 형식보다 속되지 않은 진정한 말씀의 깊은 뜻을 깨달아 실천하는 참종교인의 자세가 아닌가 하는 생각도 드는구먼."

그러자 혜란은 안타까운 듯 말했다.

"그러니 판잣집 교회를 벗어나지 못하시지요."

첫 출근

학교에 첫 출근한 영근은 감개가 무량했다. 비록 보잘것없는 가건물의 학교이지만 과거 자신이 몸담았던 학교이고 또 사선을 넘어 탈출한 동료 교사들과의 만남은 이루 말할 수 없는 반가움이었다. 그들은 서로 뜨겁게 부둥켜안고 기쁨을 나누었다. 그러나 안타깝게도 개성을 탈출하지 못했거나 공산군에게 연행되어 행방을 알 수 없게 된 사람, 피난 과정에서 뜻하지 않는 불행을 당한 사람 등등의 소식을 듣게 되었고 만남의 기쁨과 함께 안타까움과 애석함과 그리고 한편으론 분노도 금할 수 없었다.

영근은 그동안 막노동이었지만 열심히 일했고 또 피난살이의 어려운 삶이지만 알뜰하게 살아준 아내의 덕택으로 조금씩 저축을 할 수 있었다. 그리고 피난 나올 때 어머니가 아주 급한 일이 아니면 절대 쓰지 말라고 자신도 모르게 아내에게 주신 적지 않은 돈을 합쳐 복직 후 이 년여 만에 산비탈 움막집 신세를 청산하고 사람이 사는 동네로 내려와 방 두 개짜리 셋방을 얻어 살게 되었다.
그동안은 산비탈 판자촌에서 한참 아래에 있는 공동 수도에서 물을 길러 와야 했고 음습한 방바닥에서는 벌레들이 기어 나와 어린 난희를 괴롭히는 등 악조건이었다. 하지만 이제는 비록 셋방이지만 주방의 수도꼭지만 틀면 언제라도 물이 콸콸 쏟아져 나왔다. 거기에다 좁지 않는 방을 두 개나 쓰게 된 것이 지희는 무어라 말할 수 없이 기뻤고 갑자기 큰 부자가 된 듯 행복했다.

그러나 영근은 복직이 되었다고 해도 교사라는 신분이 회복되었을 뿐 어려운 학교 사정은 아직 자리가 잡히지 않아 월급이 아주 박봉이었다. 피난지에서 학교가 다시 개교를 하게 된 탓인지 이전의 학생들의 복학률은 아주 저조했다. 그러니 학사 운영의 체제를 갖추기 위해서 어찌할 수 없이 각지에서 모여든 피난 학생들을 받아들여 나름대로 수업을 하게 된 것이다. 그렇게 해서 여름이 지나고 추운 겨울 방학도 끝날 무렵이었다. 그동안 움막의 판잣집 생활에서 제대로 먹지도 못하고 몸 관리도 잘하지 못한 탓인지 건강이 좋지 않던 아내는 환경이 좀 나은 곳으로 집을 옮긴 후에도 밭은기침과 때로 심한 열로 몸져눕는 날이 잦아졌다.

그런 허약해진 아내를 보는 영근은 무거운 죄책감과 미안함으로 가슴이 아팠다.

"여보, 오늘은 병원엘 가봐야겠어."

"아니에요. 감기 기운이 좀 있어 그런 걸 거예요. 걱정 마시고 어서 출근을 하셔야지요."

"아니야 감기라고 해도 이번엔 병원 진찰을 받아 보도록 해야겠어. 오늘이 토요일이니 오후에 퇴근하는 대로 함께 병원엘 갑시다. 자 다녀오리다."

영근은 집을 나왔지만 아내의 표정에서 왠지 무거운 병증이 느껴지는 것을 떨쳐 버릴 수가 없었다.

이날 오후 병원에서 나오는 영근의 표정이 몹시 무거웠다. 그동안 아내의 병증을 감기 정도로 생각해 왔는데 진찰 결과는 의외로 이미 결핵이 진행 중이라는 것이다. 영근은 그동안 아내의 건강에 너무 무심했던 자신의 잘못이 크다는 것을 새삼 느꼈다. 당장 입원을 해서 치료를 받는 것이 좋겠다는 의사의 말에도, 아내는 굳이 통원 치료를 받겠다고 했다.

"여보, 안정이 필요하고 아직 초기라 입원 치료를 하면 호전될 수 있다고 하지 않소. 그러니 입원하도록 합시다."

영근은 간곡히 말했으나 아내는 한사코 고집을 부렸다.

"아니에요. 감기가 좀 오래되서 그렇게 된 거예요. 그러니 멀쩡한 집을 두고 왜 입원을 해요. 제가 통원 치료를 받으며 집에서 안정을 취하는 것이 더 편안하고 좋아요."

"그렇기는 하겠지만 결핵은 전염성이 강하고 어린 난희와의 관계도 생각해야지요."

"알고 있어요. 그 생각도 했어요. 굳이 입원을 하지 않겠다면 결핵균이 가족에게 전염되지 않도록 환자 개인 용품은 가족과는 별도로 격리해서 쓰고 위생에 각별히 신경을 쓰라고 의사가 말했어요."

결국 아내는 병원에서 지어 주는 약을 복용하며 통원 치료를 받고 많이 호전되고 기침도 거의 하지 않게 되었지만 원래 허약한 체질 탓인지 항상 잔병을 달고 살았다. 영근이 복직되어 그런대로 이제 좀 안정된 생활이었는데도 아내의 건강은 날로 허약해졌다. 해서 이래서는 안 되겠다는 생각으로 영근은 아내와 함께 한약방으로 찾아가 진맥을 받아 보기로 했다. 진맥 결과 그동안 냉방에서의 생활이 냉한 체질의 몸을 더욱 악화시켜 여러 가지 질병을 극복하지 못하는 상태가 되었다고 했다. 영근은 더욱 무거운 죄책감을 느꼈다.

"여보 미안해. 이 능력 없는 못난 놈 때문에 당신만 고생을 했어."

"아니에요. 저는 그 판잣집 움막에 살면서도 당신과 함께 해온 것이 얼마나 행복했다구요. 미안하다니요. 제가 오히려 미안해요. 건강한 몸으로 당신을 대해 오지 못해 늘 미안했어요."

안타까워하는 아내의 표정이 오늘따라 유난히 파리하게 보였다.

"아니 그게 무슨 말이야. 나는 당신이 곁에 있어 준 것만으로도 얼마나 기쁘고 마음 든든했다고."

집에 돌아온 영근은 침구를 펴고 아내를 편히 쉬게 한 다음 자신은 지체 없이 한의가 지어 준 약을 성의껏 달여 그것을 아내에게 마시게 했다. 그리고 그는 그동안 아내를 제대로 살펴 주지 못했던 죄책감으로 이 약은 반드시 자신이 달여 아내에게 복용하도록 해야겠다고 마음먹었다.

그러던 어느 날 학교 퇴근길에 오랜만에 김상길과 만나게 되었다.

"윤 선생, 오랜만이오. 함께 퇴근하게 되었구먼. 요즘 어떠시오?"

"뭐 신통한 일도 없고 그저 그래요."

"그럼 오랜만인데 우리 모처럼 한잔 어때요?"

영근은 즉답을 못 했다. 아내에게 약을 달여 주어야 했기 때문이다. 그러나 오랜만에 만난 상길의 유혹을 뿌리치지 못하고 잠깐 한잔하고 가도 되겠지 생각했다.

"뭐, 그럽시다."

"그럼 잘됐네. 그 왜 초량시장 밀양집으로 갑시다."

"아! 괜찮죠, 오랜만인데. 그 주모 지금도 잘 있나? 김 선생은 자주 갔을 거구."

상길은 무엇에 찔린 듯 새삼 영근을 바라보았다.

"뭐 자주는 아니지만 가끔은 퇴근길에 들르곤 했었지."

"그 주모 젊고 인물도 그만하면 괜찮고 성격도 활달해 보이던데 그리고 김 선생한테는 각별하게 대하는 것 같고."

"아이 별 말씀을. 단골로 다니니까 친숙해져서 손님 대접의 차원에서 그러는 거지 뭐. 하기야 얼마 전에는 정색으로 나에게 섭섭하다고 하더구먼. 그래서 왜 그러느냐고 하자, '선생님은 제 마음을 너무도 몰라주시는 것 같아서예.' 하고는 얼굴을 붉히더구먼, 그래서 내가 주모의 마음을 몰라주다니 그게 무슨 말이냐고 했지. 그랬더니 '몰라예, 목석도 아닌 남자가! 여자의 마음을 그렇게 모르는 척하시는 걸 보면 술집 주모라고 저를 무시하는 것이라예?' 하고는 토라지더구먼. 마침 홀 안에는 손님도 별로 없었고 해서, '주모 참 딱하시구먼. 주모도 알다시피 좀 생각을 해 보시오. 무시하는 것이 아니라 나는 삼팔따라지로 난리통에 구사일생 홀홀단신으로 피난 와서 홀아비로 사는 놈이 아닙니까. 예쁜 주모에게 호감을 가진들 무슨 소용이 있겠어. 내가 주모의 마음을 안다고 한들 내 처지로 어떻게 할 수 있겠소?' 그러자 묵묵부답으로 고개를 숙이고 있던 그가 상기된 얼굴로 '저는 선생님이 외롭게 피난 생활을 하시는 것도 잘 알고 있고 시장에서 도장포를 하시는 것도 알고 있어예. 선생님이 저를 싫다고 하시면 어쩔 수 없는 일이지만 그렇지 않다면 저는 선생님을 가까이에서 모시고 싶을 뿐이라예.' 하는 것이 아닙니까."

"아니 그렇게까지 적극적인데 그래 가만히 있었단 말입니까? 그건 너무했습니다. 여자가 그 정도로 말을 했을 때는 김 선생에게 상당히 호감을 가지고 있다는 이야긴데 그래 그에 대해 아무런 반응도 보여 주지 않았다면 그건 여자 쪽에서 무시당했다는 생각으로 자존심도 상했을 것입니다."

"아니 주모의 말을 듣고 나도 사내인데 마음의 동요가 없었겠습니까. 하지만 그때 갑자기 행방도 모르는 아내와 가족 생각이 문득 떠오르며 정신이 번쩍 드는 것이 아닙니까. 그러니 더 이상 아무 말도 할 수 없었고 그날은 주모의 기분을 상하지 않게 하고 돌아오고 말았지요."

"참 안타깝구먼. 그러니 계속 홀아비로 살 수도 없고 그렇다고 가족을 찾아갈 수도 없는 처지이니 무슨 죄를 졌다고 이렇게 독수공방으로 외롭게 살아가야 하는지 참 답답한 일이구먼."

그날따라 대폿집에는 빈자리를 찾을 수 없을 정도로 손님들이 많아 홀 안은 취객들로 왁자지껄했다. 직원들은 손님들의 주문을 받느라 바빴고 주방에서는 파전이며 안줏거리를 만들어 내느라 정신없어 보였다. 둘은 겨우 한옆으로 빈자리를 잡아 홀 직원을 불러 막걸리 한 주전자와 파전을 주문했다. 바쁜 와중에도 어떻게 알았는지 주모가 직접 술과 안주를 가지고 나오며 상길을 보고 반색을 했다.

"오서 오세요. 선생님. 저는 선생님이 그동안 한 번도 안 오시기에 이쪽 길을 잊으셨나 했어예."

미소를 띠면서도 눈을 가볍게 흘겨보는 주모의 표정에서는 반가우면서도 야속하다는 투가 느껴졌다. 그러자 상길은 당황한 듯 영근을 살폈다.

"길을 잃기는, 학교 업무가 좀 바빴어요."

상길은 얼른 말머리를 돌렸다.

"저, 윤 선생님을 아시지?"

주모는 그제서야 영근을 보았다.

"네, 오래전에 김 선생님과 같이 오셨던 것 같네예."

"그래요. 윤 선생님은 오래전에 나하고 한 번 왔었지. 지금은 우리

학교 지리 선생님이시고."
 "아이 몰라뵈서 죄송합니다. 사실 우리 김 선생님도 그동안 섭섭하게도 자주 안 오셨어예. 제가 미우신 것 같에예."
 주모는 의미 있는 미소를 짓더니 가벼운 눈웃음으로 상길을 바라보았다.
 "자, 어서 술을 드셔야지예."
 "그렇지, 자 윤 선생에게 먼저."
 상길이 잔을 영근에게 먼저 권했다.
 "아니, 주모 김 선생에게 먼저 따르도록 해요. 두 사람이 앞으로 더욱 자주 만나 돈독한 사이가 되기를 바라는 마음에서."
 상길은 묘한 표정으로 영근을 바라보았다.
 "아니, 선잔을 받으면서 무슨 맹서를 하라는 것 같구면. 아무튼 주모, 어서 술이나 따라요. 오늘은 각별한 주모의 손길이 묻어서인지 유난히 술맛이 좋을 것 같구면."
 "두 분은 말씀들 나누고 계세요. 잠시 주방엘 갔다 오겠습니더."
 주모는 일어나 주방으로 들어갔다. 주모가 주방에 간 후 둘 사이엔 벌써 몇 잔의 술이 오고 갔다. 그러나 영근의 마음은 콩밭에 가 있었다. 빨리 집으로 돌아가 아내에게 약을 달여 주어야 한다는 생각이 조바심쳤다. 상길의 태도로 봐 술자리가 쉽게 끝날 것 같지 않았기 때문이다. 영근은 벌써 몇 잔을 마신 뒤라 더 이상 마셔서는 안 되겠다는 생각이 들어 눈치를 살피다 말을 꺼냈다.
 "김 선생, 아무래도 나는 먼저 일어나야 될 것 같습니다."
 "아니 왜 벌써! 모처럼의 자린데 별 바쁜 일이 아니면 좀 더 하고 같이 일어납시다. 나도 오란 사람은 없지만 빈 판잣집이 나를 기다리고 있으니 그래도 명색이 내 집인데 기어들어 가기는 해야 할 테니 조금만 더하고 같이 갑시다. 이제 기분이 좋아지려고 하는데 이렇게 끝내면 시작 안 한 것만 못하지. 자자, 한 잔 더 받으시오."

상길은 영근의 대폿잔에 술이 넘치도록 따르고 나서 자신이 마시던 술잔의 술을 마저 단숨에 마신 다음 빈 잔을 내밀었다.

"자, 나도 한 잔 주시오."

그는 아까부터 자작으로 연거푸 몇 잔을 마신 뒤여서 그런지 벌써 취기가 많이 올라 있었다. 영근은 이대로 계속하면 안 되겠다는 생각이 더욱 들어 작심하고 말했다.

"김 선생, 미안한데 아시다시피 우리 집사람이 병으로 몸져누워 골골하고 있질 않소. 그러니 어쩔 수 없이 내가 들어가 저녁에 먹을 한약을 달여 주어야 하는데 시간이 좀 지체된 것 같구먼."

그때 마침 주모가 다가왔다.

"오, 마침 주모가 오는구먼."

상길은 취기가 어린 듯 고개를 가볍게 끄덕이다 주모를 힐끗 쳐다보았다.

"윤 선생은 참 행복하시오. 그렇게 보살펴 주어야 할 아내가 있으니 말이오. 나는 그런 사람도 없으니! 알았어요. 먼저 들어가시오."

상길이 영근을 바라보는 표정에는 부러운 듯 서운한 듯도 한 시선이 엇갈렸다. 영근은 외로운 김 선생과 함께 해주지 못하는 것에 미안한 생각이 없지 않았다.

"주모 나는 부득이한 사정이 있어 먼저 일어나야 하니 우리 김 선생을 잘 부탁합시다. 외롭지 않게 말이오."

영근의 말에 주모는 잠시 어리둥절했다.

"아니 왜 먼저 가시게예. 같이 시작했으면 같이 끝내시야지 이렇게 먼저 가시면 김 선생님이 섭섭하시겠네예."

"그럴 사정이 좀 있습니다. 그래서 김 선생을 잘 부탁한다는 말을 하는 것이 아닙니까."

"그렇지만 김 선생님은 저를 싫어하시는데 어떻게 잘 해드릴 수 있습니꺼."

주모가 미소 띤 곁눈질로 상길을 바라보자 상길은 영근을 바라보았다.

"윤 선생 사정이 그러니 더 이상 잡을 수도 없고 알았어요. 나도 조금 있다가 내 쉴 곳인 작은 판잣집으로 들어가겠습니다. 잘 가시오. 내일 또 봅시다."

그러나 상길은 영근이 돌아간 다음 자신의 처지가 더욱 초라하게 느껴졌다.

"주모, 술을 더 가지고 오시오. 기왕 시작한 술 오랜만에 취하도록 마셔야겠소."

주모를 바라보는 상길의 시선에는 외로움과 쓸쓸함이 짙게 묻어났다. 주모는 그런 그의 모습이 더욱 측은하게 느껴졌다.

퇴근 시간대에 모여들었던 홀 안의 손님들도 이젠 많이 빠져나가 여기저기 남은 몇몇 술꾼들은 횡설수설 떠들며 왁자지껄했다.

"선생님도 이제 그만 하시지예."

"아니 왜 그만 하라는 거야? 난 더 마셔야 해. 이대론 집에 들어갈 수 없다고. 아무도 없는 집에 그냥 들어갈 수가 없어요."

고개를 깊이 숙인 상길의 어깨가 잠시 후 가볍게 들썩이고 있었다. 그를 지켜보던 순분도 그의 외로움을 깊이 느낄 수 있었다.

"선생님, 용기를 내세요. 선생님 곁에는 제가 있어 드릴게요."

순분이 그의 손을 잡자 상길은 잠시 주춤했다.

"주모 미안해요. 이런 추태를 보여서."

상길도 그녀의 손을 맞잡으며 뜨거운 시선으로 바라보았다.
"하긴 나도 이젠 들어가 봐야겠어."
상길은 자리에서 일어서려다 비틀하고 도로 주저앉고 말았다. 순분은 얼른 일어나 그의 곁으로 다가갔다.
"아니 내가 벌써 취했나."
상길이 다시 일어서려고 했다.
"선생님, 많이 취하셨네예. 오늘은 제가 모시고 갈게예."
상길은 잠시 머뭇하다 그녀를 바라보았다.
"아니 주모가 나를 왜! 그거는 안 돼. 내가 언젠가 말했지. 나는 삼팔따라지로 혼자 사는 별 볼 일 없는 홀아비로 집도 없는 놈이라고."
"그래도 오늘은 선생님을 제가 모시고 가야 합니다. 아까 윤 선생님이 선생님을 외롭지 않게 모셔 달라고 부탁까지 하셨는데 어떻게 술에 취한 선생님을 혼자 보낼 수 있어예. 안 됩니더."
순분은 주방으로 들어가 외출복으로 갈아입고 나왔다.
"선생님, 자 가시지예."
순분이 팔을 잡자 무겁게 고개를 숙이고 앉아 있던 상길은 못 이기는 척 이끌려 따라나섰다.
"주모, 잠깐 비틀했을 뿐인데 이렇게까지 하지 않아도 됩니다. 이제 괜찮으니 걱정 말고 들어가 일을 보시오."
그러나 순분은 그동안 상길에게 품었던 깊은 마음을 이런 기회에 풀고 싶었다.
"선생님, 홀은 주방장에게 일이 끝나면 정리하고 문을 닫으라고 했어예. 그러니 걱정 마시고 오늘은 제가 모시는 대로 따라오시기만 하면 됩니다."
"아니, 그래도 그렇지 이렇게 어디로…. 우리 집은 주모가 갈 곳이 못 돼요."
 순분은 웃으며 말했다.
 "오늘은 제가 선생님을 납치하는 거라예."
 큰길에 나오자 순분은 서슴없이 택시를 세우고 자신이 먼저 뒷좌석에 앉으며 상길에게 재촉했다.
 "선생님 어서 타시지예."
 이런 상황에 이르렀으니 상길은 어쩔 수 없이 그녀의 옆자리에 앉게 되었다. 그녀는 서슴없이 기사에게 행선지를 말했다.
 "아저씨예. 동래 온천장 호텔 아시지예. 그리로 가 주이소."
 상길은 깜짝 놀라 순분을 보았다.
 "선생님, 오늘은 피곤하실 텐데 온천장에서 온천욕으로 몸을 좀 푸시고 쉬셔야겠어예. 내일은 일요일인데…."
 순분은 다른 말을 하지 말라는 듯 손으로 상길의 입을 가로막았다. 상길로서는 어리둥절하였지만 어찌 되었거나 싫지는 않았다.

 전선에서는 휴전 회담이 진행 중임에도 피아간 한 치의 양보도 없는 치열한 전투가 계속되고 있음을 신문이 알려주고 있었다. 그럼에도 사업은 사업인 모양인지 호텔에는 그런대로 손님이 드나들고 있었다. 순분은 조심스럽게 프런트로 다가가 방 두 개를 잡았다. 상길로서는 일이 이렇게 된 마당에 더 이상 주모의 뜻에 이의를 달 수가 없었다.
 "선생님 방 둘을 잡았어예. 자 이건 선생님 방 열쇠라예."
 순분이 건네는 열쇠를 받으며 상길은 더 이상 우물쭈물할 수가 없어 앞서가는 순분의 뒤를 따라 자신의 방으로 들어갔다. 그동안 볼품없는 판잣집에서만 살아온 상길은 너무도 화려한 실내의 분위기에 잠시 어리둥절했다. 이리저리 실내를 살피고 난 다음 목욕을 위해 욕조의 수도꼭지를 틀자 뜨거운 온천수의 특이한 유황 냄새가 확 풍겨 왔다. 그는 물을 채운 다음 옷을 아무렇게나 벗어 침대에 던져 놓고 욕조로 들어갔다. 온천수의 따뜻한 느낌이 온몸으로 퍼져 들며 술기운은 삽시간에 사라지는 듯 이렇게 아늑할 수가 없었다. 그는 물속에 몸을 깊이 담그고 잠시 생각에 잠겼다.

'이 여인이 나에게 호감을 갖고 있다는 것은 진즉 알고 있었지만 그러나 그런 그녀의 마음을 쉽게 받아들일 수 없는 것이 내 처지가 아닌가. 나에게는 아내와 자식이 있고 그들은 치열한 전쟁의 와중에 그곳을 벗어났는지 벗어나지 못했는지, 아니면 북쪽 사람들이 말하는 반동분자의 가족이라는 이유로 그놈들에게 불행을 당했는지 알지 못한다. 그런데 좀 외롭고 고독하다고 해서 그들을 잊고 다른 여인의 마음을 받아들인다는 것은 도저히 양심이 허락하지 않는 일이다. 그러나 오늘 순분의 모습은 더 이상 거부할 수 없는 다감한 여인으로 나의 마음에 깊이 파고들었다. 그런 그녀의 따뜻한 모습을 외면한다는 것은 또 하나의 아픔을 있게 하는 것이리라.'

상길은 더 이상 망설일 수가 없었다. 목욕을 마친 그는 순분의 방을 찾아가 조용히 노크를 했다. 그러나 웬일인지 아무런 반응이 없었다. 몇 차례 노크를 계속하자 문이 반쯤 열렸다.

"선생님, 왜 그러시지예. 더 쉬시지 않고예."

그녀는 목욕을 한 다음이어서인지 대폿집 주방에서 보던 얼굴과는 사뭇 다른 화사하고 아름다운 여인이었다. 상길은 그녀의 방으로 들어가려고 했다.

"선생님 안 됩니다. 방 예약 시간이 아직 많이 남아 있는데 선생님은 선생님 방에 가서 좀 더 쉬셔야지예."

순분은 반쯤 열었던 문마저 닫으려 했다. 상길은 무안하기도 하고 여기까지 나를 데리고 왔던 것이 고작 각방을 쓰며 목욕이나 하려고 했던 것이란 말인가 하는 생각이 들자 갑자기 온몸에 힘이 빠지는 것 같았다. 그러나 여인의 몸으로 아무리 자신이 좋아하는 남자라고는 하지만 그렇게 가볍게 접근을 허락하지 않을 것이란 생각이 뇌리를 스치며 오히려 오기 비슷한 것이 생겨 이대로 물러설 수 없었다.

"주모, 할 말이 좀 있어 그러는데 잠깐 들어갈 수 없을까?"

"무슨 말씀인데예."

순분이 주춤하는 사이 문을 밀치고 안으로 들어가자 목욕으로 무르익은 여인의 체취가 확 풍겨 왔다. 가볍게 내의만 걸치고 있는 순분의 탐스러운 자태를 보는 순간 상길은 그동안 굶주렸던 성에 대한 충동을 억제하지 못하고 갑자기 야수처럼 미친 듯 그녀를 힘껏 끌어안았다.

"주모, 내가 주모를 좋아하는 걸 왜 모르는 거야?"

그는 성급하게 그녀의 입술을 뜨겁게 더듬었다. 순분은 호텔에 오기 전까지만 해도 아무런 내색이 없던 그가 갑자기 이렇게 나오는 것이 당황스러웠다.

"선생님, 갑자기 왜 이라십니까?"

순분이 밀쳐 내려 하자, 그는 아랑곳없이 더욱 거친 호흡을 몰아쉬며 그녀의 입술을 뜨겁게 더듬었다.

"주모, 주모는 내가 싫은 거야? 그동안 말은 못했지만 내 처지가 처지인지라 차마 주모를 가까이 할 용기가 나지 않았던 거라고. 그러나 이제는 더 이상 주모를 좋아하는 내 마음을 감출 수가 없어요. 용서해, 이렇게 고백하는 걸."

순분도 막무가내로 거부만 할 수가 없었다.

"선생님, 저도 선생님을 좋아했어예. 그리고 선생님의 처지도 이미 잘 알고 있고예. 그리고 제가 선생님을 좋아하는 건 선생님의 과거와 상관없이 오늘의 선생님을 좋아하는 것뿐이라예."

수줍은 듯한 순분의 말에 상길은 더욱 그녀를 가슴으로 뜨겁게 품어 안았다.

"고마워 주모, 내 사랑하는 주모."

순분도 더 이상 망설이지 않고 그의 뜨거운 입술을 받아들였다.

"주모! 주모!"

상길이 열띤 신음을 하며 밀착해 오자 순분은 갑자기 무언가 못마땅한 듯 고개를 돌렸다.

"잠깐만예…. 선생님, 저의 이름은 주모가 아니라 여순분이라예. 앞으로는 주모라 하지 마시고 순분이라 불러 주이소. 술집을 하는 것도 억울한데 선생님까지 주모 주모 하시니 슬퍼지예."

"아이 참 그렇군. 이름을 물어본다는 것을 미처 생각 못 했어. 미안해요. 여순분, 여순분이라고 알았어. 순분이."

상길이 다감하게 순분의 이름을 부르자, 그녀는 터질 듯한 반라의 몸으로 상길의 가슴으로 파고들며 '선생님, 선생님!' 하고 애원하듯 상길을 불렀다. 상길도 더 이상 망설이지 않았다. 그녀의 잠옷을 거침없이 벗겨내고 침대에 누이자 삼십대 초의 무르익은 여체는 수줍은 듯 경련을 일으키며 파르르 떨었다. 상길은 더 참지 못했다. 그의 달아오른 뜨거운 입술은 그녀의 가슴을 거침없이 탐닉했고, 우윳빛 눈부신 여체가 유혹하는 곡선을 따라 아래로 내려갔다. 신비로운 숲, 그곳은 이미 촉촉이 젖은 채로 남성을 갈구하는 듯 활짝 열려 있었다. 그동안 굶주렸던 불같이 솟구친 상길의 남성은 주저 없이 그녀의 깊은 밀실을 헤집고 들어갔다. 기다렸다는 듯 깊이깊이 빨아들이며 옥조이는 순분의 몸은 상길을 황홀하게 했다.

 아내와 헤어진 후로 여성을 가까이 하지 못했던 상길은 헌신적으로 내어 주는 순분의 뜨거운 여체에서 삶의 새로운 의욕을 느꼈다.

 두 사람은 호텔 대실 시간이 끝나기 전에 밤거리로 나왔다. 호텔에 들어갈 때와는 달리 순분은 상길의 왼팔을 자신의 가슴에 깊이 안고 걸었다.

 "선생님, 저를 오늘 선생님 댁으로 데려가 주세예."

 상길은 난처한 듯 잠시 머뭇거렸다.

 "우리 집엘? 우리 집은 순분이를 데리고 갈 만한 곳이 못 되는데."

 "왜요. 선생님?"

 "아, 그거야 홀아비 혼자 사는 쓰레기통 같은 집에 어떻게 순분이를 데리고 가겠어. 어느 정도 집이 정리된 다음에 초대하지."

 순분은 갑자기 발걸음을 멈췄다.

 "선생님은 제가 쓰레기통 같은 데서 살고 있으면 저를 가까이 하지 않으시겠네예?"

 "그렇게 비약해서는 안 되지. 나는 지금까지 홀아비로 아무렇게나 살아온 처지로 어수선한 집 꼴을 갑자기 순분이에게 보이기가 좀 그래서 하는 말이지."

 "그래도 오늘은 선생님 댁으로 가겠어예."

 "가는 것은 좋은데 실망할 텐데."

 "저는 제가 좋아하는 선생님이 어떻게 사시든 실망 같은 건 안 할 기라예."

 "허참…. 온 집 안에서 곰팡이 냄새가 나는데도?"

두 사람이 상길의 집에 들어간 시간은 밤 열한 시가 넘었다.

상길의 판잣집은 아무도 반겨 주지 않는 적막과 어두움만이 지키고 있을 뿐이었다. 상길이 앞서 방문 열쇠를 따고 들어가 불을 켜자 확 드러난 방 안에는 온통 책으로 가득했다.

이 집은 세를 주기 위해 기존의 적산 가옥의 한쪽 벽에 세 평 남짓한 크기로 붙여 만든 방으로 그야말로 간단한 살림으로 혼자 살기에 적합한 곳이었다. 상길은 좀 어색한 듯 말했다.

"어때? 이렇게 살고 있다고. 그렇지만 나는 이렇게 사는 게 습관이 되었는지 별로 불편하지가 않아요. 다만 이 나만의 공간을 아직 아무에게도 공개하지 않았던 것을 미스 여에게 처음 공개한다는 사실이야."

순분은 호기심 어린 눈으로 방 안을 이리저리 살피다 책상 위에 놓인 원고지를 보았다.

"선생님은 글도 쓰시는 모양이네예."

"응. 학교 퇴근 후에 시간이 날 때는 글을 쓰기도 하지. 뭐 대단한 건 아니고 심심풀이로 쓰고 있어요."

초라한 단칸방이었지만 순분은 분수에 어울리지 않는 호텔의 화려함보다 상길의 삶이 물씬 묻어나는 이 판잣집에서 오히려 더 아늑하고 편안함을 느낄 수 있었다.

혜란의 야심

 사진 현상 사업은 병도의 수완으로 어려움 없이 잘 진행되었다. 그리고 처음보다 사업이 훨씬 확대되어 다른 지역의 PX 사진까지 흡수하는 규모가 되었다. 그러나 빈틈없이 잘할 것이라 믿었던 아내의 경리에서 문제가 생겨나기 시작했다. 병도는 한두 번은 사무 착오라고 생각했지만 그런 경우가 잦아지자 무관심할 수만은 없게 되었다.
 "여보, 경리의 차질이 이렇게 자주 생기면 동업자의 오해로 불편하게 될 수도 있어요."
 "알았어요. 숫자가 좀 틀려서 생겨난 일인데 세심하게 할게요."
 "숫자가 좀 잘못된 것으로 끝나는 것이 아니라 지금은 처음과는 달리 사업의 규모도 커지고 단순히 장부의 잘못으로만 돌릴 수 없는 오해가 생겨날 수 있기 때문이야요."
 혜란은 뭔가 찔리는 데라도 있는 듯 병도를 의아한 눈으로 바라보며 발끈했다.
 "혹시 병도 씬 나를 의심하는 거예요?"
 "그게 무슨 말이야요. 의심을 하다니. 생각해 보시라요. 현금의 잔고가 장부와 맞지 않으니 그 차액은 어떻게 된 것입네까? 그동안 이런 일이 여러 차례 있어 동업자의 불만도 있었지만 점차 나아지겠거니 했는데 별로 나아지지 않아 하는 말이야요. 차라리 경리를 잘하는 사람을 하나 쓰도록 하자는 박 기사의 의견도 있고 해서 그런 의미로 한 말인데 의심을 하다니. 당신이 아이를 보살피랴 집안 살림을 하랴 여러 가지 일이 부담이 돼 그런 것 같아 하는 말인데 왜 그렇게 발끈하는 거야요?"

몇 달 전 혜란은 시어머니가 그렇게도 바라던 떡두꺼비 같은 아들이 아닌 딸을 출산하였다. 물론 시어머니는 손자가 아닌 손녀가 태어난 것에 다소 서운한 마음이었지만 그래도 외로웠던 피난지에서 새로운 가족이 하나 더 생겨난 것은 뭐라 표현할 수 없는 기쁨이었으므로 그 손녀에게 정성을 다했다. 이런 행복한 집안임에도 혜란은 늘 박 목사를 잊지 못해 어떻게 하면 그를 도울 수 있을까 노심초사했다. 그러던 차에 경리를 보게 된 일은 좋은 기회였다. 마음먹고 장부의 숫자만 몇 개 고치면 돈을 빼돌리는 일은 어렵지 않는 것이었다. 누구든 어떤 일에 절실하게 되면 그것의 잘잘못을 냉정하게 생각해 보기에 앞서 자칫 행동부터 먼저 하는 잘못에 빠져드는 경우가 있다. 혜란이 남편을 속이면서까지 장부를 조작하여 돈을 빼돌려 교회 헌금이란 이름으로 박 목사에게 보내는 잘못을 저지른 것도 이와 같은 맥락이었다.

그동안 혜란은 박 목사를 위해 그의 교회를 새로운 곳으로 옮겨 볼 생각으로 틈틈이 자리를 물색하고 있었다. 그러던 중 초량에서 서대신동 쪽으로 넘어가는 주택가 약간 언덕진 길목에 그리 크지 않은 허름한 일제 가옥을 발견했다. 결혼 전 함께 전도 활동을 했던 교우들과 의논한 끝에 그곳을 얻어 박 목사를 담임 목사로 모시고 교회를 개척하기로 결정했다. 서로서로 십시일반으로 헌금을 모아 하기로 하고 노력한 결과 그럭저럭 건물을 얻을 수 있는 자금은 마련되었지만 교회가 건물만으로 되는 것이 아니지 않는가. 거기에는 최소한의 부대시설 등 갖추어야 할 것들이 많은데 그걸 위해서는 보다 적극적인 헌금이 필요했다. 그러나 그것이 쉽지 않았다. 그러니 필요한 돈을 모으기 위해 혜란의 장부 조작은 계속될 수밖에 없었던 것이다.

박 목사의 교회관은 형식적인 것을 갖추기 위해 신도들의 고귀한 헌금을 받아 써서는 안 된다는 것이 그의 뜻이었다. 그러나 혜란의 생각은 그렇지 않았다. 교회의 복음을 많은 사람에게 전하기 위해서는 많은 사람을 모이게 해야 하고 그러기 위해서는 교회도 그런 사람들을 기쁘게 맞이할 수 있는 최소한의 환경과 시설을 갖추어야 한다고 생각했다. 해서 목사님의 뜻과는 다르지만 자기 나름의 생각대로 교회를 개척하려 한 것이다. 이런저런 사정을 남편에게 의논도 해보고 싶었다. 하지만 유교 전통의 평양 토박이에다 내심 불교에 관심을 가지고 계시는 시어머니나 종교 따위엔 관심도 없고 더구나 웬일인지 박 목사의 종교관에 대해서 별로 탐탁하게 여기지 않는 병도에게 이 일을 의논한다고 해도 별 도움이 되지 않을 것 같았다. 그래서 남편에게는 좀 미안한 마음이었지만 교회 활동을 위한 좋은 일에 쓰이는 것이라는 혼자만의 생각으로 계속 경리 장부를 조작하게 되었던 것이다.

교회를 개척한 후 시간이 지날수록 돈 쓸 데는 많아졌고 교우들에게 헌금을 바라는 것도 한계가 있어 어쩔 수 없이 경리 장부에 손을 대는 횟수도 늘어났다. 그러니 꼬리가 길면 잡힌다고 아무리 알지 못하도록 장부를 조작한다고 해도 병도를 속일 순 없었다. 삼팔따라지로 월남해서 갖은 고생 끝에 지금의 사업을 일구어 낸 사람인데 혜란이 어설픈 경리 조작으로 빼낸 돈의 빈자리를 알지 못하겠는가. 병도는 처음에는 경리를 잘못 보는 데서 오는 것이라 생각했지만 점차 그것이 의도적인 것이라는 심증을 갖게 되어 이런 사실을 아내에게 말하기 전에 자연스럽게 경리를 바꾸기로 마음먹었다. 그러나 아내가 그렇게 돈을 빼내 어디에 썼는지가 궁금했다. 그동안 자세히 살펴보지는 않았지만 적지 않은 돈일 것이었다. 그리고 펄쩍 뛰며 '자신을 의심하는 것이냐'고 지레 놀라는 것으로 봐서 그 돈을 밝힐 수 없는 일에 쓰고 있음이 분명했다. 혹시 친정을 위해 썼다면 그렇게 하기 전에 자신에게 의논이라도 할 수 있었을 텐데 아직까지 한 번도 그런 내색조차 하지 않았었다. 병도는 얼마 전에 어머니께서 하신 말씀이 왠지 마음에 걸렸다.

병도의 어머니는 근래에 건강이 몹시 좋지 않았다. 아내가 사무실에 나와 있을 때는 어쩔 수 없이 어린 손녀의 뒷바라지를 어머니가 하고 계셨지만 그것이 쉬운 일이 아님을 병도도 잘 안다. 그런데도 웬일인지 요즘 혜란은 아이를 집에 둔 채 외출하는 일이 잦다고 했다. 아내가 외출을 자주 한다니 무슨 일이 있었던 것일까? 병도는 더욱 궁금해졌다. 사실 아이를 보살피기 위해 아내는 사무실에서 좀 일찍 집으로 돌아가곤 했다. 그러나 그것이 아이를 위한 것이 아니었던 것이다. 결혼 초기의 혜란은 순종적이고 어머니의 말씀엔 그저 네네 하고 잘 따르는 며느리였지만 딸 희연을 낳고부터는 그 태도가 점점 바뀌어 요즘은 독단적 의식이 점점 강해졌다.

병도는 사무실 일을 박 기사에게 맡기고 좀 일찍 집으로 돌아왔다. 그러나 어머니 말씀처럼 아내는 또 외출을 하고 없었다.

혜란은 교회를 시작한 다음부터는 집사, 전도사 등과 자주 만나 신도 확보를 위한 활동에 힘을 기울여야 했으므로 어쩔 수 없이 외출을 하지 않을 수 없었다. 집으로 돌아온 혜란은 병도가 일찍 집에 돌아와 있는 것을 보고, 내색은 하지 않았지만 당황하는 모습이었다.

"아니 오늘은 벌써 돌아오셨네요. 사무실 일은 어떻게 하시고?"

"당신은 어딜 갔다 오는 기야요? 어마니도 몸이 좋지 않으신데 아이까지 맡겨 놓고 말이야."

"어머니 죄송합니다. 제가 나간 것은 가족과 집안과 사업이 다 잘 되도록 하기 위해서입니다."

"아니 그게 무슨 말이야요. 우리 집안이 다 잘되게 하기 위해 나가는 것이라니?"

병도가 의아한 눈으로 혜란을 보았다.

"네, 얼마 전에 목사님이 새로 개척한 교회의 담임 목사로 강론을 하고 계시는데 그 교회의 일을 좀 도와 드리기 위해 다녀오는 길입니다."

당연하다는 듯한 혜란의 태도에 병도는 언짢은 기분이 가라앉지 않았다.

"아니 그게 우리 가족과 사업을 위하는 일입네까?"

"그럼요. 목사님도 그러시지만 저도 매일 우리 가족을 위해 기도를 하고 있으니까요."

"그래요. 고맙기는 합네다만 몸도 편치 않으신 나이 드신 어마님께 어린 것을 맡겨 둔 채 그렇게 오래도록 나가 있다가 오는 것도 가족을 위하는 길인지 잘 모르겠구먼."

혜란은 민망한 듯 고개를 숙였다.

"어머니 힘드셨지요. 죄송합니다."

시어머니는 그동안 참아 왔던 불편한 심기를 내비쳤다.

"네가 교회 박 목사님을 위해 자주 나가는 모양인데 그러나 너는 이 씨 가문에 시집온 우리 며느리라는 걸 잊지 말라오. 그뿐이가. 우리는 그런 교회라는 곳하고는 아무런 관계도 없는 집안인데 왜 시어미인 나에게도 말 한마디 없이 네가 거기 가서 집안을 위해 기도를 한단 말이가. 내가 요즘 젊은 사람들의 생각을 잘 이해하지 못해서 하는 말인지는 모르갔지만, 가지런한 자세로 집안을 살피고 집안의 가풍에 따라 선대의 뜻을 받들어 질서 있게 집안을 다스려 가는 거이 며느리 된 사람의 도리가 아닌가 생각한다마는 네가 어떤 마음에서 우리 가정을 위해 기도를 한다는 것인지 모르갔다."

어머니의 말을 듣고 있던 병도가 나섰다.

"앞으로는 외출도 좀 삼가고 어마니의 건강도 잘 보살펴 주시라요. 사무실 경리는 박 기사와 의논해서 사람을 따로 쓰기로 했으니까니 걱정하지 말기요."

혜란은 병도의 의외의 말에 놀라지 않을 수 없었다.

"아니 경리를 따로 두다니요?"

"음, 어마니도 아이 때문에 힘들고 사업도 좀 커지고 또 당신 혼자 경리를 보기엔 부담될 것 같아 박 기사와 의논 끝에 그렇게 하기로 했으니 새로운 사람이 오는 대로 당신은 아이와 어마니와 집안일에만 마음을 쓰고 외출도 좀 삼갔으면 좋갔시오."

혜란은 이제 겨우 자리 잡혀 가는 교회를 두고 집에만 머물러 있을 수는 없었다. 그렇다고 시어머니 앞에서 그렇게는 못 하겠다고 할 수도 없는 난감한 일로 잠시 생각에 잠겨 침묵하고 있었다.

"아니, 박 목사님이 개척 교회에서 담임 목사로 강론을 하신다면 판잣집 교회는 버리고 새로 시작하는 교회로 가셨단 말입네까?"

병도의 물음에 무겁게 침묵하던 혜란이 입을 열었다.

"아닙니다. 목사님은 그 교회는 그냥 하시고 새로 시작한 교회에 담임 목사로 강론만 하시는 것입니다."

"그래요. 그럼 잘되셨구먼. 그런데 박 목사님이 다른 교회에 가서 강론을 하시는데 당신이 뭘 도와 드려야 한다는 것입네까?"

잠시 머뭇거리며 망설이던 혜란은 작심한 듯 말했다.

"솔직히 말씀드리면 그 개척 교회는 다른 사람들의 것이 아니라 박 목사님을 위해 우리 신도 몇 사람이 뜻을 모아 시작해 그동안 운영해 왔지만 신도 확보가 뜻대로 이루어지지 않아 여러 가지 어려움을 겪었어요. 그러나 박 목사님의 열정적인 강론과 진솔한 종교인의 자세가 신도들의 마음에 깊은 감동을 주었는지 이제는 신도들도 서서히 모여들기 시작하고 뜻있는 신도들의 헌금도 있어 제 모습을 갖추어 가고 있어요."

이 말을 듣는 순간 병도는 그동안 경리 장부와 현금이 맞지 않았던 이유를 짐작할 수 있었다. 그것은 교회를 설립한다는 목적을 위해 사업의 수익금 일부를 장부 조작까지 하며 그 돈을 교회에 헌금해 왔던 것이다. 그것이 적지 않은 돈임을 병도는 알고 있었지만 이미 지난 일이고 또 박 목사를 돕겠다는 생각에서 저지른 일임을 안 이상 그것을 문제 삼아 시비를 따지고 싶지 않았다. 그리고 이 일로 해서 박 목사와의 관계를 어색하게 하고 싶지도 않아서 그냥 덮어 두기로 했다. 그러나 앞으로는 더 이상 이런 일은 용납할 수 없다고 마음먹었다.

처녀 시절부터 혜란은 피난 생활로 어려웠던 집에서 나와 혼자 사는 박 목사와 그의 교회에서 함께 생활해 왔다. 그러면서 박 목사의 신앙적 면이나 인간적 품성, 거기에 외로운 목사의 주변 신상을 살펴 오는 동안 혜란은 어느 사이엔가 나이완 상관없이 박 목사에게서 애정 어린 연민(憐憫)을 느끼게 되었던 것이다. 박 목사인들 왜 그녀의 그런 마음을 헤아리지 못했겠는가. 혜란의 이런 지극한 마음이 목사이전에 그동안 독신으로 살아온 한 인간으로서의 그에게 점차 이성의 정으로 다가오게 되고 그런 마음은 탈선의 망상을 일게 했다. 박 목사는 늘 종교적 신념으로 그것을 극복하고 이성을 잃지 않으려 노력해 왔지만 뜻하지 않은 유혹의 상황에서 참지 못하고 그녀의 몸을 취하고 말았던 것이다. 생각만 해도 간음이라 했지만 목사도 목사이기 전에 인간이었고, 한 번의 탈선은 또 다음으로 이어지기는 쉬운 것이다. 박 목사는 더 이상의 탈선을 피하기 위해서라도 혜란을 자신의 주위에 둘 수 없다는 절박한 생각으로 병도와의 혼담을 서둘러 성사시켰던 것이다. 그러나 혜란의 마음은 결혼을 했다고 해서 쉽게 박 목사의 곁을 떠날 수 없었다. 더욱이 초라한 박 목사의 판잣집 교회를 다른 교회들과 비교해 볼 때마다 가슴이 아팠고 어떻게든 그에게 힘이 되어 줄 수 있는 일은 없을까 생각해 왔다. 그 결과가 남편을 속이면서까지 장부를 조작해 돈을 빼돌려 교회 설립에 헌금을 하게 된 것이다.

남편이 외출을 하지 말라고 한다고 해서 자신이 주도적으로 개척한 교회에서 당장 손을 뗄 수는 없는 일이다. 그리고 이제 경리가 새로 오게 되면 자신은 사무실에 나갈 필요도 없게 되고 재정이 어려운 교회에 더 이상 어떤 도움도 줄 수 없게 되는 것이다. 그리고 남편인 병도가 그동안 자신이 한 일을 눈치채고 있음에도 시비하지 않고 경리만 새로운 사람으로 대체하고 앞으로는 외출을 삼가도록 하라는 것을 보면 자신의 지난 일들은 더 이상 문제 삼지 않고 덮어 두자는 것이라 생각했다. 그럼에도 교회로 향하는, 그리고 박 목사에게로 향하는 마음은 멈출 수 없었다. 며칠 후 경리가 새로 들어오면 혜란은 사무실에 나가지 않고 집안일, 아이 엄마, 며느리로만 머물게 되는 것이다. 그러나 그의 교회나 박 목사에게로 향하는 마음은 오히려 점점 더 절실해졌다. 혜란의 이런 마음과는 달리 시어머니는 며느리의 교회 출입을 전보다 더 마땅치 않게 생각했다. 시어머니의 마음을 알면서도 혜란은 개의치 않고 자신의 뜻대로 행동함으로써 고부간 갈등이 쌓였고, 늘 집안을 어둡게 했다. 어머니의 뜻을 거역하는 혜란의 행동이 마음에 거슬려 병도와의 사이에도 늘 불편한 감정이 쌓여 갔다. 남편을 잃고 사선을 넘어 이곳으로 내려와 외롭게 어려운 피난 생활을 겪은 어머니를 생각만 해도 안타깝기만 한 것이 병도의 마음인데 그런 어머니의 뜻을 거역하거나 아프게 하는 일에 대해서는 효성이 지극한 병도로서는 용납할 수 없는 일이었고 그래서 늘 어머니 편이 되었다. 결혼하기 전에 아내가 박 목사의 곁에서 오랫동안 종교 활동을 해왔다는 것은 알고 있었지만 그것은 어디까지나 결혼 전의 일이었다. 결혼 후의 가정생활에서까지 어머니의 뜻을 거역하며 자신의 뜻대로 행동한다는 것은 병도는 용납하기 어려웠다. 이런 상황이 지속되자 정신적으로도 피로해진 병도는 답답한 마음을 누구에게 호소할 곳이 없었다. 그때 다행히 피난 초기 함께 고생하던 형제와 같은 영근이 생각났다. 병도는 그를 만나 술이라도 같이 하기로 마음먹고 학교에 전화를 걸었는데 여직원인 듯한 사람이 전화를 받았다.

"저 혹시 윤영근 선생님 계십네까?"
"네 잠깐만요."
잠시 후 영근의 목소리가 들려왔다.

"네, 전화 바꾸었습니다."

"저 병도야요. 오랜만입네다. 이렇게 불쑥 전화를 드려서 수업에 지장을 있게나 한 거이 아닌지 모르갔습네다."

"아니에요. 마침 수업이 없는 시간이어서. 그런데 웬일로 이렇게 학교에까지 전화를 다 주시고?"

"뭐 특별한 일이 있어서가 아니고 한동안 만나지 못했고 해서, 시간이 되시면 술이라도 같이 하고 싶어서 했습네다. 곧 퇴근을 하시갔구먼요?"

영근은 잠시 시계를 보았다.

"아, 그렇구먼 그렇게 할까요. 어디서 만날까요?"

"윤 형이 전에 말하던 초량시장 밀양집으로 하디요. 퇴근길이기도 하고."

"아, 좋습니다. 그러면 여섯 시까지 거기에서 만나도록 합시다."

"네, 알갔시오. 그리로 가갔습네다."

그들은 오랜만에 밀양집에서 만났다. 영근이 먼저 병도를 보고 인사를 건넸다.

"아이고, 참 오랜만입니다. 그동안 서로 연락도 못 하고 이러다간 얼굴까지 잊어버리겠어."

"그러게 말입네다. 자주 연락 드리지도 못하고 미안합네다. 오늘은 왠지 만나서 술이라도 같이 하고 싶었습네다."

"나 역시 며칠 전부터 이 형 생각이 나더구먼."

"그래요. 이심전심이었구먼요."

퇴근 시간이어서인지 술손님이 꽤 붐비고 있었다.

병도는 영근을 새삼스럽게 다시 쳐다보았다.

"참 오랜만입네다. 이제 부두 하역 막노동자가 아닌 학교 선생님이시라 그런지 아주 접장 냄새가 풍기느만요."

"글쎄, 뭐가 어떤지는 잘 모르겠지만 이 형이야말로 이제 사장님 풍채가 자리 잡혔구먼. 어떻습니까, 사업은 잘되지요? 한참 전에 박 목사님을 만났는데 이 형은 사업을 아주 잘하고 있다고 하시더구먼."

"뭐 그까이 사진 현상 사업이 잘된들 얼마나 잘되겠습네까. 그저 먹고 사는 거디요."

"그래도 부인께서 교회 설립에 적지 않는 돈을 헌금하신 것을 보고 박 목사님이 몹시 감사하고 있었어요."

병도는 오랜만에 만난 사람에게서 의외의 말을 듣게 되어 어리둥절하였다. 역시 나를 속이면서까지 장부를 조작해 돈을 빼내다가 교회에 바쳐 왔던 것이구나 하는 생각이 더욱 굳어지자 아내의 과거의 일을 덮어 두려고 했던 마음이 새삼 불쾌한 감정으로 되살아났다. 그러나 병도는 내색하지 않고 그에는 무관심한 듯 말을 돌렸다.

"네, 뭐 그건 그렇고 윤 형은 학교생활 등 다 행복하시갔지요?"

"글쎄 뭐 불행하다고까지야 말할 수는 없겠지만 그렇다고 행복하다고 할 수 있는 처지도 아닙니다."

"왜 그렇습네까? 윤 형은 학교 선생님에다가 또 집에는 함께 월남한 착한 부인과 귀여운 딸 난희가 있으니 오순도순 더 이상 행복할 수는 없겠습네다."

"하기야 겉으로 보면 그렇게 보이지요. 하지만 이 형도 아시다시피 우리 집사람은 본래 몸이 허약한 편이 아닙니까. 거기다 무능한 내 탓으로 오랫동안 거칠고 습한 움막 생활을 하면서 몸에 병을 얻고 말았어요. 그것도 진즉 알았어야 하는데 병이 깊어져서야 알게 되어 요즘은 병원을 드나들며 병을 다스리고 있어요. 학교 월급이라는 게 세 식구 겨우 입에 풀칠하기도 부족한 형편인데 난희도 중학교에 들어가지 않았습니까. 그러니 그놈 뒷바라지도 그렇고 해서 입원 치료를 해야 한다는 의사의 말을 들었지만 아내는 통원 치료를 받겠다며 고집해서 아직도 그렇게 하고 있는 형편입니다."

"그래 병원에서는 무슨 병이라고 하였습네까?"

"뭐 구체적으로 말할 수 없는 여러 가지 합병이라고 했고 가장 문제인 것은 결핵입니다. 벌써 깊어진 상태라고 했어요. 그러니 결핵은 전염성이 있어 각별히 위생에 신경을 써야 하고 영양식과 안정이 필요하기 때문에 입원 격리 치료를 해야 한다고 했습니다만 그러나 그렇게 하지 못하고 있는 처지지요. 뭐 답답합니다. 그런 이야기는 그만합시다. 자, 오랜만인데 술이나 합시다."

영근이 주방을 향해 손짓하자 주모가 영근을 보고 반가운 듯 다가왔다.

"아니 윤 선생님, 한참 만에 오셨네예. 김상길 선생님은 어저께 다녀가셨어예."

"그래요. 김 선생은 요새는 나도 모르게 혼자 주모를 만나러 다니는 모양이지요?"

주모는 왠지 그것이 자신에게 하는 말처럼 들려 순간 얼굴이 화끈했다.

"저를 만나러 오신 것이 아니라 술을 좋아하시니까 오시는 거지예."

"알았어요. 여기 막걸리 한 주전자하고 파전에다 다른 안줏거리도 함께 가지고 오세요."

영근이 주모를 바라보고 의미 있게 웃자 주모는 그의 시선을 피하려는 듯 주방으로 돌아갔다.

"네 알겠습니다. 곧 준비해 오겠습니다."

"윤 형은 여기 자주 오셨던 모양이구먼요."

"자주라기보다 개성에 있을 때 같이 교사 생활을 하던 김상길이라는 사람을 우연히 이 초량시장에서 만났지 뭡니까. 해서 그와 가끔 왔었지요. 나는 지리를 가르쳤고 그 사람은 국어를 가르쳤지요. 우리는 철저한 반공주의자로 활동했는데 나는 공산당 놈들에게 체포되고 그는 지하에 숨어들어 움직였지요. 그 바람에 불행히도 그는 가족도 구하지 못한 채 개성을 탈출하여 단신으로 월남하게 되었지요. 그러니 가족을 구하지 못한 한을 안고 아직도 혼자 살고 있어요. 참 안타깝지요. 그런데 세상은 좁다고 했던가. 그 김상길 선생과 박준식 목사님이 서로가 잘 아는 가까운 사이라고 하더군요. 피난 내려와 자리를 잡지 못해 이리저리 옮겨 다니는데 우연히 박 목사님을 알게 되어 연주동 판자촌에서 한때 함께 살았었다고 하더구먼. 뭐 이런 이야기는 할 필요가 없겠지만 이 형 부인이 결혼하기 전 오랫동안 박 목사와 교회에서 함께 살았다고 했어요. 교인들은 나이 차는 좀 있지만 박 목사가 목회자가 아니었으면 함께 사는 남녀로 오해할 정도로 자별한 사이였고 일부 신도는 그것을 오해해서 교회를 나오지 않게 된 사람도 있었다고 하더구먼. 그러나 김상길 선생의 말로는 박 목사를 잘 몰라서 하는 말들이고 박 목사는 철저하고 고지식한 종교인으로 그런 속된 사람은 아니라고 하더구먼. 혼자 사는 처지로 외로운 자신을 도와주는 여자에게 각별히 감사의 뜻으로 대해 준 것을 오해했을 수도 있겠지만…."

병도는 그 말을 듣는 순간 아내 혜란이 자신을 속여 가며 그동안 적지 않는 돈을 교회에 헌금한 것이 실은 교회라는 명분을 내세워 박 목사를 돕기 위함이었다는 생각이 들었고 더욱 불쾌한 마음이 끓어

올랐다.

푸짐한 안주와 막걸리 한 주전자 그리고 생선구이 등 몇 가지가 차려졌다.

"자, 윤 형 먼저 잔 받으시라요."

"아니, 이 형이 먼저."

"아닙네다. 윤 형이 먼저 드시라요."

둘은 오랜만에 만난 자리로 반갑기는 했지만 서로의 현실은 동상이몽으로 우울하기만 했다. 몇 잔의 술이 돌아간 다음 병도는 지나가는 듯한 말투로 말했다.

"윤 형, 우리가 피난 온 이후 숱한 고생을 했지만 그래도 혼자 살던 그때가 좋았던 거 같습네다."

영근은 술기운이 약간 있는 듯한 표정으로 빙그레 웃었다.

"그게 무슨 말입니까. 이 형은 젊은 부인과 결혼해 딸도 얻었고 어머니를 모시고 사업도 잘하고 계시는데 왜 고생하며 혼자 살던 때가 좋았다고 하는 겁니까? 그때가 지긋지긋하지도 않습니까?"

"그래도 그때는 마음은 편하지 않았습네까. 사람은 경제적으로 여유가 있다고 해도 마음이 편치 않으면 행복한 것이 아니라는 말이 새삼 옳다는 생각이 드는구먼요."

병도는 마시던 술잔에 술을 더 따르고 벌컥벌컥 마셔 버렸다.

"아, 천천히 드시오. 무슨 언짢은 일이라도 있습니까? 아시다시피 세상일이란 게 다 내 생각대로만 됩디까. 그렇지 않는 일이 오히려 더 많은 것 같습디다. 그러니 다 그러려니 하고 생각하며 살아갈 수밖에 없는 것이 또한 인생살이인 걸."

병도는 붉게 상기된 얼굴로 무언지 불만이 가득한 듯 말없이 탁상 위의 잔을 주시하다 서슴없이 빈 잔에 술을 가득 채운 다음 또 단숨에 들이켰다.

"윤 형, 사실 나는 요새 마음이 몹시 괴롭습네다. 이 부산에 피난 내려와 지금까지 살면서도 내 괴로운 마음을 누구에게 하소연할 곳도 없는 처지가 더 외롭고 안타깝고 슬펐습네다. 그러나 다행히 윤 형이 내 곁에 있어 무어라 말할 수 없이 위로가 되어 이렇게 만나자고 했던 것입네다."

"아니 무슨 일이라도 있었습니까?"

"뭐 창피한 일이디요. 될 수 있으면 참고 넘어가려고 했습네다만. 아까 윤 형도 말하지 않았습네까. 내가 우리 집사람과 결혼하기 전 집사람과 박 목사와의 관계 말입네다. 그 말을 듣는 순간 지금도 그 두 사람의 관계가 더욱 의문으로 남는 것입네다. 솔직히 말씀드려서 사업을 시작하며 될 수 있는 대로 지출을 줄이기 위해 아내에게 경리를 맡겼습네다. 그런데 아내는 오히려 그 기회를 이용, 남편인 나마저 속이며 장부를 조작해 적지 않는 돈을 빼돌려 교회 헌금이라는 미명으로 박 목사에게 보내 주고 있던 사실이 드러나고 말았습네다. 처음 몇 차례는 아내의 장부 정리가 아직 미숙한 탓에 계산 착오가 있어 생겨난 일이라 생각하고 넘어갔는데 그것이 계속되자 점차 이상한 생각이 들었습네다. 이 사람이 왜 장부 조작까지 하면서 돈을 빼돌리는 것일까 하고 의아하게 생각하다, 혹시 친정에 보내 주는 것이 아닐까 하는 생각도 했습네다. 그렇더라도 그렇지 나에게 친정이 어려우니 좀 도와주면 어떻겠느냐고 한 번쯤은 의논이라도 했어야 하는데 아무런 내색도 없었습네다. 그 돈을 어디다 썼느냐고 묻고 싶었지만 기왕 빼돌린 돈을 따져서 아내의 입장만 난처하게 하는 것보다 모르는 척 덮어 두기로 했시오. 이런 일이 더 이상 계속되어서는 안 되겠다 싶어 시치미를 떼고 그동안 당신이 경리를 봐주어서 많은 도움이 되었지만 어머니도 이제 나이 탓으로 허약해지시고 또 아이도 보살펴 주어야 하니 이제 사무실 경리 일보다 집안일을 보살피며 좀 쉬도록 하는 거이 좋갔다고 하면서 아내가 경리 일을 그만두게 했습네다. 조금 전 윤 형이 김상길이라는 선생에게서 들었다는 말처럼 결혼 전의 아내와 박 목사와의 관계가 구체적으로 어떤 것인지는 잘 모르겠습네다만 그동안 나를 속이면서까지 해온 아내의 행동으로 봐서 지금도 둘은 예사 관계가 아닌 듯 느껴지느만요. 이런 사람을 아내로 믿고 살아야 하는 것입네까? 윤 형 같으면 어드렇게 생각하시갔시오?"

하자 병도의 말을 듣고 있던 영근은 갑자기 안색이 바뀌며 어이가 없다는 듯 그를 바라보았다.

"아니 부인께서 나이는 좀 아래이지만 그렇다고 그렇게 무모하지는 않으실 것 같았는데 혹시 무슨 사정이 있지 않았겠습니까?"

"사정이 있었다면 그 사정을 남편인 나에게 이야기하고 이해를 구했어야지 남편에게도 알릴 수 없는 비밀스러운 일로 가장을 속이면서까지 그렇게 해야 했었는지? 내가 지금 윤 형을 만나 이런 이야기를 하는 것은 아내가 빼돌린 그 돈이 아까워서 하는 말이 아닙네다. 빼돌린 돈에 대해서는 아까도 말했지만 이미 모르는 척 덮어 두기로 마음먹은 일입네다. 그러나 문제는 그것이 아닙네다. 결혼 초기에는 다소곳한 사람이었는데 그런 모습은 어디로 가고 이제는 어머니의 말씀도 듣지 않고 집안일은 대충이고 일주일이면 이삼 일은 교회에 나가는 것입네다. 그러니 어머니와의 불화는 끊이지 않고 집안은 늘 갈등으로 어둡고 이제는 나 역시 아내가 곱게 보이지 않습네다. 이 일을 어떻게 했으면 좋겠습네까? 참 답답합네다."

병도는 또 술잔에 술을 가득 채우고 단숨에 마셔 버렸다.

영근은 병도의 사정을 모른 채 김상길 선생에게서 들은 박 목사와 혜란의 이야기를 가벼운 마음으로 전했던 것인데 이것이 병도의 불편한 마음에 불을 지핀 격이 되었다는 생각이 들자 새삼 경솔했음을 느꼈다. 아무튼 병도의 말대로 경리 장부를 조작까지 하며 남편 모르게 빼돌린 돈을 박 목사에게 보내주고 있었다면 그것은 예사로 보아 넘길 수 없는 일이기는 했다. 하기야 영근과 달리 병도는 그동안 돈을 벌기 위해서 앞뒤 가리지 않고 뭐든 닥치는 대로 해 왔던 사람으로 사업에도 수완이 있지만 이재에도 밝은 사람일 텐데 장부 조작 따위로 돈을 빼돌린 것은 부인의 어리석은 생각이었다. 그러니 병도가 부인과 박 목사의 관계를 의심하는 것은 어쩌면 당연했다. 더욱이 시어머니의 만류에도 불구하고 교회로 박 목사를 찾아가 계속 만났다면 오해할 소지가 더 있었을 것이다. 교인이 교회에 자주 드나든다고 해서 그걸 이상하게 생각할 것까지야 없는 일이다. 하지만 사안의 앞뒤로 봐서 이들의 관계는 분명 오해의 소지가 없지 않았다. 김상길 선생의 말처럼 박 목사가 아무리 종교인으로서 완벽한 인격자라고 해도 그도 어쩔 수 없는 인간인 이상 유혹이 있으면 본능적인 야성을 억제하기는 힘들 것이다. 설혹 자신을 위해 헌신해 주는 고마운 딸 같은 여인이었다고 해도 그동안 홀아비 된 몸으로 혼자 살아온 남자라면 성의 욕구에 인격이 무너질 수도 있을 것이라는 생각이 들자 영근은 병도의 마음을 이해할 수 있을 것 같았다.

"이 형, 오해의 소지는 있지만 이 형의 일방적인 생각으로만 보지 마시오. 일이란 의외의 일도 많으니까. 성급히 속단하다 오히려 난처하게 될 수도 있으니 좀 더 냉정할 필요가 있겠습니다. 설마 박 목사와 이 형 부인과의 사이에 무슨 일이야 있었을라고. 남녀의 관계란 알 수 없는 일이라고 하지만 아무튼 감정을 앞세우지 말고 신중하게 대처하는 것이 좋을 것 같습니다. 그리고 남의 가정사를 이러쿵저러쿵 말하기는 어렵지만 이 형이 바라신다면 내가 김상길 선생을 만나 박 목사의 교회 현황을 넌지시 한번 알아볼 수는 있을 것 같습니다만."

병도는 한참 침묵하다 말을 꺼냈다.

"나는 교인이 아니어서 잘 모르갔습네다만, 집안의 어른인 어머니의 말씀까지 거역하면서 교회에 매달린다는 것은 이해할 수 없을 뿐만이 아니라 그런 자세는 나 역시 용납할 수가 없시오. 내가 나 몰래 빼돌린 돈에 대해서 그냥 넘어가기로 마음먹었던 것도 그것이 다름 아닌 박 목사를 위한 교회에 헌금했다는 것을 알게 되었기 때문인데 돈을 갖다 준 것까지는 그렇다 치더라도 가정을 등한시하고 교회에만 매달리는 자세는 용납할 수가 없시오. 집안 여편네가 이럴 줄은 누가 알았갔시오."

지각없는 여인

　영근은 병도의 부인은 가정보다 교회와 박 목사에게 더 애정을 가지고 있는 것이 아닌가 하는 생각이 들었다. 그렇다면 이 여인은 결혼한 남편인 이병도보다 박 목사와의 어떤 관계를 잊지 못하고 찾아가는 것이 아닌지 하는 묘한 생각이 들기도 했다. 이날 둘은 답답한 가정사를 두고 만취하도록 마시고 헤어졌다. 그리고 며칠 후 영근은 퇴근길에 상길을 만났다.
　"김 선생 별일 없으면 나하고 이야기 좀 합시다."
　"아니 새삼스럽게 만나자 하니까 왠지 전날 개성에서 그놈들이 찾아와 '좀 만납시다' 하던 때의 생각이 얼른 나서 겁부터 나는구먼."
　상길의 농담에 영근은 웃음을 머금고 말했다.
　"아니 여기가 어디요. 자유 천지 부산입니다. 아직도 그때의 잠재의식이 남아 있었구먼. 놀랄 것까지는 없고 나를 따라오시오."
　"아니 지금 말인가요?"
　"뭐 다른 볼일이라도 있으시오?"
　"아니 뭐 특별한 일은 없지만."
　"그럼 됐어요. 나를 따라와요."

둘은 부산역전 큰길 건너편 골목에 자리한 '해안다실'로 갔다. 퇴근 시간이어서인지 홀 안에는 꽤 많은 손님이 앉아 있었다.
영근이 상길에게 물었다.
"뭘로 드실까?"
"나는 커피로 하겠어."
"주스 같은 거 어때요?"
"아니, 나는 커피로 하겠어."
잠시 후 콧날이 유난히 돋보이는 예쁘장하게 생긴 어린 여직원이 다가왔다.
"뭘로 드릴까요?"
직원의 말씨나 가냘픈 몸매와 서툰 행동으로 보아 아직 이곳에 익숙하지 않은 피난민 아가씨 같았다.
"음, 여기 커피 두 잔 갖다 줘요."
"네, 알겠습니다."
수줍은 듯 돌아가는 직원의 뒷모습을 보며 영근이 말했다.
"아직 고등학교도 채 졸업 못했을 것 같은 어린아이인데 이런 직장 생활을 하고 있으니 참 안타깝구먼."
상길은 멍하니 영근을 보았다.
"할 말이 있다고 해서 여기까지 데리고 왔으면 무슨 이야기가 있어야지 겨우 다방 여직원의 신세 걱정이나 하는 겁니까?"
"원, 김 선생도 급하기는. 다방에 왔으면 커피라도 한 잔 마시고 목을 좀 축인 다음 이야기를 해야지. 혹시 집에 기다리는 여자라도 있습니까?"
상길은 움찔했다.
"윤 선생도 별소릴 다 하는구먼. 내래 혼자 사는 홀아비 신센데 어떤 여자가 기다리고 있겠습니까."

　상길은 말은 그렇게 했지만 순분과 호텔에서의 뜨거운 밀회가 있던 날 이후로 일주일에 한두 번은 순분이 반찬거리를 준비해 상길의 집에 들르곤 했다. 이틀 전에도 순분이 가게 일을 마치고 판잣집에 들러 상길의 몸을 탐닉하고 갔다. 그러면서 며칠 전에 영근이 낯선 사람과 함께 와서 무슨 심각한 듯한 이야기를 한참 주고받다가 갔다는 말을 했었다. 해서 그렇지 않아도 궁금하던 참인데 마침 영근이 먼저 만나기를 청해 왔던 것이다.

　때마침 직원이 다가왔다.

　"커피 나왔습니다. 맛있게 드세요."

　직원은 커피잔을 탁상에 내려놓고 가볍게 목례를 하고 돌아갔다.

　영근은 커피 냄새가 참 좋았다.

　"자, 어서 드십시다."

　김이 모락모락 나는 커피를 한 모금 마시고 나서 잠시 침묵하던 영근이 말을 꺼냈다.

　"김 선생은 요즘도 박 목사를 자주 만나시오?"

　"뭐 자주는 아니지만 가끔 만나기는 하지요. 내가 초량으로 이사를 하기 전에는 자주 만나는 편이었지만 지금은 그렇지가 못해요. 왜 그러시오?"

　"다름이 아니라 전에 박 목사와 함께 교회에서 전도사로 활동했던 아가씨를 아시는가 해서요."

　"아니! 아가씨라니? 아가씨가 한둘이 아닌데 어떤 아가씨를 말하는 것입니까?"

　"박 목사를 지근에서 보살펴 주던 아가씨 말입니다."

　"어! 그 아가씨. 뭐 안다면 아는 편이라 할 수 있지요. 그렇지만 그

아가씨가 결혼하고는 만나지 못했던 걸. 아시다시피 박 목사는 홀아비 아닙니까. 그 아가씨 결혼하기 전에는 부인처럼 목사를 수발하며 지냈지요. 나는 교인은 아니지만 소탈한 박 목사의 성격이 나하고도 대화가 잘 되고 해서 그의 거처를 자주 찾아가 답답한 세상 이야기며 어려운 삶에 대한 넋두리 따위도 했었지요. 그럴 때마다 그 아가씨가 박 목사의 부인처럼 손님 접대도 하고 차를 끓여 내오기도 해서 나하고도 대화가 있었던 편이지요."

"그래요."

"아니 무슨 일이라도 있습니까?"

"뭐 말하자면 좀 그런 일이 있어요. 그리고 그 여인과 결혼한 남자를 내가 잘 아는 사람이거든."

"그래요! 박 목사의 말로는 평양에서 어머니를 모시고 월남한 사람으로 사업도 제법 잘하는 분이라고 하던데."

"그렇지요. 매사에 착실한 사람이고 나하고는 피난 올 때 한 화물칸에서 고생을 같이하며 내려왔고 지금은 형제나 다름없이 의지하고 살아가는 막역한 사이지요."

"아 그래요! 처음 듣는 말이구먼. 그 아가씨 딸을 낳았다는 말은 들은 것 같았는데, 내가 학교에 들어오고부터는 박 목사와도 자주 만나지 못해서 그 아가씨에 대한 소식은 잘 듣지 못했지요."

"네 그래요. 그 부인의 이름이 혜란이라고 하더구먼. 그런데 박 목사는 그 부인에게서 수발을 받으며 살았으니 그 여인이 결혼하고 나서는 많이 섭섭하고 아쉬워했겠어."

"뭐 아쉬워하지 않았다면 거짓말이겠지. 남들이 오해할 정도로 그 여인은 박 목사에게 헌신적이었으니까. 오히려 그것이 부담스러워 혼인을 적극 주선한 것이 아닌가 하는 생각이 들기도 하고. 사실 그 여인은 박 목사와 이렇게 사는 것이 좋다고 결혼을 완강히 거부했다는 말도 들은 것 같아."

"그래요. 박 목사에게 정이 깊이 들었던 모양이구먼. 그래도 그렇지, 나이 차도 많이 있고 또 젊은 여인이 목사라는 인품에만 매달려 살 수 없다는 것쯤은 알았을 테고 또 남자를 느낄 나이이기도 한데 이해가 안 되는구먼. 혹시 아니할 말로 둘의 사이에 어떤 관계라도 이루어지고 있었던 것이나 아닌지 모르겠구먼."

상길은 영근을 정색으로 바라보았다.

"말할 수 없는 어떤 관계라니. 이성적 관계 말입니까?"

"뭐 꼭 그렇다는 건 아니지만 박 목사도 종교인이기 전에 사람 아닙니까. 오랫동안 가족을 잃고 혼자 살아온 몸으로 남성의 생리적 욕구가 없다고 할 수는 없을 것이고 거기에 젊은 여인이 자신의 주변에서 헌신적으로 접근해 오면 그 유혹을 견디지 못할 수도 있는 일이 아닌가 하는 생각이 들어서 말입니다."

"하기야 그건 둘만이 아는 일이니 뭐라 말할 수는 없겠지만 내가 아는 박 목사의 인품으로 봐서는 그렇지는 않을 것이라 생각하지만 뭐 단언할 수는 없는 일이지. 그나저나 그 여인에게 무슨 문제라도 있습니까?"

"이건 남편 쪽의 말이긴 하지만 여자가 결혼한 후에도 시집에보다 결혼 전의 일에 연연하며 매달린다면 김 선생 같으면 어떻게 생각하시겠소?"

"글쎄 그건 사안에 따라 다를 수도 있으니 뭐라 단언할 수는 없겠지요. 하지만 여자가 시집을 갔으면 일단은 시집에 충실하는 것이 좋다고 생각하지만 무슨 일이라도 있었던 것입니까?"

"뭐 조금 전에도 말했듯 이는 남자 쪽의 말뿐이라. 그렇기는 하지만 그래도 그냥 넘어가기엔 석연치 않게 느껴지는 부분이 있어 혹시 결혼 전의 박 목사와 그 여인과의 관계가 어떠했는지 궁금해서 하는 말이지요."

영근의 말에 따르면 그 여인은 시집간 후에도 과거의 일을 잊지 못한다는 것이다. 상길은 그녀의 과거란 다름 아닌 박 목사와의 관계가 아닌가 하는 생각이 얼른 들었다. 사실 둘의 관계는 단순히 목사와 신도와의 관계가 아닌 더 내밀한 사이로 오해할 수도 있는 그런 사이였다. 그런데 그 여인이 결혼 후에도 과거 박 목사와의 관계를 잊지 못해하는 어떤 행동이라도 했다는 말인가.

"윤 선생이 그렇게 말하니까 내가 더 궁금해지는구먼. 남의 가정사를 제 삼자가 이러쿵저러쿵 하는 것도 좋지 않지만 말을 들으니 더 궁금해지는 걸."

"뭐 며칠 전에 그 남편 되는 친구가 나를 만나자고 전화를 해왔어요. 해서 오랜만이기도 하고 또 만나 술이나 한잔 하자고 해서 함께 하게 되었지요. 그런데 그 친구 그동안 아내로 인한 답답한 마음을 털어놓으며 한숨을 길게 내쉬더구먼. 그러면서 이런 말은 윤 형이니까 하는 것이지 다른 사람에게는 창피해서 말할 수도 없다고 했어요. 그리고는 상기된 얼굴로 심각하게 나를 쳐다보더구먼."

"그러면 그 부인이 구체적으로 어떤 행동을 했다는 것입니까?"

상길의 물음에 영근은 잠시 말을 하지 않고 망설였다.

"그 사람이 하는 말이 사업을 처음 시작할 때 아내가 경리 업무는 자신이 할 수 있으니 자신에게 맡겨 달라고 했답니다. 인건비를 줄일 수도 있고 또 아내가 함께 해주는 것도 나쁘지 않다는 생각에서 그렇게 하자고 했던 것인데 사실은 그것이 다 아내의 계산된 계획이었던 것이라고 했어요. 경리 장부가 맞지 않았지만 처음 몇 번은 아내가 경리에 서툴러서 그러려니 하고 넘어갔답니다. 그런데 알고 보니 그것이 다 의도적인 장부 조작이었고 그 사실을 알게 되었을 때는 이미 적지 않는 돈이 사라진 뒤였다네요. 아내에게 그것을 확인하려고 했지만 그렇게 하면 집안이 시끄러울 것 같아 그냥 덮어 두기로 하고 대신 아내를 경리에서 손을 떼게 했는데 문제는 그것으로 끝나지 않았다는 것이에요. 경리를 그만두게 한 것은 단순히 돈 문제만이 아니라 허약한 어머니와 어린아이를 보살피며 집안일을 하도록 한 것인데 집안일은 뒷전이고 교회 일에만 매달리기 시작했다는 거예요. 그러니 시어머니의 심기는 늘 불편하고 자연히 고부간의 갈등으로 이어져 집안은 하루같이 어둡고 아이는 아이대로 감기다 뭐다 해서 잦은 병을 앓게 되니 그 사람이 이런저런 고민으로 답답하다고 하며 이 일을 어떻게 했으면 좋겠느냐고 한숨을 쉬며 나에게 말하더구먼."

눈을 지그시 감고 가만히 듣고 있던 상길은 영근에게 물었다.

"그럼 그 여인은 그 돈을 어디에다 썼던 것일까요?"

"알고 보니 어려운 박 목사를 돕기 위해 신도들과 함께 나름대로 교회를 새로 차렸는데 그곳에 헌금을 해 왔고 박 목사를 담임 목사로 영입했다는 것입니다. 그러나 이 친구는 그 돈에 대해서는 더 이상 따지고 싶지 않았다고 했어요."

"아니 그게 사실입니까?"

상길은 뒷말을 잇지 못했다.

"박 목사는 아마 그 여인이 남편 몰래 빼내온 돈이라는 걸 모르고 있을 것입니다. 그러니 오히려 박 목사는 그 여인의 남편에게 감사하고 있을지 모르지. 하지만 그렇게 몰래 빼내온 돈을 교회나 박 목사를 위해 헌금한다는 것이 옳지 못한 일이라는 걸 모를 리 없을 텐데. 그 정도의 분별력도 없는 여인인지 모르겠구먼. 하기야 자신이 헌신하는 사람을 위해 이성을 잃게 되면 맹종한다는 말이 있다던데 혹시 이 여인이 집안의 일까지 팽개친 채 박 목사의 교회에 매달린다는 것이 사실이라면 좀 묘한 생각이 드는구먼."

영근은 재촉하듯 물었다.

"묘한 생각이라니요?"

"아니오."

영근이 다그치듯하자 상길은 뒷말을 흐렸다.

사실 박 목사와 혜란의 관계는 신념 있는 목사와 어린 여신자와의 관계랄 수 없는 지경에 이르고 있었다. 피난 초기에 박 목사는 연주동 판자촌에 자리를 잡았고 먹고살기 위해 닥치는 대로 일을 했다. 그는 자신이 살고 있는 보잘것없는 판잣집 모퉁이에 조그마한 십자가와 함께 기도소라고 쓴 현판을 달고 틈틈이 기도 생활을 하고 있었다. 그러던 어느 날 아직은 성숙하지는 않았지만 그래도 처녀티가 나는 초라한 몰골의 아이가 찾아와 함께 기도를 해도 되느냐고 물었다. 당연히 스스로 찾아든 그녀를 거절할 이유가 없었다. 그렇게 해서 맺어진 두 사람의 인연은 이후 계속 이어졌다. 박 목사가 처음 생각했던 것과는 달리 그녀는 꾸준히 찾아와 보잘것없는 판잣집 교회를 열심히 살펴 주었고 심지어 혼자 사는 박 목사 주변의 잡다한 일까지도 성의를 다해 살펴 주었다. 그렇게 해서 점차 밀접한 관계로 이어지는 사이 그 아이는 때로 교회에서 잠을 잘 때도 있었다. 이런 그녀의 접근이 박 목사로서는 싫지 않은 고마운 일이기는 했지만 가족을 잃고 수년을 독수공방으로 지내온 인간으로서의 박 목사에게는 점점 성숙해져 가는 그녀가 때로 이성으로 느껴지기도 하며 이것은 점차 부담으로 다가왔다. 이래서는 안 된다고 거듭 다짐하지만 그도 사람인 이상 본능적 이성에 대한 욕구를 억제하기는 쉽지 않았다. 당연한 것처럼 서슴없이 수발을 들어 주며 거리낌 없이 접근해 오는 그녀의 체취는 목사로서의 종교적 신념과 인간으로서의 본능적 야욕의 갈등을 불러일으켰다. 그것은 어느 날 밤, 뜻하지 않는 일이 생기고 말았다. 박 목사는 낮의 특별 강론을 마치고 피곤한 몸으로 그날은 좀 일찍 잠자리에 들었다. 그런데 무언가 가슴을 무겁게 짓누르는 듯해 눈을 뜨는 순간 그녀가 자신의 가슴에 엎드린 채 잠들어 있었다. 놀란 그는 그녀를 얼른 깨우려다 곤히 잠들어 있는 듯해서 잠시 주춤하다 한옆으로 살짝 빠져나왔다. 그런데 잠들어 있는 줄로만 알았던 그녀의 얼굴을 보는 순간 놀랍게도 그녀의 감은 눈엔 눈물이 흐르고 있는 것이 아닌가. 박 목사는 당황하며 무슨 일인가 물었다.

"혜란이 무슨 일이 있었어?"

박 목사가 어깨를 다독이자 그녀는 말없이 엎드려 있던 허리를 벌떡 세우고 그의 가슴으로 파고들었다.

"목사님, 저를 안아 주세요."

당황한 목사는 어찌할 바를 몰랐다.

"왜 갑자기 이러는 거지?"

주춤하고 밀쳐내려던 목사는 오히려 그녀를 가슴으로 포근히 끌어안아 주며 다시 물었다.

"무슨 일이 있었어?"

그녀는 아무런 말도 하지 않고 있다가 잠시 후 조심스럽게 말했다.

"목사님, 저 목사님과 함께 살게 해주세요. 저는 목사님이 좋아요."

박 목사는 그 말을 듣는 순간 어리둥절하였다. 그러나 그녀가 집으로 돌아가지 않고 잠든 자신의 가슴에 엎드려 울고 있었던 것이 뭘 의미하는가 생각해 보았다. 목사는 더욱 당황하며 급히 그녀를 밀쳐 내려고 했지만 오히려 그녀는 더 파고드는 것이 아닌가. 이렇게 되자 목사도 어느덧 성직자가 아닌 한 남자로서의 본능적 야욕이 꿈틀대기 시작했다. 더 이상 그 욕구를 뿌리칠 수가 없었다. 그동안 가족을 잃고 고독하게 종교인으로만 꿋꿋하게 살아왔지만 풋풋한 젊은 여체를 가슴에 안는 순간 그는 이미 성직자도 아닌 하나의 남성으로서 요동치는 본능적 성의 욕구에 함몰되어 그녀를 깊이 받아들이며 함께 성적 쾌락에 빠져들고 말았다. 사탄의 유혹은 황홀한 것이었다. 서슴없이 옷을 풀어헤친 터질 듯 풍만한 여체를 보는 순간 이미 성직자도 아니고 목사도 아니고 인격 따위는 아무런 의미가 없는 야수로 변하여 오직 숨가쁘게 몰아치는 본능적 희열에 허덕이며 첫 경험의 어릿한 소녀의 탐스러운 성육의 숲을 거침없이 헤집고 무아의 쾌락에서 몸부림쳤다.

그는 잠시 후 자신이 혜란의 눈부신 나신 위에 알몸으로 밀착되어 무아의 성욕에 몸부림쳤던 사실을 깨달은 순간 정신이 번쩍 들며 크게 후회했지만 이미 때는 늦어 경솔했던 행동은 돌이킬 수 없는 일이 되고 말았다. 당황한 그는 수줍은 듯 돌아누워 있는 탐스러운 그녀의 나신을 이불로 가려 주고 자신도 정신을 수습한 다음 회한의 기도로 그날 밤을 지새우며 다시는 이런 일은 없을 것이라고 다짐했다. 그러나 그렇게 다짐했던 결심도 목사가 아닌 인간 박준식의 본능적 야욕을 이겨 내지 못하게 한 것은 그 일이 있은 후의 혜란의 태도 때문이었다. 그날 이후 전과는 달리 마치 자신이 안주인이라도 된 듯 거리낌 없이 접근해 오는 그녀의 행동은 목사를 더욱 고민스럽게 했다. 항상 자신의 생활 주변을 살펴 주는 그녀가 더욱 대담하게 접근해 올 때마다 그녀와의 황홀했던 순간이 더욱 생생하게 살아나 이제는 자신이 먼저 그녀에게 접근해 가려는 욕구를 이겨 내지 못하고 금단의 유혹에 빠져들 것 같았다. 그러나 이런 욕구를 극복해 낼 수 있었던 것은 그래도 성직자라는 이성을 잃지 않으려는 굳은 의지가 있었기 때문이다. 박 목사는 오랜 기도를 통해 자신의 잘못을 뉘우치며 하나님께 회개하고 그녀에게 지은 죄의 용서를 빌었다. 그리고 더 이상 사탄의 유혹에 물들지 않는 삶을 기원했고 그녀에게는 새로운 삶의 길을 열어 주어야 한다는 생각을 하게 되었다.

그러던 어느 날 마침 이병도가 교회로 찾아와 그의 인생 고민을 털어놓았다. 병도의 어머니가 더 늦기 전에 결혼해야 한다고 재촉한다는 말을 듣는 순간 박 목사는 조급히 이들 둘의 인연을 맺어 주는 것이 좋겠다는 생각을 하게 되었던 것이다.

박 목사는 며칠 동안 고민하다 이 기회를 놓칠 수 없다는 생각에 조용히 혜란을 불러 자신의 생각을 단호하게 말했다.

"혜란이, 좋은 혼처가 났는데 이 기회에 결혼을 하는 것이 좋겠다는 생각에서 하는 말이니 가볍게 듣지 말고 추진하도록 해보자고. 물론 부모님의 뜻도 들어 봐야겠지만."

혜란은 박 목사의 갑작스러운 말에 놀란 듯 쳐다보았다.

"목사님 지금 저에게 시집을 가라고 하시는 거예요? 저는 결혼 같은 건 안 해요. 이미 목사님과 함께 살기로 결심한 걸요. 목사님이 어떻게 저에게 시집을 가라고 하시는 거예요."

"내가 한때 사탄의 유혹에 빠져 혜란이에게 잘못을 범하기는 했지만 불행히도 그것은 내 본심이 아닌 이성을 잃은 한순간의 실수였어. 물론 그것은 성직자로서 용납될 수 없는 큰 죄로 그동안 많은 회개와 반성으로 더 이상 이런 일이 있어서는 안 되겠다고 깊이 마음에

다져 왔어요. 그럼에도 만일 혜란이가 이 혼사를 거부한다면 나보다는 혜란이에게 더 불행한 일이 될 거야. 평생을 함께할 부부의 인연이란 한순간의 잘못된 쾌락에 의해서 억지로 맺어지는 그런 것이 아니야. 거기에는 나름의 순리가 있어야 하는 것이고 그 순리에 따라 이루어지는 것이 행복의 출발이 되는 거지. 만일 그런 순리를 무시한 채 비이성적 야합으로 어쩔 수 없이 맺어진 관계라면 거기에는 불행이 있게 마련이고 그리고 이런 사실이 세상에 알려지면 모두가 우리를 어떻게 보겠어? 우리 둘만이 사는 세상도 아닌데 누가 봐도 납득할 수 있는 만남이 되어야 하지 않겠어. 아무리 혜란이가 나와 함께 살기를 원한다고 해도 나이가 많아도 한참 많은 나의 막내딸 같은 혜란이와 나의 관계는 누가 봐도 정상으로 보이지 않을 뿐더러 비웃음의 대상이 되고 아직까지 우리 사회는 이런 관계를 자연스럽게 보지 않아요. 그러니 혜란이에게 불행만 있게 한다는 사실을 알아야지. 세상을 살아도 한참 더 산 성직자라는 내가 자신의 잘못을 뉘우치면서도 그 결과로 파생된 잘못된 일들에 대해 무책임하게 있을 수는 없잖아. 그동안 많은 힘이 되어 주었고 또 보살펴 준 혜란을 내 곁에서 떠나게 하자니 마음은 한없이 아프지만 그러나 더 이상 이대로 곁에 있게만 해서는 안 된다는 것이 그동안 많은 기도를 통해 얻은 결론이니까 내 말을 받아주기 바라요."

박 목사가 진심 어린 눈으로 혜란을 바라보자 무겁게 고개를 숙이고 있던 그녀가 갑자기 자리에서 벌떡 일어나며 울먹였다.

"목사님, 그래도 저는 목사님 곁을 떠날 수 없어요. 저는 이미 목사님께 모든 것을 바쳤어요. 그리고 제가 목사님 곁을 떠나는 것은 오히려 더 불행한 일이라고 생각해요. 그러니 저에게 결혼이니 뭐니 하는 그런 말씀은 하지 않으셨으면 좋겠어요."

박 목사를 바라보는 혜란의 눈엔 어느새 이슬이 맺혀 있었다. 목사도 가슴이 아팠다. 그렇지만 그녀를 설득해야 한다고 생각했다. 그러나 혜란은 더 이상 아무 말 하지 않고 밖으로 나가 버렸다.

이후에도 박 목사는 혜란에게 간곡하게 부탁했다.

"혜란이가 계속 내 곁에 머물러 있겠다는 것은 성직자인 나에게 더할 수 없는 욕된 죄를 안고 신도들 앞에서 거짓 강론을 하는 불행한 목회자가 되게 하는 것이에요. 그러니 그 죄를 조금이라도 속죄하는 길은 혜란이가 좋은 사람을 만나 행복하게 살 수 있게 해주는 것이 내가 해야 할 일이라고 생각하고 있었요. 그리고 이 일은 단지 내 잘못을 속죄하기 위한 것만이 아니라 혜란이에게도 옳은 길이기 때문이니 그동안 나와 있었던 인연들은 그저 잠시 살며 지나간 일들이었다고 생각하고 내가 소개하는 이 사람을 만나 보도록 해요."

목사의 간곡한 설득에도 미동도 하지 않던 혜란이었지만 다름이 아닌 자신 때문에 목사의 삶이 불행해진다는 말에 더 이상 고집할 수가 없었다. 그렇게 그녀는 눈물을 머금고 병도를 만나게 되었던 것이다.

혜란의 결혼은 자신의 선택이 아닌 목사의 뜻에 따라 이루어졌지만 마음까지 목사의 곁을 떠나온 것은 아니었다. 그러니 결혼 후의 생활도 행복한 것일 수는 없었다. 더욱이 교회라는 종교적 신앙과는 거리가 먼 시어머니와 남편에 이르기까지 자신과는 너무도 다른 가치관과 생활 분위기를 극복하며 살면서 정신적으로도 많은 어려움을 겪게 되었다. 그러니 좀 가난했지만 살뜰했던 박 목사와의 생활이 그리웠던 것이다. 엄한 유교적 전통 가풍을 내세우며 그에 따르도록 하라는 시어머니의 압박은 기독교인으로 의식이 굳어져 온 혜란에게는 참으로 참기 어려운 일이었다. 그러다가 아이를 낳고 병도의 사업체에서 경리를 채용한다는 말을 듣게 되어 이 기회를 놓치지 않고 자신이 경리를 보겠다고 자청했던 것이다. 경리를 보게 되면서 자연스럽게 시어머니의 굴레에서 조금씩 벗어나게 되어 결혼 후 한 번도 가 뵙지 못했던 박 목사를 찾아가게 되었던 것이다. 오랜만에 만난 박 목사는 변함없이 초라한 삶에서 벗어나지 못하고 있음을 보고 안타까워했던 혜란은 어떻게든 목사님을 도와 드려야겠다고 마음먹었다. 그러나 자신으로서는 목사님을 도울 길이 별로 없었다. 그러다 자신이 마음만 먹으면 경리 장부 조작으로 돈을 빼돌릴 수 있다는 생각을 하게 되었고 박 목사를 도와야 한다는 생각이 너무도 절실했던 탓인지 그 일이 남편을 속이는 잘못된 것이라는 사실을 미처 깨닫지 못하고 돈에 먼저 손을 대고 말았다. 그러나 그가 이렇게 이성을 잃은 행동을 하는 것은 아직도 박 목사와 함께 했던 지난날의 애틋함을 잊지 못한 데서 비롯된 것이었다. 이렇게 저질러 놓은 일들이 얼마나 잘못된 일이며 후에 어떠한 비참한 결과로 나타날지는 꿈에도 알지 못했다.

상길의 고민

　상길은 영근의 말을 듣고 혜란이라는 여인이 그렇게 지각이 없는 사람이었던가 생각하게 되었다. 그러나 한편 그 여인이 얼마나 박 목사와의 옛정을 잊지 못했으면 남편을 속이면서까지 돈을 빼돌려 목사에게 주었을까 하는 생각도 들었다. 그러자 두 사람의 관계는 그 여인이 병도라는 남자에게 시집을 갔음에도 아직 끝난 것이 아니라 계속 진행형인 것이 아닌가 하는 의구심으로 이어졌다.

　혜란이라는 젊은 여인이 왜 아버지뻘이나 되는 나이 많은 남자를 잊지 못하고 남편을 속이면서까지 그에게 도움을 주고 있었단 말인가? 상길은 그들이 과거 부부처럼 다정하게 지내던 모습들을 떠올리며 단순히 목사와 젊은 여신도 관계를 넘어선 깊은 관계가 있었던 것이 아닌가 생각했다. 그러나 젊은 여인이 삼십대 후반의 젊은 남편보다 오십대를 넘긴 중년의 전 남자를 잊지 못하는 이유가 무엇일까? 거기에는 필시 박 목사가 어떤 면에서 남편보다 더 매력이 있기 때문이라는 생각이 들었다. 젊은 여신도가 성직자인 목사라는 인품에 매료되었을 수도 있다. 하지만 좀 더 노골적으로 표현하자면 젊은 남편의 저돌적인 힘보다 노련하고 따뜻한 그리고 섬세하게 이끌어 주는 목사의 기교를 잊지 못해서일 수도 있겠다는 엉뚱한 생각마저 들었다. 아무튼 사안의 전말을 보면 이 두 남녀의 과거의 관계가 예사롭지 않음은 분명했다. 그동안 유난히 박 목사를 따르며 주변에서 부인으로 오해할 정도로 다정하게 그의 지근에서 보살펴 주고 있었던 것을 잘 아는 상길로서는 더욱 그렇게 느꼈다. 사실 박 목사도 아무리 성직자라고 해도 사람이다. 그것도 오랫동안 혼자 홀아비로 살아왔던 외로운 몸이다. 겉보기엔 심지가 굳은 종교인으로 보이지만 인간의 본성까지는 어쩔 수 없는 것이 아닌가. 그도 목석이 아닌 다음에야 여성에 대한 느낌이 없을 수 없겠고 아무리 나이 차가 있고 근엄한 종교인이라고 해도 무르익은 여인이 가까이에서 거리낌 없이 자신의 내자처럼 접근해 오는 상황이 계속되면서 어쩔 수 없이 남녀 사이의 경계를 허물어트리고 한순간의 야욕은 성직자라는 신분을 망각한 채 불륜의 열매를 따먹게 된 것이라는 생각이 들었다. 그 불륜의 죄책감에 시달리다 어린 여인을 설득하여 다른 사람과 결혼을 하게 만들었던 것이리라.

어떻든 그 여인도 여인이지만 근엄한 듯 종교인의 가면 뒤에 숨겨진 박 목사의 음흉한 모습이 보이는 듯도 했다.

상길은 한동안 침묵하다 입을 뗴었다.

"남의 가정사에 너무 관심을 갖는 것도 그렇지만 자칫 오해를 살 수 있는 일이 생길 수도 있습니다. 좀 답답하기는 하지만."

영근도 더 이상 아무 말 하지 않고 고개만 끄덕였다.

유엔군과 북한군 간의 장기간에 걸친 휴전 회담이 마무리되었다. 개성이 수복되지 못한 채 휴전이 체결되었다는 소식에 영근은 낙담하였고 하늘이 무너지는 듯 참담하였다. 이렇게 되면 개성에 계시는 부모님을 어떻게 다시 뵐 수 있단 말인가 하는 생각은 오히려 휴전이 성립된 것이 원망스러웠다. 개성만이라도 탈환을 했어야 하는데 하는 안타까움은 좌절감으로 이어졌다. 그러나 이것이 이 시대를 사는 우리 민족의 슬픔이고 처참한 현실인 것이다.

'아버지 어머니 죄송합니다. 이런 뜻하지 않던 휴전 체결 결과로 이제 찾아뵙기도 어렵게 되었습니다. 이 일을 어떡하면 좋습니까?'

영근은 마음속으로 하늘이 무너지듯 탄식했지만 무심한 현실은 그것일 뿐이었다.

전선에 총성이 멎은 지도 한참 지났다. 정부의 환도에 따라 피난 생활을 접고 다시 서울로 올라가려는 귀환민들의 인파가 날로 늘어나 그렇지 않아도 태부족한 서울행 열차는 내려올 때나 올라갈 때나 꽉 들어찼다. 이 때문에 모여든 인파로 역 마당은 북새통을 이루고 있었다.

상길은 윤 선생이 퇴근길에 만나자고 해서 그런 말들을 하는 걸 보면 자기와 박 목사와의 관계를 잘 알고 있었기 때문이란 생각이 들었다. 말을 듣고 나니 과거 그들 둘의 관계가 새삼 궁금해졌다. 그러나 상길은 영근과 다방에서 헤어진 후에도 한동안 박 목사를 만나지 않았다. 그것은 학교로 상길에게 이상한 전화가 왔었기 때문이다. 전화는 중년 남자의 목소리였다.

"실례지만 혹시 최영숙 씨 남편 되시는 김상길 씨입니까?"

상길은 깜짝 놀랐다. 아내의 이름을 대며 자신을 찾는 사람이라니. 정신이 번쩍 들었다.

"아니 댁은 누구십니까?"

상길이 되묻자 답은 하지 않고 재차 물었다.
"김상길 씨가 맞습니까?"
"그렇소이다만."
상길의 대답과 함께 그는 전화를 끊어 버렸다. 본인의 신분은 밝히지 않는 채 남의 신분만 확인하고 전화를 끊어 버리다니, 상길은 어처구니가 없었다. 더욱이 아내의 이름까지 대며 상길을 찾는 걸 보면 그의 가족과 어떤 관계가 있는 사람임이 분명했다. 그렇지 않아도 가족의 소식을 오매불망하던 사람에게 불쑥 신분만 확인하고 전화를 끊어 버리자 상길은 그 사람에 대한 궁금증이 한층 더했다. 도대체 자신을 찾은 이유가 뭣인지, 가족에 대한 소식을 알고 있다면 순순히 알려주고 떳떳이 본인의 이름도 밝히는 것이 도리인데 밑도 끝도 없이 남의 이름만 확인하고 전화를 끊어 버린 데는 분명 무슨 곡절이 있어서일 것이라는 생각도 들었다. 그렇다면 그가 상길을 확인한 이상 어떤 식이라도 또 연락을 해올 것임이 분명했다. 상길은 그날 후로는 아침 출근과 함께 퇴근 시까지 전화에만 온 신경을 쓰고 있었다. 그 모습을 눈여겨보던 영근이 상길에게 다가가 물었다.
"퇴근 안 하시오? 며칠 사이 전화기에 꽤 신경을 쓰는 것 같이 보이던데 무슨 중요한 전화라도 올 일이 있습니까?"
상길은 답답한 듯 영근을 바라보았다.
"그 옆 의자에 좀 앉으시오."
상길은 목이 타는 듯 물컵의 물로 목을 축인 다음, 답답한 듯,
"아니 며칠 전의 일인데, 난데없이 전화가 한 통 걸려 왔어요. 뭣에 홀린 듯한 기분이고 불쾌하기도 하지 뭡니까. 전화를 했으면 본인의 신분을 밝히는 것이 도리이고 상식인데 내 이름만 확인하고는 두말없이 전화를 끊어 버리는 것입니다. 거기다가 아내의 이름까지 대고

나를 확인했다는 것이 무언가 석연치 않다는 느낌을 지울 수가 없어요. 그 사람이 나를 확인한 이상 필시 또 무슨 연락을 해올 것만 같은 생각이 들어 전화에 신경을 쓰게 되는 거지요."

영근은 상길의 말을 듣고 무겁게 고개를 끄덕였다.

"어떤 남자가 전화를 걸어와 김 선생 부인의 이름을 대고 김 선생이 남편임을 확인하고는 자신의 신분은 밝히지 않는 채 전화를 끊어 버렸다."

상길이 고개를 가볍게 끄덕이자 영근은 다시 말을 이어 나갔다.

"그렇다면 그 사람은 필경 부인을 아는 사람인 것 같고 또 김 선생이 남편임을 알고 현재 있는 곳을 확인하기 위해서 전화를 했을 것입니다. 그렇다면 반드시 김 선생 말대로 다시 무슨 연락이 있을 것입니다."

"좋은 소식이든 나쁜 소식이든 빨리 알고나 봐야 할 텐데 조마조마한 마음은 전화벨 소리만 들려도 혹시 나에게 온 것이나 아닌가 하고 온 신경이 전화기로 집중되곤 하는구먼."

"그러시겠지요. 하지만 너무 초조해할 필요는 없을 것 같아요. 그 사람이 김 선생이 있는 곳을 확인한 이상 반드시 어떻게든 또 연락을 할 것 같은데. 그러나 그것이 꼭 전화로만이 아닌 다른 방법으로라도 할 수 있을 것이니 말이오. 그 사람이 김 선생을 단지 확인만 하고 끝낼 일이라면 찾지도 않았을 것이고, 학교에까지 전화를 해서 확인해야 할 일이 있었다면 반드시 또 연락을 해올 것입니다. 그러니 내용도 모르고 미리 초조해할 필요는 없어요. 자, 그러지 말고 오늘은 나하고 오랜만에 밀양집으로 갑시다. 술로 기분도 좀 풀고 오매불망 김 선생을 기다리는 주모도 만나고 훌훌 털어 버려요."

그러나 상길은 행방을 알 수 없는 아내와의 관계가 있는 사람인 것 같다는 생각을 쉽게 떨쳐 버릴 수가 없었다. 영근의 말처럼 아직은 아무것도 모르는 상태지만 왠지 불안한 생각만 자꾸 들었다. 하지만 윤영근의 말처럼 미리 불안해할 필요는 없다고 생각하며 밀양집으로 향했다. 사실 상길도 학교 일이 좀 있어 한동안 주모를 만나지 못했었다.

술집은 비교적 한산했다. 둘이 자리를 잡자 어느새 주모 순분이 반가운 듯 다가왔다. 그녀는 유난히 눈에 띄는 분홍색 하트 모양의 주머니가 두 개 달린 앞치마를 어루만지며 인사를 했다.
"어서 오세요. 두 분은 오랜만에 오셨네예. 이쪽 길을 잊으셨나 했어예."
"학교 일도 있었고 또 여러 가지 일들이 있어 바빴어요."
영근의 말이 끝나기 무섭게 순분은 상길의 안색을 살폈다.
"그래예. 그런데 김 선생님은 얼굴이 좀 무겁게 보이시네예."
상길은 '역시 많은 사람을 상대해 온 여자라 눈치 하나는 빠르다'는 생각을 했다.
"무겁게 보이긴. 좀 피곤해서 그렇게 보이는 거겠지."
윤영근은 서둘러 주문을 했다.
"자자, 객설은 그만하고 푸짐한 파전에 다른 안주 좀하고 막걸리나 가지고 와요."
"네, 알겠습니다."
순분이 주방으로 돌아간 다음에도 상길은 별반 말이 없었다. 잠시 후 차려진 술상에서 풍기는 구수한 파전 냄새가 그렇지 않아도 시장했던 식욕을 자극했다.
아까부터 상길을 주시하던 순분은 아무래도 저 사람에게 무슨 일이 있었던 것 같다는 생각을 지울 수 없었다.

"자, 첫잔은 제가 따라 드릴게예."

순분이 술주전자를 들려고 하자 얼른 영근이 나섰다.

"아니 아니, 첫술은 내가 따를 테니까 주모도 김 선생 옆자리에 앉아 술이나 함께 하도록 해요."

"아니, 저도 함께 마시자고예?"

"그럼, 싫단 말인가?"

"아니예. 싫다기보다 김 선생님이 불편해하실까 해서예."

"아니 그럴 리가 있나 여자가 옆에 앉는데 왜 불편해하겠어. 아무 염려 말고 앉아요."

순분이 상길을 보며 가볍게 웃자 상길도 피식 웃었다.

"뭐, 자리야 비어 있는데 앉아도 되겠지."

"참 선생님도. 멋은 다 어디다 버리고 오셨는지! 그래도 앉을 거라예."

자리에 앉자 영근은 상길의 잔에 술을 가득 따랐다.

"자, 주모도 거기 탁상에 있는 잔을 들고 한 잔 받아요."

순분은 상길의 표정을 살피며 조심스럽게 잔을 들었다.

"이래도 되는지 모르겠네예."

영근이 순분의 잔에 술을 가득 부은 다음 자신의 잔에도 술을 따르려 하자 순분이 깜짝 놀라며 얼른 일어났다.

"선생님 잔에는 제가 따라 드려야지예."

"김 선생, 첫 잔이니 다 함께 건배를 합시다."

상길은 엉거주춤 잔을 들며 주모를 흘깃 보면서 외쳤다.

"그럼 선창은 내가 하지. 순분 씨와 밀양집을 위하여!"

상길이 힘주어 잔을 들자 영근이 뒤를 받았다.

"건배!"

영근이 소리를 높이자 셋은 약속이나 한 듯 단숨에 술잔을 비워 버렸다. 영근은 상길의 기분을 풀어 주기 위해 이렇게 분위기를 잡아 본 것이다.

역시 순분은 눈치 빠른 술집 마담이다. 그도 무언지 보이지 않는 상길의 가라앉은 기분을 애교 있게 풀어 주려는 듯 그에게 몸을 기대며, 전에 없이 콧소리를 내었다.

"선생님, 저 김 선생님이 주시는 술을 마시고 싶네예. 여기예."

순분이 술잔을 들고 술을 부어 달라고 상길에게 내밀었다.

"허허, 주인이 이렇게 술을 마셔도 되나?"

"그럼요. 오늘은 김 선생님하고 한번 마셔 볼라고예. 그리고 술값은 제가 다 계산할 겁니다. 그러니 맘들 놓고 드시이소."

순분의 말에 상길은 그녀를 쳐다보았다.

"아니 주모가 왜 술을 산다는 거야. 오늘은 헛장사를 하겠네?"

순분은 애교 있는 웃음을 지었다.

"아니 오랜만에 오신 손님에게 오늘은 제가 사 드리고 싶어서예."

상길은 영근을 보며 겸연쩍게 웃었다.

"이거 미안해서 어떡하나."

영근은 눈치 빠른 순분이 벌써 상길의 기분을 읽고 그 기분을 풀어 주려는 것이라고 생각했다. 그리고 이 둘의 밀접한 관계를 오래전부터 알고 있었던 영근은 적당히 마시고 둘만의 자리를 위해 슬그머니 빠져나갈 생각을 했다. 왠지 오늘은 손님도 별로 없었다. 그럭저럭 마시던 술이 자신은 물론 상길도 많이 취한 듯했고 순분도 얼굴이 붉게 달아올라 있었다. 영근은 화장실을 가는 척 슬그머니 일어나 밖으로 나와 버렸다.

상길은 취한 듯 고개를 좌우로 설레설레 흔들다 순분에게 물었다.
"아니 윤영근 선생이 화장실을 간 줄 알았는데 아직 안 돌아오누먼. 혹시 뺑소니친 것 아냐?"
"뺑소니를 치다니요."
순분이 일어나 주방으로 갔다 왔다.
"윤 선생님은 몸이 좀 불편하다고 하시며 계산까지 하고 먼저 간다고 하시더랍니다."
"그 양반, 참 싱거운 양반이구먼. 가려면 말이나 하고 가야지."
둘만 남게 되자 순분은 기다렸다는 듯 상길에게 더욱 다가앉았다.
"그동안 선생님이 얼마나 보고 싶었다고예. 제가 보고 싶지 않으셨어예?"
잠시 순분을 바라보던 상길은 그녀의 손을 덥석 잡았다.
"왜 난들 주모 생각이 안 났겠어."
"선생님, 여기서는 주방 아이들도 있고 보는 눈이 많은데 우리 같이 나갈까예."
그녀의 말이 상길도 싫지는 않았다.
"가게를 비우고 주인이 나가도 되겠어?"
"그럼요. 제가 없어도 다들 잘해 주어예. 잠깐만 기다리시이소."
주방 내실로 들어갔다가 나오는 순분은 벌써 외출복으로 갈아입고 있었다.
"선생님 제가 나간 다음 좀 뒤에 따라 나오이소."
순분은 다른 사람들의 눈치를 보는지, 먼저 가게 문을 나갔다. 잠시 후 상길이 뒤따라 나왔을 때 그녀는 벌써 지나가던 택시를 세우고 먼저 올라타고 있었다.
"선생님 어서 타세요."

상길은 차를 타면서도 어리둥절했다.
"어딜 가려고?"
"어서 타기나 하이소. 기사 양반요, 송도해수욕장 해변으로 데려다 주이소."
상길은 어리둥절한 듯 순분을 바라보았다.
"아니 좀 있으면 어두워질 텐데 거기는 왜?"
"선생님하고 해 지는 해변의 파도 소리를 들으며 한번 걸어 보고 싶어서예."
"그것도 괜찮겠지. 하지만 바람이 좀 부는 것 같은데 춥지 않을까?"
"춥기는예. 저는 괜찮습니다. 선생님은요?"
"나야 괜찮지만."

여름이 지나고 가을이 한창 무르익은 때였다.
둘은 탁 트인 망망대해에서 끝없이 밀려오는 거친 파도가 해변의 모래를 힘차게 할퀴고 사그라지는 모래톱을 말없이 걷고 있었다. 상길은 아까와는 달리 신선한 해풍에 얼굴이 노출된 탓인지 정신이 맑아지는 것 같았다. 택시에서 내린 다음부터 순분은 상길의 팔을 다정하게 끼고 걷고 있었지만 상길은 말 한마디 하지 않고 모래사장을 걷기만 했다. 그것은 난데없이 걸려온 전화에 대한 궁금증이 아직도 마음을 누르고 있었기 때문이다. 그러나 그런 사정을 알 리가 없는 순분은 일방적으로 이리로 온 것에 대한 불쾌감에서 상길이 그러는 것이 아닐까 하는 생각이 들었다.
"선생님 혹시 무슨 불편한 일이라도?"
"아니 왜?"

"선생님이 여기에 오신 후부터는 아무 말 않으시고 걷기만 하시니 혹시 무슨 불편한 일이라도 있으신가 해서예."

"뭐 불편한 일이 있을라고. 갑자기 해변으로 분위기가 바뀌어 파도 소리며 바다의 풍경 등에 취한 탓이었겠지."

"그럼 이렇게 바다로 나온 것이 잘한 것이네예."

"그럼. 이렇게 한가한 저녁 시간에 이 대자연을 느끼며 조용한 해변을 걷는다는 것이 얼마나 좋은 일인데."

"선생님이 그렇게 느끼신다니 저도 기쁘고 행복하네예."

순분이 상길에게 다가서자 그는 한 팔을 넓게 벌려 그녀를 깊게 감싸안으며 자신에게 더욱 밀착시켰다.

순분은 행복했다. 이런 따뜻한 사람이면 영원히 함께할 수 있을 것 같았다. 멀리 수평선의 하늘을 붉게 물들게 한 석양은 넘실대는 파도 위에서 유난히 화려하게 춤을 추듯 일렁였다. 어디선가 갈매기 울음소리도 들려왔다.

"선생님, 어때예. 이제 저 언덕 위에 보이는 레스토랑으로 올라가서 저녁이나 하지예."

"왜, 벌써 배가 고픈가?"

"아니 딱 배가 고파서라기보다 바닷가 레스토랑의 분위기에 한번 젖어 보고 싶네예."

"그래 그러지 뭐. 그렇게 해요."

해변에서 좀 높은 언덕에 위치한 일제 때 지은 듯한 별장 건물에 레스토랑을 차린 듯했다. 외형과는 달리 내부는 꽤 화려하게 꾸며져 있다.

평일이어서인지 손님은 많지 않았다. 상길과 순분이 바다가 잘 보이는 자리에 앉자 잠시 후 하얀 와이셔츠에 까만 바지, 거기다 까만

나비넥타이를 맨 젊은 남자 직원이 다가왔다.
"어서 오십시오."
인사를 한 다음 메뉴판을 식탁 위에 조심스럽게 내려놓으며 밝게 미소 짓는 직원의 모습이 인상적이었다.
"무얼 주문하시겠습니까?"
순분은 메뉴판을 살펴보았다.
"선생님 뭘로 할까예?"
"적당한 것으로 주문해요."
"그래도 선생님 좋아하는 것으로 말씀하셔야지예."
"나는 순분 씨가 주문하는 대로 먹을 것이니까 그렇게 해요."
"그래도 기왕이면 마음에 드는 걸로 하셔야지예.

사실 상길은 삼팔따라지로 피난살이와 어려운 생활로 이제 학교에 복직은 했지만 양식 레스토랑 같은 델 별로 드나든 일이 없었다. 그래서 무얼 어떻게 주문해서 먹어야 좋을지 잘 모르니 그저 눈치껏 순분이 주문하는 대로 따라 먹겠다는 생각이었다.

"알았어예. 그럼 돈까스 둘하고 생선 튀김 됩니까?"
"네 됩니다."
"그럼 거기에 다른 안주 몇 가지를 더하고 맥주 두 병을 함께 부탁합니다."
"네 알겠습니다. 곧 올리겠습니다."
직원은 메모를 한 다음, 돌아갔다.
순분이 주문하는 것을 지켜보고 있던 상길이 말을 꺼냈다.
"솔직히 말해서 나는 이런 레스토랑 같은 곳을 별로 드나들지 않아서 뭘 어떻게 주문해야 하는지 잘 모릅니다. 우리가 간다는 것이 고작해야 대폿집 아니면 빈대떡집, 거기서 좀 더 발전하면 한식 요릿

집이 고작이고 이런 양식집은 별로 가보지 않았으니 뭘 어떻게 주문해서 먹어야 하는지 알 수가 없지."

"선생님도 참. 잘 모르면 직원에게 물어보시면 친절하게 가르쳐 줄 텐데요. 이 사람들도 장사하는 사람이고 음식을 팔아야 하기 때문에 한 가지라도 더 팔기 위해서는 손님에게 친절하게 가르쳐 주어야 하지요."

"그렇기는 하지만 어쩐지 낯설어서 잘 들어가지지가 않더구먼."

잠시 후 식탁에 음식이 차려졌다.

"선생님, 맥주를 먼저 한잔 하시지예."

"아니 조금 전에 막걸리를 마시고 왔는데 또 맥주를 마셔도 될까?"

"막걸리를 마셨다가 맥주를 마시면 무슨 탈이라도 날까예. 염려 말고 드이소."

"그럼 그렇게 할까. 순분 씨도 잔을 들어요."

맥주 두 병으로 시작한 것은 어느새 여러 병으로 늘었다. 순분은 대폿집과는 사뭇 다른 분위기의 해변에서 수없이 밀려오는 파도 소리를 들으며 상길과 함께 맥주를 마시자니 한참 딴 세상에 온 듯 행복과 낭만이 가득한 밤이었다. 더욱이 맥주 몇 잔을 마신 후 고조된 기분 탓에 상길이 더욱 믿음직스럽게 보였다. 상길 또한 지금은 난데없이 걸려 왔던 전화 따위는 이미 까마득히 잊은 듯 앞에 앉은 순분의 붉게 상기된 얼굴 표정에서 새삼 탄력 있는 그녀의 적나라한 육체가 몸부림치던 모습을 떠올리게 했다. 그는 열기에 찬 눈으로 그녀를 주시했다.

"미스 여 이제 그만하지."

"아니 왜 벌써예?"

"난 괜찮지만 미스 여가 술이 좀 과한 것 같아서."
"아니 저는 아직 아무렇지도 않아예. 술집 마담이 그까짓 맥주 몇 잔에 취하기야 할라고예?"
순분은 고개를 도리질하듯 설레설레 흔들다 앞으로 떨궜다.
"아니 이미 많이 취한 것 같은데."
"아이라예. 걱정 마이소."
순분이 갑자기 상길을 보며 말했다.
"선생님 우리 자리를 옮길까예."
벌떡 일어난 순분은 서슴없이 카운터로 가더니 계산을 마치고 왔다.
"아니 계산은 내가 할 생각이었는데 그렇게 먼저 하면 어떻게 해."
"오늘은 제가 모시고 나왔고 또 학교 선생인 김 선생님 월급이 얼마나 된다고, 이 정도는 염려 안 하셔도 돼예. 그럼 나가실까예."
순분이 먼저 밖으로 나갔다. 밖의 거대한 밤바다에는 벌써 어두움이 짙게 깔려 있고 멀리 가까운 해변에서는 거친 파도 소리만 쉴새 없이 들려온다.
밖으로 나온 순분은 술기운 탓인지 비틀하면서 헛발을 내딛었다. 뒤따르던 상길은 급히 그녀 곁으로 다가서며 부축했다.
"아이고 취했구먼. 조심해야지. 내게 기대도록 해요."
"아이 괜찮은데."
순분은 기다렸다는 듯 서슴없이 상길에게 몸을 맡기듯 기댔다.

해변의 밤길은 이들 둘만의 행복한 길이었다. 화려하게 끝없이 펼쳐진 별들이 둘의 미래를 축복이라도 하는 듯 하늘 가득 반짝이고 있었다.
순분은 술기운이 좀 있었지만 이렇게 행복한 순간은 일찍이 느껴

보지 못했다.

상길도 오늘따라 서슴없이 기대 오는 그녀에게 유난히 정감을 느끼고 있었다. 더욱이 몸을 내맡기듯 하는 그녀의 탄력 있는 육감은 상길의 이성을 더욱 자극했다.

"선생님, 밤바람이라 그런지 좀 춥네예."

순분이 더욱 움츠리며 상길의 겨드랑으로 파고들자 그는 기다렸다는 듯 그녀를 품으로 끌어당기며 걸음을 멈추었다.

"미스 여 미스 여."

갑자기 상길이 거친 숨을 몰아쉬며 순분의 얼굴을 더듬었다. 순분도 망설임 없이 상길의 목을 끌어안고 발돋움하며 성애에 굶주린 야수처럼 거친 숨을 몰아쉬며 그의 뜨거운 입술을 쉴 사이 없이 빨아들이며 신음했다.

"선생님, 이 근처 가까운 호텔에서 좀 쉬었다 가지예."

순분의 제안에 상길도 그게 좋겠다는 듯 주저하지 않고 이리저리 살펴보았다.

"음, 저기 있구먼."

호텔은 해안에서 조금 높은 언덕 숲 속에 자리하고 있었다. 초저녁의 어두운 호텔 입구를 밝히는 조명등은 유난히 유혹적으로 느껴졌다. 둘은 주저 없이 2층 객실을 예약하고 객실에 들어서자마자 약속이나 한 듯 급히 옷을 훌훌 벗어 던지고 서둘러 나신이 된 뜨거운 몸으로 주저할 사이도 없이 하나로 얽혀 가쁜 호흡을 몰아쉬며 욕정의 쾌락으로 몰입해 갔다.

상길은 오랜만에 만족한 성희였다.

둘은 알몸으로 널브러져 있다가 순분이 상길의 가슴 위로 덮쳐 누웠다.

"저는 선생님이 아니면 다른 사람하고는 살 수 없을 것 같아예."

순분은 상길의 가슴에 얼굴을 묻었다.

"선생님, 저는 선생님을 위해서는 모든 것을 아낌없이 드리고 함께 살고 싶어예. 선생님, 그렇게 해주시겠어예?"

순분의 눈을 바라보던 상길은 뭐라 말할 수 없이 갈망하는 애틋한 마음을 느낄 수 있었다. 순분과 같은 순박한 여인의 마음을 왜 모르겠는가. 그러나 그녀의 그런 마음에 가볍게 응할 수 없는 것은 상길 자신의 과거가 너무도 순탄치 못했기 때문이다. 가족의 생사조차 알지 못하는 처지로 또 다른 여인을 받아들일 수 없는 무거운 마음이었기에 그동안 몇 차례 몸을 섞으며 지내 왔음에도 쉽게 순분에게 답을 주지 못해 왔다. 그러나 이렇게 열정적으로 자신을 소원하는 그녀의 마음을 더 이상 외면만 할 수는 없었다.

그녀는 상길의 몸을 이리저리 어루만지며 그의 가슴에 얼굴을 더 깊이 묻고 흐느꼈다. 그녀의 뜨거운 눈물이 상길의 가슴을 적셔 내려옴을 느낄 수 있었다. 그는 그녀의 머리를 깊이 끌어안았다.

"미안해 미스 여. 미스 여도 알다시피 나는 단신으로 월남한 아무것도 없는 보잘것없는 외톨이예요. 사실 나도 미스 여가 생각하는 것 이상으로 미스 여를 좋아하고 함께하기를 원하고 있었어요. 하지만 미스 여가 나하고 함께해서 행복해지는 것보다 불행해질 수 있는 것이 현실이예요. 곧 남북이 통일이 되고 헤어졌던 가족을 만나게 될 텐데 그렇게 되어도 우리가 행복할 수 있겠어? 내가 책임을 질 수 없는 사람인데도 미스 여와 이렇게 만나고 있다는 것 자체도 나는 죄를 짓고 있는 것 같은 무거운 마음인 걸."

상길이 더욱 힘을 주어 순분을 깊이 안고 있다가 순분의 얼굴을 들여다보았다. 그런데 그녀의 눈엔 뜨거운 눈물이 끝없이 흘러내리고 있었다. 상길은 가슴이 아팠다.

"미스 여, 나는 미스 여를 누구보다 사랑해요. 그리고 세상이 어떻게 바뀌어도 나는 미스 여를 내 곁에서 떠나게 하고 싶지 않아."

상길이 순분의 흐르는 눈물을 닦아 주며, 그녀의 입술에 자신의 입술을 갖다 대자 순분은 기다렸다는 듯 주저 없이 더 깊이 받아들이며 조금 전의 지나치게 서둘었던 행동과는 달리 근육질인 상길의 몸을 아끼듯 이리저리 어루만졌다.

"선생님, 저는 선생님하고 하루를 살다가 죽어도 여한이 없어예. 그러니 아직 닥치지도 않은 미래의 일을 생각하고 오늘을 포기할 수는 없는 거지예. 저는 오늘의 행복을 위해 선생님과 함께 살 것이라예."

"미스 여, 고마워 고마워."

상길이 더욱 상기된 얼굴로 그녀를 끌어안자 다시 살아난 상길의 뜨거운 남성을 순분은 힘 있게 쥐어 보고 더욱 적극적으로 자신의 몸으로 받아들였다. 상길 또한 그에 화답하는 몸짓으로 여성의 정념에 불을 지피자 뜨겁게 달아오른 여체는 이성을 잃은 듯 황홀한 절정의 순간에서 몸부림쳤다.

며칠 후 영근은 상길의 자리로 찾아갔다.

"김 선생, 그날 주모하고 무슨 좋은 일이라도 있었습니까?"

"좋은 일은 무슨, 아니 그래 먼저 술을 하자고 했던 사람이 누군데 그렇게 혼자 두고 가버리는 경우가 어디 있습니까?"

"나는 두 분을 생각해서 그렇게 했던 건데."

영근은 껄껄 웃었다.

"아니 좋은 일이 있었으면서도 그러시는구먼."

상길은 멈칫했다. 혹시 그날 순분과 있었던 일들을 영근이 알고 있는 것이 아닌가 하는 생각이 들었다.
"주책없이 거기에 더 앉아 있다간 눈치 없는 놈이란 말을 들을 것 같아 아쉬웠지만 그렇게 한 것입니다. 그런데도 타박을 하시다니 내가 오히려 섭섭하구먼. 뭐 그만하면 인물도 나쁘지 않고 또 건강해 보이는 것이 술집 주모를 한다는 것이야 이 어려운 시국에 먹고살기 위해 하는 일인데 그건 문제 될 것도 없는 일이고…."
"아니, 나보다 윤 선생이 주모를 더 마음에 들어 하는 것 같구먼."
아까와는 다른 표정의 상길의 말에 영근은 껄껄 웃었다.
"내가 주모를 좋아한다고 해서 주모가 나를 좋아하겠습니까? 아닙니다. 내가 보기엔 주모는 이미 김 선생께 마음을 깊이 두고 있어요."
상길은 영근이 이미 주모의 마음을 눈치채고 있었구나 생각했다.
"사실은 윤 선생을 초량시장에서 만나기 전부터 밀양집을 드나들었는데 젊은 술집 주모가 왠지 술집 주모답지 않게 때문지 않는 깨끗한 여인으로 보였어요. 해서 기왕이면 하고 그 집만을 가게 된 것이 서로는 알게 모르게 마음도 가까워졌을 수 있겠지요."
"그거야 좋은 일이지요. 서로가 좋아한다는 것 그리고 내가 듣기로는 그 여인도 혼자라는 것 같은데 김 선생도 혼자이고 뭐 서로 좋은 게 좋은 거 아닙니까. 어때요, 합쳐 보는 것이. 혼자 말하기가 거북하면 내가 다리를 놓도록 해 볼 수도 있는데."
상길은 가볍게 웃었다. 마음 같아선 '고맙기는 하지만 이미 우리는 다리를 놓고 말고 할 것도 없이 건너다니며 서로는 밀접하게 만나고 있어요.' 라고 말하고 싶었지만 묵묵부답으로 아무 말도 하지 않았다.
"통일이 언제 될지도 모르는 판인데 북에 두고 온 가족만을 생각하며 계속 혼자 이렇게 살 수는 없지 않습니까?"

상길은 영근을 진지하게 바라보았다.

"그래도 그게 그렇게 쉬운 일입니까! 나는 아직 가족의 생사조차 모르고 이렇게 살고 있는 처지가 아닙니까."

"그렇다고 계속 독수공방만 할 수는 없지요. 가족과 헤어진 것은 김 선생의 잘못이거나 의도적인 것이 아니라 국가적 변란의 시대 상황이 그런 비극의 불행을 있게 하고 말았으니 더욱이 이것을 어떤 개인의 힘만으로는 풀 수도 없는 일이고 그렇다고 이렇게 마냥 있을 수도 없는 일이 아닙니까. 그러니 어쩔 수 없이 현실은 현실대로 받아들이며 나름의 길을 찾아야지요. 아시다시피 나는 다행히 아내와 함께 피난을 내려왔지만 그동안 판자촌의 처참한 생활과 내 무능함 탓으로 가족을 제대로 살펴 주지 못해 아이는 아이대로 부실해지고 아내는 결국 영양실조로 뜻하지 않는 결핵에 걸리고 말지 않았습니까. 내 손가락을 보시오."

영근이 손가락을 보이자 상길은 그의 손끝을 유심히 쳐다보았다.

"그렇지 않아도 손가락 끝이 늘 검게 물들어 있어 담배도 피우지 않는 윤 선생이 왜 손가락 끝이 저렇게 검게 물든 것일까 하고 생각해 왔었지요."

"이건 다름이 아니라 내가 무능한 탓에 아내가 얻게 된 병을 치료해 주기 위해 아침저녁으로 뜨거운 한약 탕기를 들어 올리고 내리느라 피부가 이렇게 타 버린 거랍니다. 이렇게 하는데도 원래 좀 허약한 체질인 아내는 병을 잘 극복하지 못하고 차도를 보이지 않으니 안타깝지요. 두고 온 가족을 만나지 못하는 안타까움도 크겠지만 함께 하고 있으면서도 제대로 살펴 주지 못하는 마음도 못지않게 아픕니다."

영근의 말을 듣고 있던 상길은 인간은 참으로 다양한 삶에서 아픔을 겪으며 사는구나 하는 생각을 하게 되었다.

"그래도 아무리 힘들고 어려운 삶이 있다고 해도 가족과 함께 산다는 것이 얼마나 행복한 일인가를 윤 선생은 잘 모를 것입니다. 하루 빨리 부인의 병환이 쾌차해야 할 텐데."

"그러게 말입니다. 걱정입니다. 그건 그렇고 그동안 박 목사는 만났습니까?"

"아니 아직 만나지 못했어요. 그렇지 않아도 일간 한번 찾아갈까 하던 참인데."

가정의 파탄

　날이 갈수록 혜란의 교회에 대한 집착은 더해 갔다. 이제는 누구의 간섭이나 말 따위도 듣지 않고 자신의 뜻대로 행동했다. 그는 아이가 병을 앓게 돼도 병원에 가기보다 기도가 부족해서 그렇다고 여기며 기도만으로 일관하려 했다. 병원엘 가야 한다는 병도의 말에는 당신도 함께 기도를 해야 하는데 그렇게 하지 않아 아이가 이렇게 아픈 것이라며 들으려 하지 않았다. 어쩔 수 없이 약방에서 약을 지어다 주어도 약은 적극적으로 먹이지 않고 기도가 부족해서라며 기도만을 계속하였다. 이런 터무니없는 모습을 보다 못한 시어머니가 크게 나무라 보았지만 그녀는 미동도 하지 않고 자신의 뜻대로만 고집하였다.
　상황이 이러니 집안이 조용할 수가 없었다. 아이야 아프거나 말거나 수시로 교회에 드나드는 혜란의 태도가 병도에게는 의아하게 보이기 시작했다. 일요일과 수요일에 예배가 있다는 것은 알고 있지만 아내가 수시로 교회에 나가서 할 일이 뭣인가 하는 의구심이 생기기 시작한 것이다. 신앙적 차원에서 기도를 하기 위한 지극한 정성이었다면 그런 정신으로 집에서도 가능한 것이 아닌가 하는 생각이 들었지만 그러나 아내의 신앙심을 탓하고 싶지는 않았다. 그러던 어느 날 병도는 우연히 교회에서 돌아오며 혜란이 가지고 온 보따리를 보게 되었다. 거기에는 박 목사의 빨랫감이 한 아름이나 되었는데 겉옷뿐 아니라 보통의 관계가 아니면 보기에도 민망스러운 속옷들도 함께 있었다.

"여보, 그 빨랫감들을 어드메서 가지고 온 것입네까? 보아하니 남자 것인 듯한데."

묵묵부답이던 혜란은 못마땅한 듯 병도를 바라보며 대답했다.

"왜요? 목사님 거예요."

"그런데 목사님 걸 왜 당신이 집으로 가지고 와서 빨래를 하는 겁네까?"

잠시 침묵하던 혜란이 불쾌한 듯 말했다.

"아니 제가 목사님의 빨래를 집에서 하면 안 되는 거예요?"

혜란은 아무 말 없이 빨래를 계속했다. 병도는 아내가 그동안 교회를 그렇게 드나들었던 것도 집안일보다 목사의 뒷바라지를 하느라 그랬던 것이라는 생각이 들자 더욱 기분이 묘했다. 병도는 결혼하고 나서 아내가 결혼 전에 혼자 사는 목사의 뒷바라지를 위해 그와 함께 살았었다는 말을 들은 적이 있었다. 그러니 결혼을 주선해 준 혼자 사는 목사를 위해 뒷바라지를 해 주겠다는 데 무슨 말을 할 수 있겠는가. 하지만 지금은 엄연히 결혼한 남편이 있는 가정주부인 그가 집안일보다 홀아비인 박 목사의 뒷바라지를 위해 더 매달려 있다는 것은 불쾌할 수밖에 없었다.

'이 여편네가 시집은 몸만 왔지 마음은 아직도 목사 곁에 두고 있었구먼.' 하는 생각이 들자 당장 호통을 치고 빨랫감을 내동댕이치고 싶은 마음이 치밀었지만 차마 그걸 행동으로 옮기지는 못했다.

그러고 보니 혜란은 딸 미선이를 낳고부터는 부부관계도 피해 왔다. 근래에는 아예 이리저리 핑계를 대며 병도가 가까이 오는 것조차 싫어했다. 병도는 이런 아내의 태도가 점점 의아스럽게 생각되었다. 건강한 아내가 건강한 남편에게 이유 없이 몸을 허락하지 않는 것은 틀림없이 어떤 까닭이 있을 것이란 생각이 강하게 들던 차에 아내가 박 목사의 속옷까지 거리낌없이 빨아 주고 있는 것을 보니 더욱 괘씸했다. 더욱이 자신과 결혼하기 전 목사의 사생활을 돕고 함께 살았었다는 여인이 아니던가. 아무리 목사이고 나이 차가 있는 사이였다고 해도 남녀의 관계이고 사람인 이상 둘의 사이에 어떤 은밀한 일이 있었는지 알 수 없다는 생각이 들자 병도의 불같은 질투심은 당장 여편네를 집에서 내치고 싶은 감정이 불같이 일었다. 이런 상태로 부부 사이가 원만할 수도 없었고 자연 일상의 사소한 일에도 갈등과 불화가 계속되었다. 이에 병도는 사업에도 집중력을 잃게 되고 점점 기울어져 가는 업체는 드디어 동업자와의 사이에 갈등까지 생겼다.

병도는 이래서는 안 되겠다는 생각으로 박 목사를 찾아가 아내의 그동안의 행동을 이야기하기로 마음먹었다.

'교인이 교회를 중요시하는 것은 이해가 되지만 그렇다고 자신의 신앙을 위해 가정을 소홀히 하고 불화를 초래하면서까지 그에 매달리는 것이 옳은 일인가.' 한번 따져 물어봐야겠다는 생각을 하게 된 것이다. 그리고 목사의 반응에 따라 여의치 않으면 '아내의 행동이 교인으로서가 아닌 목사 개인과의 과거 어떤 관계를 잊지 못해 하는 데서 기인한 것이 아니냐.' 고 한번 따져 볼 생각까지 했지만 그러나 너무 성급히 감정에 치우쳐 행동하는 것은 옳지 못한 일이라는 생각이 들자 주춤하게 되었다.

병도의 어머니 최 씨는 자식 하나 데리고 먼 낯선 곳까지 피난을 내려와 온갖 고생 다 겪다가 늦장가를 들인 자식이 오순도순 금실 좋게 잘 살기를 바랐다. 그런데 목사라는 사람의 중매로 맞이한 며느리는 어떻게 된 일인지 집안일보다 교회에 매달리는 일이 더 많았고 그것을 만류하느라 집안이 늘 시끄럽더니 이제는 부부의 다툼과 그로 인한 갈등이 날로 심해지고 있으니 이를 보는 최 씨의 마음도 늘 괴로웠다. 그렇지 않아도 늙은 데다 이런 편치 않은 마음 탓에 최 씨는 날로 쇠약해져 드디어는 몸져눕게 되었다. 그러니 자신의 몸 수발은커녕 어린 손녀를 살펴 주는 일조차 어렵게 되어 아이의 꼴도 말이 아니었다. 이런 집안 상황에 병도도 매사에 의욕을 상실하게 되고 고민하게 되는 것이다. 그러나 이런 답답한 마음을 털어놓고 의논할 사람은 그래도 영근이밖에 없었다.

병도가 영근을 만난 것은 지난번의 만남 이후 한참이 지난 다음 토요일 오후, 초량시장 입구에 있는 극장 옆 골목의 다방에서였다.
영근의 눈에 병도의 표정이 좀 어둡게 보였다. 그는 병도를 보며,
"오랜만입니다. 사업은 잘 되시지요?"
"뭐 그럭저럭 하고 있습네다. 부인의 건강은 좀 어떠십네까?"
"뭐 특별히 차도가 있는 것도 아니고 그렇다고 더 악화되지도 않는 그런 상태지요."
"네, 아무튼 빨리 쾌차하셔야 하는데…. 요즘도 그 김상길 선생님을 만나십네까?"
"뭐 같은 학교에 있으면서도 특별한 일이 없으면 서로 대화하는 일은 별로 없지만 매일 만나는 편이지요. 지난번 이 형을 만난 후에 김 선생과 한번 만나 박 목사에 대한 이야기도 좀 했었습니다. 그의

말에 의하면 이 형의 부인은 결혼하기 전에는 혼자 사는 박 목사의 사생활을 각별히 도와주며 함께 지내 왔던 사이라고 하더군요. 사실 남의 가정사라 말하기가 조심스러웠지만 이 형이 말하던 부인에 대한 고민을 대충 이야기했더니 자신이 한번 박 목사를 다시 만나 부인에 대한 이야기를 해 보겠다고 하더군요."

상길은 이상한 전화를 받은 후 아직까지 박 목사를 만나지 못하고 있었다. 요즘 그는 그 이상한 전화에 대한 생각은 까맣게 잊은 듯 순분과의 뜨거운 만남으로 행복한 나날을 보내고 있었다. 더욱이 그녀의 헌신적인 사랑은 그동안 악착같이 저축한 돈에다 은행의 융자까지 얻어 서대신동의 수원지로 올라가는 산 옆에 아담한 헌 집을 하나 마련하여 상길에게 그 지긋지긋한 판잣집을 청산하고 그곳으로 옮기기를 권했다. 그러나 상길은 다소 어색한 일이라는 생각으로 망설였다. 그것은 다름 아닌 어설픈 자존심이랄까 뭐 그런 것으로 주저한 것이다. 하지만 자신의 주변머리로는 판잣집 신세를 면하기도 쉽지 않을 것이란 생각이 들어 그저 못 이기는 척하고 그녀의 권유를 받아들여 일상 쓰던 용품은 다 버리고 그동안 아끼고 모아 두었던 책들만 그리로 옮겨 살게 되었다. 이것은 결국은 순분과의 동거를 의미하는 것이 되었고 그의 뜻을 받아들이는 것이 되었다. 아무튼 결과적으로 남녀가 함께 산다는 것은 행복한 것이다. 월남 이후 그동안 참으로 구질구질한 판잣집의 홀아비 신세를 생각해 보면 악몽같이 느껴졌다. 물론 학교 내에서는 상길의 이런 생활의 변화가 알려지지는 않았지만 영근은 알고 있었다. 상길이 이런저런 사실들을 영근에게만은 귀띔해 주고 있었기 때문이다.

영근은 형제와 같이 마음을 의지하며 살아가는 병도의 일이 남의 일 같지 않아 마음이 무거웠다. 해서 자신이 박 목사를 직접 찾아가 이런저런 이야기를 할까도 생각했지만 그보다 박 목사와 친하게 지내는 김상길 선생이 그를 만나 자연스럽게 이야기하는 것이 더 좋겠다는 생각을 하게 되어 다시 상길을 찾은 것이다.

퇴근 시간이 다 될 무렵 그는 상길을 찾아갔다.

"김 선생 요새는 아주 행복한 것 같구먼. 날로 신수가 훤해지는 걸 보면 말이야. 참 부러워. 부인이 아주 잘해 주는 모양이야. 복 터졌어."

상길은 놀란 듯 주위를 두리번거리다 좀 낮은 음성으로 말했다.

"아니 윤 선생, 아직 절차도 없이 야합하고 있는 처진데 이렇게 이목이 많은 데서 대놓고 부인 부인 하면 어떡합니까?"

그는 놀란 듯 입에 손을 대고 거북한 미소를 지었다.

"아니 절차라니요. 절차가 뭡니까…. 옳아, 결혼식 말이군. 그게 뭐 그리 대단한 일이라고. 성인 남녀가 서로 뜻이 맞고 함께 잘 살면 그것으로 되는 것이지 그 이상 뭐가 필요합니까. 그런 절차 따윈 해도 그만 안 해도 그만입니다. 결혼식을 했다고 해서 영원히 잘 사는 것도 아니고 검은 머리 파뿌리 될 때까지 함께 살겠다고 많은 하객들 앞에서 당당히 선서 서약까지 하고 살다가 이혼하고 마는 사람들도 얼마나 많습니까. 그까짓 결혼식이 뭐 그리 대단한 일이라고. 서로가 처음의 뜻을 잃지 않고 행복하고 건강하게 잘 사는 것이 더 중요한 것 아닙니까? 혹시 김 선생이 부인이 술집을 하는 주모라는 것이 마음에 걸리는 것이라면 그것은 잘못 생각하는 것입니다. 이 난리통에 먹고살기 위해 정직하게 하는 사업인데 도적질이 아니면 흉이 될 수 없어요. 그것도 당당한 사업인 걸. 더욱이 부인은 김 선생에게 지극한 그리고 순수한 사랑으로 맞이한 것으로 알고 있어요. 그런 부인의 뜻을 받아들여 함께하고 있다면 이미 둘은 일심동체가 아닙니까. 그렇다면 당연히 부인은 부인인 것을, 그것을 쉬쉬하고 감추려 한다면 그것은 오히려 부인의 참뜻을 욕되게 하는 것입니다. 그럴 것이 아니라 기회를 봐서 당당하고 떳떳하게 한턱내고 축복받는 것이 좋을 것 같구먼. 나는 김 선생이 얼마나 부러운지 몰라요."

영근의 말에 상길은 죽을상을 지으며 난색을 표했다.

"아니 윤 선생, 아직은 아니에요. 그렇게 앞서 가지 말고 내가 때가 되면 초청장을 보내게 될 것이니 그때까지만 입조심 부탁해요."

"김 선생이 무슨 죄를 지은 것같이 무서워하는구먼. 알았어요. 그나저나 요새는 박 목사도 만나지 못했겠구먼."

"아니, 이사를 하랴 뭣하랴 이래저래 바쁘게 도는데 며칠 전에 목사에게서 잘 지내느냐고 안부 전화가 왔더구먼요. 그렇지 않아도 그 양반하고 한동안 만나지 못해서 궁금하던 참인데 전화로 이런저런 이야기를 하다 전에 윤 선생이 말한 친구의 이야기가 생각나 목사를 조용히 한번 만나야겠다는 생각으로, 며칠 후에 찾아뵙겠다고 약속하고 엊그제 교회에 가서 목사를 만나고 왔어요. 내가 윤 선생에게서 들은 윤 선생 친구 부인과 그 가정에 대한 사정들을 이야기하자 박 목사는 놀란 눈으로 나를 말없이 한참 보다가 한숨을 크게 쉰 다음 철없는 아이가 결국 문제를 일으키고 말았다면서 모든 것이 자기 잘못이라고 했어요."

박 목사는 한동안 말없이 눈을 감고 고개를 무겁게 숙이고 있었다.

"나는 그 아이가 문제 없이 결혼 생활을 잘하고 있을 것이라 생각했는데 그렇지 않았던 모양이구먼. 사실 김 선생도 그 아이와 저 사이에서 있었던 일들은 이미 대충은 알고 계실 것이라 생각합니다. 나는 부끄럽게도 성직자로서 용납될 수 없는 과오를 그에게 범하고 말았어요. 그 죄과가 오늘에 이른 것이라 생각됩니다."

박 목사는 탄식하며 더욱 깊이 고개를 조아렸다.

"주여, 이 어리석은 사탄을 용서하지 마시옵소서."

박 목사에게 상길이 조심스럽게 물었다.

"혹시 지금 이런 말씀을 드려도 될지 모르겠습니다만, 그동안 그 여인이 교회에 헌금한 돈의 출처가 어디인지 아십니까?"

박 목사는 고개를 들며 의아한 눈으로 상길을 바라보았다.

"글쎄 그건 잘 모르지만 혜란이의 말로는 남편이 도움을 주었다는 것 같았는데."

"네! 잘 모르시는군요…. 실은 그 돈은 남편 모르게 사업에서 빼낸 것이었다는군요."

"아니 그게…."

박 목사는 당황하는 표정이 역력했다.

"그게 사실입니까?"

"그것뿐이 아니라 교회 일을 빙자해 집안일을 등한시하여 시어머니와의 갈등이 심화되고 드디어는 그의 남편 되는 사람도 아내가 사업 자금을 빼돌려 유용했다는 사실을 알게 되었다고 합니다. 그러나 그것이 목사님을 위한 것이었기에 그래도 그것을 눈감아 왔다고 했습니다. 하지만 아내의 교회와 목사님만을 생각하는 자세에서 의혹을 가지게 된 남편은 혹시 과거 목사님과 교회에서 함께 살던 때의 어떤 일을 잊지 못해서 그러는 것이 아닌가 하는 의심을 하기 시작했다고 하더군요."

박 목사의 얼굴이 하얗게 변하며 상길을 보는 눈엔 경련이 일고 있었다. 그는 한참 상길을 바라보다 탄식하듯 말했다.

"지각없는 아이."

박 목사는 초점 잃은 시선으로 판잣집 방의 천장을 이리저리 번갈아 쳐다보며 주절거렸다.

"모든 것이 내 잘못이야. 한순간의 유혹과 야욕에 무너진 내 행동이 삶의 의미를 송두리째 무너지게 하고 말았어."

그리고는 책상 위에 놓여 있는 성경책을 응시했다.

그 모습을 바라보는 상길은 철없는 여인의 행동이 신앙에 충실했던 한 목사의 인격에 치명적인 상처를 입게 했다는 것이 안타까울 따름이었다.

슬픈 종말

 병도 어머니의 몸이 날로 쇠약해지는 데는 화목하지 못한 집안 분위기가 한몫을 하고 있었다. 그런데 혜란의 태도가 근래에 많이 바뀌고 있었다. 그것은 일주일이면 몇 차례씩 교회에 갔는데 그 횟수가 줄어 웬일인지 일요일과 수요일만 나가는 것이다. 병도는 아내의 태도가 바뀐 것이 한편 반가우면서도 혹시 교회에서 무슨 일이 있었던 것이 아닌가 하는 생각도 했다. 그러나 깊이 관심을 두지 않았고 이젠 집안일에도 관심을 갖게 되겠지 하고 반겼다. 그러던 어느 날부터인가 혜란이 갑자기 하루가 멀다 하고 다시 교회로 나가기 시작하는데 이번에는 전과는 달리 뭔가 몹시 초조하고 불안한 기색으로 돌아오곤 했다. 이런 모습을 보고만 있던 병도는 더 이상 무관심할 수 없었다.
 "여보, 요즘 교회에서 무슨 일이 있는 것입네까?"
 "목사님이 한 열흘 전부터 어디로 가셨는지 보이시질 않아요."
 걱정스러운 듯 혜란의 표정이 심상치 않았다.
 "무슨 일이 있어 잠깐 어디로 출타하신 것이갔죠. 볼일이 끝나면 돌아오실 텐데 왜 그렇게 걱정을 하십네까. 곧 돌아오실 거야요."

"그래도 이상해요. 목사님은 지금까지 이런 일은 한 번도 없으셨는데, 쓰시던 성경책하고 옷 몇 가지만 챙겨 가신 것 같아요. 그리고 교회 신도들도 목사님이 언제 나가셨는지 또 가신 곳이 어딘지 아는 사람은 아무도 없고 걱정들만 하고 있어요."

그러니 병도는 더더욱 알 까닭이 없었다.

박 목사가 기도소를 떠난 것은 상길에게서 혜란에 대한 충격적인 말을 듣고 자신의 신앙생활이 얼마나 위선적이고 기만에 찬 것이었던가를 깨닫게 되었기 때문이다.

그는 두문불출로 며칠을 생각한 끝에 결심했다. 그로서는 타락한 양심으로 성직자의 자리에 남아 있다는 것은 용납될 수 없는 일이었다. 이는 선량한 신앙인들 앞에 이리의 가면을 쓰고 참성직자인 양 기만하는 파렴치한 행위이며 더 이상 자신이 그곳에 있어서는 안 되겠다는 결론에 이르자 모든 것을 훌훌 털어 버리고 어디론가 무작정 떠나기로 한 것이다.

박 목사가 떠난 텅 빈 기도소에는 주인 잃은 옷가지와 목사가 쓰던 일용품 이것저것이 벌써 2주일이 지나도록 주인을 기다리는 듯 그대로 놓여 있었다.

혜란은 매일이다시피 이곳저곳 신도들을 찾아다니며 목사의 행방을 수소문하고 있었지만 목사의 소식은 알 길이 없었다. 혜란은 점점 더 초조해졌고 더 이상 이대로 기다리고만 있을 수 없다는 생각에 경찰에 실종 신고도 했지만 결국 경찰에서도 목사의 행방을 찾아내지 못했다. 절망에 휩싸인 혜란은 '왜? 목사님은 어디로 가셨습니까?' 하고 기도소에 혼자 앉아 애타게 기도를 하다 문득 전에 목사님과 가까이 지내던 김상길 선생이 생각났다. 그는 지체 없이 학교에 전화를 걸어 김상길을 찾았다.

"안녕하셨어요? 저는 박 목사님과 함께 전에 선생님을 몇 번 뵈었던 혜란이라는 사람입니다. 그동안 뵙지 못했습니다. 바쁘실 줄 압니다만 가능하시면 한번 뵙고 싶어 이렇게 전화를 드렸습니다."

혜란의 음성이 떨리고 있었다.

상길 또한 박 목사의 행방이 궁금했고 그렇지 않아도 이 여인을 한번 만나 보고 싶던 참이었다. 그렇게 해서 상길과 혜란이 만난 곳은 부산 역전의 해안다실이다.

수척해 보이는 여인은 마음고생이 심한 듯 보였다.

"아니 박 목사님이 어디로 가신 것입니까? 혹시 무슨 종교 회의에라도 가신 것이 아닙니까?" 하자,

자리에 앉으며 묻는 상길에게 혜란은 숙이고 있던 고개를 가볍게 흔들었다.

"경찰의 탐문에서도 그런 종교 회의는 없었다고 했습니다. 혹시 그동안 목사님과 만나 무슨 말씀이라도 나누신 적이 있으셨는가 해서 이렇게 찾아왔습니다."

상길은 잠시 침묵하면서 박 목사와 있었던 내밀한 이야기들을 이 여인에게 해도 될 것인가 하고 생각했다.

상길이 박 목사를 만난 것은 한 2주쯤 전이었다. 그날 박 목사는 상길의 말을 듣고 크게 충격을 받은 듯 안면에 경련이 일었고 손은 부들부들 떨리고 있었다. 박 목사가 자취를 감춘 때도 바로 그 무렵이다.

자타가 인정하는 신념 있는 종교인으로 살아왔던 목사인 그가 혜란과의 불륜으로 씻을 수 없는 치욕과 부끄러움을 감추고 종교생활을 해왔다는 것이 더 이상 용납될 수 없는 일이었을 것이고, 더욱이

선량한 신도들을 기만해 왔던 자신은 용서받을 수 없는 죄인이라는 생각으로 기도소를 떠난 것이 아닌가 하는 생각이 들었다.

상길은 무겁게 뜸을 들이다 입을 열었다.

"사실 박 목사님과 나누었던 이야기들을 말씀드려도 될지 모르겠습니다만, 혜란 씨의 남편과는 형제처럼 가까이 지내는 윤영근 씨에게서 듣게 된 말들을 목사님께 하게 되었지요. 그동안 혜란 씨가 시집보다 목사님을 위하는 지나친 태도나 남편의 허락 없이 교회에 많은 헌금을 하고 또 시어머니와의 갈등으로 집안이 평화로운 날이 없다는 말들을 듣고 목사님은 크게 충격을 받은 듯하셨습니다. 그리고 그날 목사님은 나에게 진지한 자세로 자신과 혜란 씨와의 사이에서 과거 일어났던 일들을 소상하게 말씀하셨습니다. 그동안 성직자인 자신이 한 여성을 범했던 사실을 감추고 그동안 신도들 앞에서 선한 척 목회자 노릇을 해왔던 것이 더 없이 부끄럽다며 이제 그 악마와 같은 가면을 벗어던지고 속죄하는 마음으로 어디론가 떠나고 싶다고도 하셨습니다."

혜란은 얼굴을 들지 못하고 고개를 숙인 채 더 이상 아무 말도 하지 않았다. 그러나 잠시 후 심각한 표정으로 단호하게 말했다.

"네, 알겠습니다. 감사합니다. 그러나 누가 뭐라고 손가락질을 한다고 해도 저는 남편에게는 미안하지만 목사님을 존경하고 그분에게 저의 순결을 바친 것을 지금도 후회하지 않아요."

혜란은 눈물을 흘리며 돌아갔다. 그리고 혜란은 상길과 만난 그날 밤 박 목사의 기도소로 가서 통한의 몸부림을 쳤다. 그리고 박 목사가 즐겨 입던 내의를 이어 끈을 만들어 목매달았다.

박 목사의 기도소 천장에 매달린 채 처참한 주검으로 변해 있는 혜란을 발견한 병도의 충격은 컸다. 그동안 아내가 자신과 함께했던 삶은 필요에 의한 것이었으며, 아내의 마음은 박 목사와 함께 살고 있었던 것을 깨달았다. 아내의 그동안의 행위는 단순히 종교인의 자세에서가 아닌 목사 개인을 잊지 못하는 마음에서였다는 것이 그녀의 죽음으로 입증되자 병도는 여인의 사랑에 대한 집념과 한이 얼마나 강하고 무서운 것인가를 다시금 느끼면서 그녀의 처참한 주검이 불쌍하다기보다 자신이 얼마나 어리석고 무능한 존재였던가를 새삼 실감했다. 설혹 자신이 아내에게는 만족한 사람이 아니었다고 해도 목사의 소개로 결혼을 하고 아이까지 낳은 사람인데 목사와의 옛정을 잊지 못하고 끝내 죽음을 택한 것에 대해 병도로서는 애석하다기보다 불쾌한 기분을 지울 수가 없었다.

그동안 노환에 시달리던 병도의 어머니는 며느리가 목사를 찾다가 찾지 못하게 되자 교회에서 스스로 목을 매달았다는 소식을 듣는 순간 그 충격에 실신했다.

"아이고 이 일을 어쩌노. 집안이 왜 이리 되었어. 우리 손녀 미선이는 어떡하란 말이가. 이 불쌍한 것."

깨어난 최 씨는 손녀를 끌어안으며 통곡했다.

"교회에 미치더니 결국 이렇게 집안을 망쳐 놓고 마누면."

탄식하던 최 씨는 그만 몸져눕고 말았다.

혜란의 장례를 치르고 두 달 후 병도는 어머니마저 잃게 되었다. 최 씨는 끝내 건강을 회복하지 못하고 그렇게도 소원하던 남편 만나는 것도 이루지 못한 채 천추의 한을 남기고 세상을 떴다. 이 슬픔에 병도는 말로 표현할 수 없는 안타까움과 주체할 수 없는 죄책감으로 몸부림을 쳤다.

최 씨는 운명하기 전 아들 병도를 애타게 바라보며 마지막 유언을 남겼다.

"병도야 내래 더 이상 아바지를 기다리지 못하고 떠나게 될 것 같구나. 내가 떠난 다음에라도 아바지를 꼭 찾도록 하라오. 그리고 아바지를 찾거든 내가 없더라도 한 치의 소홀함도 없이 정성을 다해 잘 모시고 미선이 어미는 그렇게 모질게 간 애미나이이니 추호도 마음에 두지 말라오. 그리고 불쌍한 미선이는 우리 핏줄이니 혼자 힘은 들갔지만 잘 키우라오. 이런 마당에 내가 너를 혼자 두고 이렇게 떠나는 거이 가슴 아프구나."

병도는 결국 어머니를 평양 고향 집으로 모셔 가지 못하고 낯선 땅에서 돌아가시게 한 한을 품고 살게 되었다. 남편을 기다리겠다며 고향을 떠나지 않겠다는 어머니를 먼 부산에까지 내려오게 해 놓고 마음 편히 모시지도 못했다. 피난 생활의 처참한 고생에 이어 며느리의 자살이라는 비극적인 일을 겪은 충격으로 돌아가시게 된 어머니에 대한 불효를 무어라 말로 표현할 수 없었다. 애통함과 슬픔을 가누지 못하고 두문불출하며 허탈한 나날을 술로 보내던 병도는 더 이상 부산의 삶이 싫어졌다. 한동안 사업도 외면한 채 술로만 시간을 보내던 그는 문득 영근이 생각이 났다. 그는 어느 일요일 오후 술이 거나한 채 그의 집으로 찾아갔다. 마침 집에 있던 영근은 병도를 보자 반갑게 맞아 주었다.

"아니, 이 형이 이렇게 집엘 다."

영근이 병도를 거실로 안내하고 자리에 앉자, 병도는 무거운 표정으로 영근을 바라보았다.

"윤 형, 이렇게 갑자기 찾아와서 죄송합네다. 그동안 여러 가지 도와주신 일 무어라 감사해야 할지 모르갔습네다. 이 낯선 부산 땅에 처음 내동댕이쳐졌을 때 윤 형과 함께 있었다는 것이 얼마나 다행이었는지 늘 그때를 잊지 않고 살아왔시오. 그런데도 그동안 이 못난 놈은 윤 형에게 아무것도 해드린 것 없이 힘한 일만 겪게 해드렸습네다. 죄송합네다."

고개를 숙인 병도의 어깨가 격하게 들썩이자 영근은 무척 당황스러웠다.

"아니 이 형, 왜 이러십니까. 우리는 사선을 넘어온 형제와 같은 사람들입니다. 어려움이 있으면 서로 돕고 사는 것은 당연한 일입니다. 그리고 세상이란 이 형도 알다시피 누구에게나 다 좋은 일만 있는 것이 아니지 않습니까. 때로 극복하기 힘든 일도 있게 마련이고 또 우리는 한배를 탄 동지들입니다. 그러니 어려우면 어려운 대로 서로 돕고 사는 것이 인간사가 아닙니까. 부인이 그렇게 돌아가시고 어머니마저 돌아가신 일은 무어라 말로 표현할 수 없는 가슴 아픈 일입니다만 그래도 어찌합니까. 산 사람은 살아가야 하는 것이 현실인걸요. 용기를 가져야 합니다. 더군다나 나이 어린 딸아이도 있지 않습니까. 이제 다시 시작하는 각오로 함께 힘을 냅시다. 이 형은 나보다 생활력도 강하니 반드시 다시 재기할 수 있을 것입니다."

병도는 고개를 들고 눈물을 닦았다.

"그렇게 용기를 주시니 고맙습네다. 그러나 이제 부산이라는 곳이 싫어졌습네다. 해서 생각한 것인데 집과 사업체를 정리하고 서울로 자리를 옮겨 볼까 하는 생각입네다."

"아니! 그러면 엄마도 없는 어린아이와 함께 말입니까?"

"도리가 없지 않습네까. 고생은 되더라도 데리고 가야겠지요."

영근은 잠시 말없이 병도를 바라보다 머리를 가볍게 가로저었다.

"힘은 좀 들겠지만 그래도 이곳에 기반이 있는데…. 괴로운 마음이야 이루 말로 표현할 수 없는 일이지요. 하지만 그동안 애써 이룩해 놓은 기반을 버리고 갑자기 떠난다는 것은 좀 생각해 볼 일이 아닌가 합니다. 우선은 마음의 충격을 다스리고 그리고 좀 여유를 가지고 깊이 생각을 해본 다음 결정을 해도 되지 않을까요. 더욱이 어린아이까지 있는 처지로 낯선 곳으로 자리를 옮긴다는 것은 아이에게도 부담이 될 텐데요."

병도는 눈을 지그시 감고 잠시 침묵했다.

"이곳에서 아무 일도 없었던 것처럼 살아갈 자신이 없습네다. 아이에게도 어려움은 있갔디요. 그러나 어찌합네까. 함께 가지 않을 수 없는 일이디요."

영근은 안타까운 듯 병도를 바라보았다.

"정 그렇게 하겠다면 자리가 잡힐 때까지만이라도 아이를 처갓집에 좀 맡겨 두는 것이 좋지 않을까 하는 생각이 들기도 합니다만."

병도는 갑자기 정색을 하며, 단호하게 말했다.

"아닙네다. 여편네를 생각하면 그쪽이나 교회 쪽으로는 고개도 돌리고 싶지 않습네다. 힘이 들고 어려워도 내가 극복할 것입네다."

병도의 표정에는 일시에 불쾌함이 일었고, 영근은 그의 표정에서 격한 감정을 읽을 수 있었다.

"그러시겠지요. 그 마음 충분히 이해할 수 있을 것 같습니다. 그래 부산을 뜨겠다는 이 형의 심정은 이해가 됩니다만 그래도 악전고투 끝에 자리 잡은 지금의 사업을 다소 환멸스러운 일이 있었다고 해서 그렇게 쉽게 포기하기보다 좀 더 신중을 기해 볼 필요가 있다고 생각이 되는데…."

"네! 그동안 생각을 거듭거듭해 봤습네다만 더 이상 이곳에 살고 싶다는 생각이 들지 않았습네다. 해서 지금까지의 기억들과 생각하고 싶지 않는 일들을 훌훌 털어 버리고 새 출발을 하기 위해서도 아에 멀리 훌쩍 떠나고 싶은 것입니다."

"이 형의 마음은 이해합니다만, 그래도 지금은 혼자일 때와는 달리 어린 딸이 있는데!"

영근은 잠시 말을 끊었다가 다시 했다.

"이 형이 정 부산을 떠나 서울로 올라가시겠다면 어쩔 수 없는 일입니다. 그러나 이건 내 생각입니다만 우선 자리가 잡힐 때까지만이라도 아이는 우리가 보살펴 주도록 하면 어떨까 하는 생각이 듭니다."

병도는 잠시 생각에 잠겼다.

"지금까지도 여러모로 도움을 주셨는데 어드렇게 또 아이까지 맡길 수 있갔습네까. 너무도 염치없는 일이지요."

"영원히 우리가 맡겠다는 것이 아니고 이 형이 자리가 잡힐 때까지만 보살펴 주겠다는 것입니다."

"그렇지만 몸이 불편하신 형수님에다 난희까지 있지 않습네까. 그런데 염치없이 어떻게 아이까지 또 맡길 수 있갔시오."

"그건 염려하지 않으셔도 됩니다. 우리 집사람의 건강은 그동안 꾸준히 약물 치료를 해서 많이 좋아졌어요. 지난번 병원에 갔더니 놀랍게도 회복이 되어 앞으로 영양 결핍이 되지 않도록 주의하고 가벼운 운동도 함께 하면 이제 정상적인 생활을 해도 된다고 했습니다. 딸이 미선이라고 했습니까? 난희가 혼자 외로워했는데 그 아이와 함께 한다면 더 좋아할 것이고 집사람도 난희에게 동생이 하나 생기는데 오히려 더 기뻐할 것입니다. 그러니 만일 그렇게 하시겠다면 아이는 일단 우리에게 맡기고 가셔도 될 것입니다."

"감사합네다. 좀 더 생각하고 구체적인 계획이 서면 가부를 말씀드리갔습네다."

"물론이지요. 서둘 필요는 없지요. 아무튼 신중을 기해서 결정을 하시겠지만 제 생각으로는 서울로 가는 것보다 다시 시작하는 마음으로 여기에 머무는 것이 좋을 듯합니다."

어떻든 병도는 부산을 뜨기로 생각한 이상 더 머물고 싶지가 않았다. 해서 며칠 후 박 기사를 만나 사진 현상소를 혼자 맡아서 해볼 생각이 없느냐고 물어보았다. 그러자 그는 깜짝 놀랐다.

"아니 사장님이 손을 떼시려고! 왜 갑자기?"

"뭐 구체적인 계획은 아직 없습네다. 아시다시피 제가 정신적으로나 가정적으로도 지쳤습네다. 해서 당분간 쉬는 것이 좋겠다는 생각을 하게 된 것이지요."

"그렇지만 갑자기 말씀하시니 즉답을 할 수가 없네요. 뭐 혼자 못할 것도 없지만 여러 가지 생각해 봐야 하지 않겠습니까?"

"아, 물론 그렇지요. 뭐 당장 결정하라는 것은 아닙네다. 잘 생각해 보시고 결정되면 말씀해 주시면 됩네다."

"그래, 사장님은 사업에서 손을 떼시고 뭘 하실 생각이십니까? 물론 가정에 어려운 일이 있었지만 그래도 극복하시고 꿋꿋하게 헤쳐 가셔야 하는데."

"감사합네다. 아직 확실한 것은 아니지만 왠지 부산에는 더 살고 싶지 않아서요."

"그러기도 하시겠지만 그래도 기왕이면 자리가 잡힌 곳을 토대로 하는 것이 좋지 않을까 하는 생각이 드는군요."

"물론 그러기도 하지요. 하지만 여러 가지 입은 상처들을 덮고 이대로 이곳에 살기가 너무도 싫은 것입네다. 해서 아예 이곳을 뜰까 생각하고 있음네다. 아무튼 잘 생각하시고 한번 해 보겠다면 기왕 함께 해온 처진데 박 기사가 맡아서 하는 것이 좋지 않겠습네까. 그리고 PX와의 거래 관계도 자연스럽게 유지될 수 있도록 말해 둘 것이고 또 박 기사가 투자한 지분도 있고 하니 내가 투자한 지분과 시설비 그리고 약간의 권리금만 해주시면 넘겨 드리겠습네다."
　박 기사는 잠시 생각에 잠겼다.
　"네 알겠습니다. 일단 집에 가서 의논을 해보고 말씀을 드리도록 하겠습니다."

　며칠 후, 병도는 박 기사에게서 한번 해보겠다는 의사를 듣게 되었다.
　사진 현상소는 병도가 아내와 결혼하면서 희망찬 새 가정을 위해 이제는 탈법적인 사업에서 손을 떼겠다는 결심으로 시작했던 꿈의 사업이었다. 그런데 가정은 산산조각이 났고 이제는 사업마저 접게 된다는 생각을 하니 무어라 말로 표현할 수 없는 슬프고 허탈한 마음이 밀려왔다. 막상 박 기사가 자신이 하겠다는 말을 하자 잘되었다는 생각에 앞서 내심 '사장님과 함께 했으면 좋겠다.'고 말해 주기를 바라는 마음도 없지 않았다. 그러나 아쉬운 마음을 삼킨 채,
　"그래요 잘 생각했시오. 박 사장이 인수해 주겠다니 다행입네다. 그동안 아시다시피 별것 아닌 사업체지만 나에게는 의미가 큰 사업이었습네다. 아내와 결혼하고 그와 함께 아름다운 가정을 꿈꾸며 행복하게 살기 위해 시작한 사업인지라 그동안 나름으로는 최선을 다해 노력도 해 왔시오. 하지만 이젠 아내도 죽고 어머니마저 돌아가시고 사업마저 남에게 넘겨주게 된다고 생각하니 무어라 말할 수 없는 허탈함과 슬픔이 마음을 아프게 하누만요. 물론 박 사장께서도 잘하시갔디만 나에게는 그런 의미 있는 사업체였으니 더욱 잘해 주시기 바랍네다."

박 사장에게 사업체를 인계해 주고 슬픔을 삼키며 집으로 돌아온 병도는 아이 모르게 한없이 울었다. 그러나 이런 상황임에도 그는 아내가 왜 목사가 행방을 감춘 다음 그토록 애타게 찾아 헤매다 결국 자살이라는 극단적인 길을 택한 것일까가 궁금했다. 과거 목사에게 입은 은혜와 그 정을 잊지 못해서일까. 아니면 소문대로 그와 과거에 있었던 둘만의 은밀한 일들을 잊지 못해서일까? 이런 생각들이 깊이 들자 불쾌한 생각은 목사에게로 돌아갔다. 어려운 처지에 있는 어린아이를 받아들이고 거두어 주긴 했지만 성직자인 그도 남자이고 더욱이 혼자 살아왔던 처지로 젊은 여성을 가만히 놓아 두지 못했을 것이라는 생각이 들었다. 사실 병도는 박 목사의 종교관에 대해서 별로 좋게 보지 않았다. 그런데 그가 아내를 나에게 소개하고 또 결혼까지 하게 했던 것도 실은 그와 아내 사이의 어떤 불륜을 감추기 위한 수단이 아니었던가 하는 생각이 들자 갑자기 목사에 대해 불같은 분노가 일었다. 그러나 이것은 어디까지나 자신 혼자만의 생각일 뿐 어떤 이유에서든 아내가 자살까지 했다는 것은 자신에게 책임이 있다는 생각을 떨쳐 버릴 수가 없었다. 이런 상황에서 병도는 더 이상 이곳에 머물러 살고 싶은 생각이 추호도 없었다. 그래서 설혹 아무리 어렵고 힘든 일이 있어도 아내가 남기고 간 단 하나의 혈육인 딸 미선이만은 자신이 키운다는 각오로, 살던 집과 모든 것을 정리하고 슬픔과 아픔을 뒤로한 채 한 많은 부산을 떠나고 말았다.

영근은 며칠을 기다려도 병도에게서 아무런 연락이 없자 궁금하기도 해서 그에게 전화를 했던 것인데 전화를 받는 사람이 병도가 아닌 어떤 낯선 여인의 목소리였다.
"혹시 이병도 씨 댁이 아닙니까?"

"아! 네 며칠 전부터 전화 주인이 바뀌었습니다."
영근은 어떻게 된 일인가 궁금했다.
"그럼 혹시 그분은 지금?"
"네, 우리는 그분을 잘 모르는데예. 전화만 인수했을 뿐입니다."
영근은 더 이상 할 말이 없어 천천히 수화기를 내려놓았다.
'이 사람이 아이를 데리고 서울로 올라간 것이 아닌가.' 하는 생각이 들자 더 궁금해졌다. 그래서 퇴근길에 병도의 집을 찾아가 봤지만 그의 집에는 이미 다른 사람이 이사를 와 있었다.
'아니 그사이 모든 것을 정리하고 떠났단 말인가, 한번 오겠다고 했었는데 그럴 기분이 아니었던 모양이다. 딸아이도 두고 가지 않고 자신이 데리고 간 것이고.' 하고 잠시 생각하던 영근은 혹시나 하는 마음에 주인을 찾아 물었다.
"실례지만 이 집 전 주인은 어디로 이사를 갔습니까?"
집 주인은 의아한 눈으로 영근을 바라보았다.
"왜 그러시지요?"
"네, 여기에 살던 사람과는 가까운 친구 사이인데 한동안 연락이 없어 궁금해서 찾아와 본 것입니다만."
"네, 그 양반 서둘러 집을 정리하고 딸아이를 데리고 서울로 올라간다고 했습니다. 아마 한 일주일 전쯤 될 것입니다."
"그래요! 네…. 알겠습니다. 감사합니다."
섭섭한 마음으로 돌아온 영근은 마음 한쪽이 갑자기 텅 빈 듯 허전했다.
영근의 아내는 퇴근하는 남편의 표정이 왠지 어두워 보였다.
"여보, 학교에서 무슨 언짢은 일이라도 있었어요?"
"언짢은 일은 무슨, 이 형이 벌써 부산을 떠나고 없더구먼."

"아니, 아이는 어떡하구요?"

"그동안 소식이 없기에 학교에서 이 형에게 전화를 해 봤더니 전화를 받는 사람이 다르더구먼. 해서 이 형 집을 찾아갔었는데 새 집주인의 말로는 일주일 전에 아이와 함께 서울로 올라갔을 거라고 했어요. 그렇게 함께 고생했던 형제와 같은 사람이 어려운 가정사를 당하고 경황없이 이곳을 떠난 것을 생각하니 마음이 무겁고 쓸쓸한 생각이 들더구먼. 새로운 곳에서 자리를 잡으랴 어미 없는 딸아이를 키우랴 여러 가지 쉽지 않는 일이 많을 텐데 자리가 잡힐 때까지 우리한테 맡겨 두었다가 데리고 가도 될 것을!"

"그러게 말이에요. 이 선생님은 어머니에게도 효심이 지극하신 분이셨는데. 오죽했으면 어머니가 돌아가신 곳이고 자리도 잡힌 곳인데…. 그렇게 미련 없이 떠나가 버렸겠어요. 참 안됐네요."

"우리도 서울로 올라가는 것이 어때요?"

허탈한 기분에 영근이 불쑥 내뱉은 말에 아내 지희는 눈을 크게 뜨더니 가볍게 미소 지은 얼굴로 영근을 바라보았다.

"아무리 이 선생님이 서울로 올라가신 것이 서운하다고 해도 우리도, 하는 식으로는 할 수 없잖아요."

"뭐 아직이야 아니지만. 당신이 우리도 그렇게 해보자고 한다면 해 볼 수도 있어요."

"그래요. 너무 쉽게 생각하시네요. 저는 아직은 아니에요. 난희가 대학에 들어갈 때쯤이면 혹시 모를까. 지금은 아니에요. 그리고 당신은 학교라는 직장이 있잖아요. 그 직장을 버리고 어떻게 서울로 올라갈 수 있겠어요."

"그거야 서울에서 또 학교에 취직을 하면 되지 않겠어?"

"학교 취직이 그렇게 쉬운 일이에요?"

아내의 반응에 영근은 웃음이 나왔다.

"뭐 당신 생각을 한번 떠본 거예요. 당신의 말이나 생각이 옳아요. 이나마 복직이 되었으니 말이지 나 같은 무능한 사람이 교직을 떠나면 막노동밖에 할 수 없는 놈이 아니오. 그러니 이 형처럼 생활력이 강하지도 못한 위인이 그렇게 대담하게 행동할 수 있겠어. 주어진 교직에 충실하고 또 난희가 대학에 갈 때쯤이 되면 우리도 자식 교육을 위해서 서울에 갈 수 있겠지."

다음 날 영근은 퇴근 후 상길과 함께 해안다방에서 차를 마시게 되었다.

"김 선생, 박 목사 소식은 아직도 없습니까?"

"전연 없어요. 그 양반 작심하고 떠난 것 같아."

"왜 갑자기 그렇게 자취도 없이 사라진 것일까요?"

"뭐 그거야 남의 속사정인데 알 수 없는 일이지. 지금까지 신자들 앞에서 열심히 강론을 하던 고지식한 목회자가 갑자가 쥐도 새도 모르게 자취를 감추었다면 거기에는 필경 그럴 만한 속사정이 있었겠지. 그렇다고 해도 그런 처사는 성직자로서 옳지 못한 행동이고 그동안 성실히 따르던 신자들에게는 큰 배신이 되는 것이지."

"물론 그렇게 생각할 수도 있겠지요. 하지만 김 선생이야 박 목사하고는 가까운 사이였으니 박 목사의 어떤 내밀한 속사정 정도는 짐작할 수 있었을 게 아닙니까?"

"물론 어느 정도 느낌은 갑니다만 그렇다고 꼭 그것일 것이라고 단정할 수는 없지요. 물론 지금 와서 생각해 보면 그것일 것이란 심중이 가기도 하고."

영근은 호기심 어린 눈으로 잠시 상길을 주시하였다.

"혹시 무슨 일이라도 있었습니까?"

상길은 말없이 영근을 바라보다 조심스럽게 얘기를 했다.
"사실은 지난번 왜 윤 선생이 친구인 이병도 씨의 이야기를 하며 그 부인이 과거 박 목사와 어떤 관계였는지 묘하다고 하지 않았습니까. 그 후 내가 박 목사를 만나 이병도 씨의 부인에 대한 근황을 이야기해 주었지요. 그때 그 부인이 교회에 헌금한 돈들의 출처와 가정이 화목하지 못했다는 것을 알게 되자 박 목사는 놀랐는지 갑자기 안색이 변하며 손도 떨었어요. 한참 말없이 기도소 바닥을 응시하던 그는 고개를 들며 한숨을 크게 내쉰 뒤, 과거 자신과 그 여인 사이에서 있었던 이성을 잃은 탈선을 솔직하게 고백하더구먼. 그러면서 더 이상 신도들 앞에서 양심을 속이며 강론을 한다는 것은 하나님께 용서 받지 못할 뻔뻔스러운 죄를 더 짓는 것이라며 탄식하는 모습이 예사롭지 않았어요. 그 후 그는 자신이 이곳을 떠나야겠다는 결심을 하게 된 것이 아닌가 하는 생각이 드는구먼."
영근은 상길의 말을 묵묵히 듣고 있었다.
"역시 그런 관계가 있었군. 내가 생각하기에는 성직자가 그런 탈선을 감춘 채 신도들을 향해 태연하게 성경 강론을 해 왔다는 것도 그러려니와 분별 없는 그 여인의 행동에도 문제가 있었던 거야."

한 종교인의 탈선은 탈선으로만 끝난 것이 아니었다. 그 탈선을 호도(糊塗)하려 했던 행위가 더 잘못된 것으로 한 가족을 비극적 파탄으로 절망에 이르게 하고 말았다는 사실이다. 집으로 돌아온 영근은 아내와 딸을 보며 우리에게는 그런 비극이 절대 일어나서는 안 된다고 마음을 다졌다.
"여보, 우리는 어떤 일이 있어도 늘 행복하게 살아갑시다."
새삼스러운 남편의 말에서 영근의 아내는 학교에서 무슨 일이 있었던 것이라 느꼈다.

"여보, 오늘도 술 드셨어요? 왜 새삼스럽게 그런 말씀을 하시는 거예요? 누가 행복하게 살지 말자고 했어요."

"술은 무슨 술, 앞으로 우리는 더 행복하게 잘 살자는 뜻이지."

"그럼, 학교에서 무슨 일이 있었군요? 퇴근하자마자 그런 말씀을 하시게."

"학교에서 무슨 일이 있겠어. 사람이 살다 보면 뜻하지 않는 일로 어려움을 당할 수도 있으니 항상 조심하자는 말이지. 오늘 퇴근길에 김상길 선생과 만나 박 목사와 병도 씨 부인에 대한 이야기를 좀 했어요. 김 선생은 전부터 박 목사와는 친숙한 사이였고 또 병도 씨 부인이 결혼하기 전부터 목사와 그 부인과의 관계를 어느 정도 알고 있는 사람이거든. 해서 목사의 가출과 부인의 자살은 우연한 것이 아니라 틀림없이 어떤 깊은 관련이 있을 것이라는 생각을 해 왔던 참에 그에 대한 생각을 한번 들어 보고 싶어서 만났던 것인데 놀라운 사실을 알게 되었지 뭐야."

"아니 놀라운 사실이라니요?"

"글쎄 박 목사와 병도 씨 부인과는 결혼 전에 이미 불륜의 관계였다는 거야."

아내는 놀란 듯했다.

"어마마…. 그래요. 그렇다면 자신이 불륜을 저지른 여인을 이 선생님께 중매했었단 말이에요? 그럴 수가! 참 나쁜 목사네요. 그 목사."

"물론 목사와의 관계는 불륜이었지. 하지만 여러 가지 생각 끝에 자신이 데리고 있을 수 없었겠지. 성직자인 데다 대외적 나이 차가 너무 있고 하니 그 부인의 장래를 위해서도 자신이 데리고 있기엔 너무 부담스러웠던 거지. 해서 간곡한 설득으로 이병도 씨와 결혼을 하게 했지만 이 여인은 결혼을 하고도 늘 박 목사를 잊지 못해하는 데서 문제가 생기고 말았던 것이에요."

"아니 무슨 문제가요?"

"그건 부인이 몸은 시집왔지만 마음은 과거 목사와 함께 살던 생활을 잊지 못하고 목사 곁을 떠나지 못했다는 거에요. 그러니 매사 시집보다 교회와 목사 쪽에 기우는 행동을 했고 집안은 물론 부부 사이의 갈등으로 이어졌고 집안이 화목하지 못했던 거요. 이런 사정을 알게 된 목사는 갈등의 원인이 자신과 관련이 있다는 사실을 깨닫고 더 이상 얼굴을 들 수 없게 되었던 것이지. 더욱이 이런 사실들을 감추고 그동안 성직자다 목회자다 하고 많은 신도들 앞에서 위선적 강론을 해 왔으니 더 이상 어떻게 신도들을 대할 수 있겠어. 해서 어디론가 자취를 감추고 말았던 것이 아닌가 하는 생각이 든다고 했어요."

"이야기를 들어 보니 참 안타깝네요. 제가 전에 병원의 어떤 환자에게서 들은 이야기와 비슷하네요. 그 환자는 자신이 아는 사람에게서 들은 이야기라며 들려주었어요. 인민군이 서울에 막 쳐들어왔을 때였다고 해요. 다들 급히 한강대교를 건너 노량진 쪽을 향해 가는데 갑자기 천지가 무너지는 폭음과 함께 한강대교가 무너졌다는 거예요. 많은 피난민들이 우왕좌왕 물밀듯 남하하는 와중에서 한 여인이 그만 가족을 잃고 혼자가 되어 이리저리 필사적으로 가족을 찾아 헤매었지만 결국 찾지 못하고 피난민 대열에 끼어 울며불며 내려오다 우연히 혼자가 된 어떤 남자를 만나 함께 하게 되었대요. 그리고 그 후 그 남자의 도움을 받아 가며 이곳 부산까지는 내려왔대요. 부산에는 내려왔지만 서로는 갈 곳이 없기는 마찬가지로 이리저리 살 곳을 마련하기 위해 헤매다 어렵사리 판잣집 하나를 구하게 되었는데, 둘은 할 수 없이 함께 살지 않을 수 없게 되었다는 거예요. 그러다 보니 자연 서로는 의지하게 되고 남들은 피난 내려온 젊은 부부라고 생각하게 되었대요. 그러나 어찌 되었건 이제는 먹고 살 일이 급하게 된 거예요. 여자는 시장으로 나가 잡상인들의 짐을 날라 주거나 생선 가게 같은 데서 허드렛일을 해주며 몇 푼씩 돈을 받아 겨우겨우 살아가는데 이 남자는 늘 나갔다가는 일을 구하지 못하고 기진맥진 돌아오곤 했대요. 어느 날 여자는 남자가 피난길에도 놓지 않고 챙겨 온 보따리를 몰래 풀어 보았는데 거기에는 때가 꼬질꼬질하게 묻은 문학서적만 있더라는 거예요. 알고 보니 이 남자는 시를 쓰는 문학청년이었던 거예요. 다정다감한 성격에 어딘지 모르게 풍기는 따뜻한 인품이 참 괜찮은 남자라고 생각해 왔는데 안타깝게도 이 남자는 어려움을 당했을 때 그것을 극복해 나가려는 생활력이 약했던 거예요. 그래서 매일 열심히 나가 보지만 공치는 날이 대부분이고 그 수입으로는 자신이 혼자 살기에도 힘든 형편인 거예요. 그러나 이 여자는 그 어려운 삶 속에서도 알게 모르게 이 남자를 좋아하게 되어 둘은 자연스럽게 부부처럼 되고 말았대요. 더욱이 이 여자는 이 남자와 함께 사는 것이 행복했었대요. 그러다 이 젊은 여인은 어떤 사람의 소개로 시장 근처에 있는 다방 여직원으로 취직을 하게 되었대요. 그동안 정식 결혼한 부부는 아니지만 이미 한 이불을 덮으며 부부로 살아온 사이인데 이 여인이 다방엘 취직하고부터는 점차 몸가짐이나 태도가 달라지기 시작하더라는 거예요. 늦은 밤에 퇴근할 때는 술냄새를 풍기기도 하고 때로 들어오지 않는 날도 있었다네요. 이때 이 여자에게는 벌써 다방 손님 중의 한 남자가 눈독을 들이고 유혹을 하고 있었던 거예요. 우연히 만난 남자와 함께 살지만 피난길에 가족을 잃고 혼자인 데다 판잣집에서 어렵게 사는 생활에 지쳐 있던 터라 돈푼깨나 있는 건축업자의 유혹에 쉽게 빠져 버린 거지요. 자신은 그동안 돈은 많이 벌었지만 혼자 외롭게 살아온 몸인데 아가씨가 다방을 그만두고 함께 살아만 주면 집도 마련하고 모든 것이 어렵지 않고 행복하게 해 주겠다는 감언이설에 빠져 지금까지 함께 살던 남자는 헌신짝처럼 버리고 건축업자와 살게 되었대요. 그야말로 좋은 집에 어려움 없는 꿈만 같은 생활은 이렇게 살아도 되는 것인가 할 정도로 여유 있고 부유한 삶이었대요. 그런데 이상한 것은 그럴수록 웬일인지 전에 함께 살던 남자 생각을 떨쳐 버릴 수가 없었다나 봐요. 그렇게 어렵게 살면서도 그 남자는 꼭 밤늦은 시간까지 촛불을 밝혀 놓고 책을 읽고 있었는데 하는 생각이 들자 자신만 잘살기 위해 이렇게 뛰쳐나와 버렸다는 것이 미안하고 끼니라도 제대로 챙기고 있는지 궁금해지더라는 거예요. 더군다나 지금의 이 남자는 다정다감한 전 남자와는 아주 딴판이었다고 해요. 매사가 자기중심적이고 마치 자신을 성적 욕구를 위한 노리갯감으로 들여놓은 듯 수시로 변태적 행동을 요구하는 통에 아무리 여유 있고 부유한 생활이었다고 해도 행복하다는 생각보다 굴욕적인 느낌을 지울 수 없는 불행한 그것으로 다가오기 시작하더라는 거예요. 그러니 점차 그와 함께 사는 것이 마치 그의 성적 노예처럼 느껴져 더 이상 견딜 수 없었는데 알고 보니 그에게는 본처가 따로 있었던 거예요. 여자는 이미 때가 늦었지만 자신의 경솔했던 잘못을 크게 뉘우치고 전 남자에게 찾아가 자신의 잘못을 용서해 달라고 울며 빌었대요. 남자는 그 사이 인쇄소에 취직이 되어 전과는 달리 다소 여유 있는 생활을 하더라는 거예요. 그녀는 그의 앞에 엎드려 자신의 잘못을 용서해 달라고 계속 빌었대요. 물론 그도 남자이니 왜 기분이 나쁘지 않았겠어요. 남자는 묵묵부답으로 외면만 하고 아무 말 하지 않다가 불쾌한 표정으로, 사람은 언제나 분수를 알고 사는 것이 중요한데 좀 힘이 든다고 해서 참을성 없이 달콤한 유혹에 쉽게 빠지는 사람은 어리석은 사람이고 그런 사람은 언제라도 또 그런 유혹에 쉽게 빠지는 삶을 살게 되는 거라고 했대요. 그리고 한번 싫다고 떠난 자리에 다시 와서 산다는 것도 쉽지 않은 일이고 그러니 기왕 떠났으니 그곳에 정착하고 사는 것이 현명한 일이라 생각된다며 마음에 들면 살고 그렇지 않으면 버리는 것이 남자냐고 하며 완곡하게 돌아가라고 했대요. 그러자 여인은 눈물로 얼룩진 얼굴을 들고 남자를 바라보며, 잘못을 뉘우치고 또 뉘우치고 찾아왔다며 다시는 이런 일은 없을 거라고 용서해 달라고 했대요. 계속 엎드려 우는 여인을 한참 말없이 바라보던 남자의 눈에도 어느새 눈물이 배어 있었대요. '이 일은 이 여인만의 잘못이 아니다. 내 자신의 무능으로 인한 결과로 그 책임은 나에게도 있다.'는 생각이 들자 오히려 자신의 무능이 이 연약한 여인에게 아픈 상처를 있게 했다는 죄책으로 말없이 여인에게로 다가가 부축해 일으켜세우고는 가슴으로 꼭 안아 주며 다시는 이런 일이 없도록 어려운 때를 참고 극복하며 살자고 하며 용서해 주었대요. 이들은 이후 결혼식은 올리지 않았지만 잘 살고 있다고 했어요. 아무리 물질이 풍부하고 여유 있는 생활이 있었다고 해도 마음의 행복을 얻지 못하면 불행한 것이 아니겠어요. 이 선생님의 부인도 타의에 의해 결혼을 하고 아이까지 낳았지만 목사님과의 행복했던 때를 잊지 못했던 것이 아닐까요. 생각하면 그 부인의 죽음도 단순히 떳떳지 못한 자살로만 볼 수는 없겠네요. 그것은 오히려 그 부인의 변치 않는 목사님에 대한 깊은 애정의 뜻을 말해 주고 있는 것이라 생각해요. 그 부인의 죽음에 따뜻한 애도의 마음을 보내고 싶네요."

"그래서 사람의 인연이란 물질이나 감언이설로 엮어지는 것이 아니라 자연스럽고 필연적인 순리에 의한 사랑으로 맺어져야 하는 것이지. 설혹 다소 비이성적인 만남이었다 해도 그것을 억지로 막는 것도 또 다른 비극을 있게 할 수도 있는 것이지."

영근은 갑자기 정색을 하고 아내를 바라보았다.

"당신도 혹시 나와의 만남이 순리가 아닌 감언이설에 의한 것이 아니었나 한번 생각해 봐요."

"글쎄요…. 한번 생각해 볼까요? 호호호…. 그런데 당신은 어떻게 생각해요?"

아내가 되묻자 영근은 당황한 듯 잠시 망설였다.

"글쎄, 나는 아직 그런 생각을 해본 적이 없었으니까 지금부터 한번 생각해 볼까?"

"생각해 보시고 억울하시면 말씀을 하세요. 물러 드릴게요."

"아니, 아니에요. 지희 씨 나는 그런 생각을 해보고 싶지도 않고 또 물릴 생각도 없어요."

"이 병골인 저 때문에 그동안 고생도 많이 하셨는데도?"

"아니, 나는 그걸 고생이라고 생각하지 않았어. 당신이 내 곁에 늘 함께 있어 준 것만으로도 얼마나 마음이 든든하고 고마웠는데."

지희는 감격했음인지 흥분된 얼굴로 영근에게 급히 다가서며, 첫 만남의 연인처럼 가슴으로 뜨겁게 파고들었다.

"여보 사랑해요. 그리고 감사해요."

"뭘 새삼스럽게."

영근은 아내를 포근히 끌어안았다.

"여보, 오늘은 좀 일찍 잘까?"

지희는 수줍은 듯 애교 있는 눈빛으로 영근을 바라보며 고개를 가볍게 끄덕였다.

"여보, 피곤하지 않으시겠어요?"
"피곤하긴 아직 힘이 넘치는 청춘인 걸."
영근은 아내를 번쩍 들어 안고 침실로 들어갔다. 둘의 이날 밤은 모처럼 지희의 열띤 호응으로 더욱 행복하고 뜨거운 밤이었다.

상길의 한(恨)

상길은 부산에 내려온 후 그 악몽 같은 피난 생활에서 벗어나 이젠 천사 같은 여인 순분을 만나 신혼의 단꿈처럼 행복한 나날을 보내고 있었다. 그러던 어느 날 한 통의 우편물이 김상길 앞으로 날아왔다. 사실 상길에게 이런 우편물을 보내올 사람은 별로 없었다. 그가 사교적이지 못한 성격 탓도 있지만 피난을 내려온 후 그렇게 편지를 주고받을 만큼 친하게 지낸 사람도 없었기 때문이다. 우편물의 겉봉에는 발신지 주소는 없고 최문순이라는 이름만 적혀 있었다. 이상하게 생각한 상길은 이름의 주인을 곰곰이 생각해 봤지만 기억나는 사람이나 알 만한 사람은 아닌 것 같아서 얼른 겉봉을 뜯어 보았다. 안에는 편지지 석 장이 들어 있었고 거기에는 잉크 펜으로 쓴 글씨가 또박또박 쓰여 있었다.

안녕하십니까? 저는 개성에서 피난 온 최문순이라고 합니다. 이 편지를 쓰지 않으려고 했습니다만 그래도 쓰는 것이 옳겠다는 생각을 하게 된 것은 과거 부인과의 대화에서 김상길 선생이 남편이라는 사실을 알게 되었고 또 개성 모 고등학교 국어교사로 재직하고 계셨다는 말과 당시 반공 지하 운동을 하다 중공군의 침공으로 개성이 그들의 수중에 들어가게 되자 아마도 개성을 탈출, 남하했을 것이라는 말을 들었기 때문입니다. 부인 가족과 우리 일행은 중공군과 인민군이 개성을 장악하기 직전 야음을 틈타 탈출을 했었습니다. 그러나 우리 일행의 탈출 방향의 실수로 위치가 그들에게 노출되어 숨어들었던 마을이 놈들의 집중 포화로 초토화되어 살아남은 사람은 거의 없었고 다만 몇 명이 있었던 것으로는 압니다. 김 선생 부인과 딸은 그날 불행을 당했지만 아들은 다행히 가벼운 상처만 입고 살아남았음을 알고 있었습니다. 그러나 저 자신의 부상이 워낙 위급했던 상황이어서 더 이상 확인하지 못하고 급히 국군의 야전병원으로 실려가 응급조치로 목숨만을 겨우 부지해 후방으로 실려 나와 겨우 살아남게는 되었습니다. 그 후 그때 살아남은 사람들의 소식은 알 길이 없었습니다. 그러나 야전병원 사람들의 말에 의하면 그때 그 아이는 상처를 치료받고 곧 후방으로 이송, 아동보호소로 보내졌다는 말은 들었지만 그곳이 어디인지는 알 길이 없었습니다. 이런 아이들은 한동안 후방 보호소나 전쟁고아보호소로 보내졌다가 연고자가 없는 경우 절차에 따라 해외 입양을 보낸다고 했으니 아마 입양이 되지 않았을까 하는 생각입니다. 안타까운 일이지요. 저는 아직 그때의 후유증으로 불구의 몸이 된 지금도 자유로운 활동을 하지 못하는 처지가 되어 있습니다. 그러나 부인의 말을 기억하고 있는 나는 늘 만일 김 선생께 연락만 될 수 있다면 이 사실을 알려드리고 싶었고 또 그렇게 하는 것이 도리라고 생각해 기회가 오기를 살피던 차에 뜻밖에 신문지상에 부산에서 개성의 모 고등학교가 피난 학교를 개교했다는 기사를 보게 되었습니다. 그러나 기사를 보고 과연 반공 활동으로 지하 운동을 하던 분이 그동안 살아남아 학교에 복직을 했을 것인가 하는 생각으로 망설여졌고, 또 하나는 과연 이 비통한 소식을 전해 드리는 것이 옳은 일인가 하는 것이었습니다. 그러나 이런 사정을 모르는 채 가족을 찾고 기다리는 안타까움이 얼마나 가슴 아픈 일인가를 저 자신 그날 함께 가족을 잃은 사람으로서 왜 모르겠습니까. 그러나 이런 슬프고 안타까운 일임에도 사실은 알고 있어야 한다는 생각으로 이렇게 소식을 전해 드리는 것입니다. 이런 비극은 누구 개인만의 비극이 아니라 아시다시피 오늘 우리가 사는 이 나라의 비극이고 우리 모두의 슬픔이 아니겠습니까. 아무쪼록 이런 어려운 고난을 극복하시고 보다 건강하고 행복한 내일을 개척하시기 바랍니다. 안녕히 계십시오.

편지를 읽어 내려가던 상길의 손이 떨리고 있었다. 내용을 다 읽고 난 상길은 망연자실한 듯 멍하니 들고 있던 편지를 내려다보았고, 그의 눈엔 눈물이 주르르 흘러내렸다.
'개성을 탈출하지 못하고 결국 그렇게 되고 말았구나. 불쌍한 것들.'
그래도 아들 기진이가 살아남은 것 같다는 것이 상길에겐 불행 중 다행이었다. 하지만 그 아이를 어떻게 찾아야 할 것인가. 그때의 혼란하고 처참한 전선에서 부모를 잃고 피투성이가 된 아이를 어디로 보낸다고 기록이나 제대로 했겠는가 생각하니 기가 막힐 노릇이었다. 이 일을 어떻게 해야 하는가 암담할 뿐이었다. 편지의 발신인이라도 만날 수 있었으면 하는 마음이지만 안타깝게도 편지 겉봉에는 주소도 쓰여 있지 않았다. 그는 편지를 책상에 내려놓고 다시 겉봉을 살펴보다 우표에 찍힌 소인에서 발송 우체국은 알았지만 그것은 발송 우체국의 이름일 뿐 더 이상 상세한 것은 확인할 수 없는 것이었다. 그는 잠시 생각에 잠기다가 급히 영근을 찾았다.

심각한 표정으로 찾아온 상길을 바라보며 영근이 다급히 물었다.

"아니 무슨 일이 있었습니까?"

"윤 선생, 지금 수업 시간이 아니면 나하고 잠시 숙직실에서 이야기 좀 할 수 있겠어요?"

"물론 오늘 내 수업 시간은 다 끝났으니 얼마든지."

숙직실에서 상길은 영근에게 아무런 말없이 떨리는 손으로 편지를 건네주었다. 급히 편지를 받아 읽어 본 영근은 깜짝 놀랐다.

"아니, 이럴 수가."

상길은 두 손으로 얼굴을 가린 채 흐느끼고 있었다.

"아니, 이 편지를 누가 보낸 것입니까?"

겉봉에 발신인 주소가 없는 것을 발견한 영근은 더욱 놀랐다.

"아니, 이게 어떻게 된 것입니까. 발신인의 주소도 없고 이름만 있으니 혹시 김 선생이 아는 사람입니까?"

상길은 눈물에 젖은 얼굴로 영근을 보았다.

"전연 모르는 사람입니다. 편지 내용으로 봐서 아내와 아이들이 그 사람들과 함께 개성을 탈출하려다 변을 당한 것 같은데 그때 함께 했던 사람 중의 한 사람인 것 같습니다."

"소식을 알려주어서 고맙기는 하지만 왜 자신의 주소를 밝히지 않았을까요?"

"글쎄 그것이 의문인데 이 사람의 주소라도 알아야 찾아가서 그때의 상황을 좀 더 자세히 알고 또 아이에 대한 소식이나 어디로 보내졌는지도 살필 수 있을 텐데 참 답답하구먼."

"그렇군요. 지금으로서는 소식만 알았을 뿐 속수무책이니 참 답답하군. 그렇다고 전국의 아동보호소나 고아원을 다 찾아다닐 수도 없는 일, 찾아다닌다고 해서 찾을 수 있다는 보장도 없고 편지 내용에서처럼 입양이라도 되었다면 도리 없는 노릇인데, 참 안타깝구먼."

"봉투의 우표에 찍힌 소인을 보시오. 희미하게 찍힌 용산이라는 글자로 보아 아마 서울 용산 쪽에 사는 사람이 보낸 것 같은데 이것만 가지고는 알 수가 없으니…."

"그러게 말입니다. 어쨌든 늦게나마 비통한 가족의 소식을 듣게 되어 가슴 아픈 일이지만 이것이 사실인지 아닌지 확인할 길조차 없는 현실이 더욱 안타깝습니다. 그러나 어찌 되었든 아이를 찾을 방법을 모색해 봐야지요. 그때는 치열한 격전으로 진퇴를 거듭하던 때로 전선에 휴전이 된 것도 벌써 몇 년이 지났는데 아이가 지금까지 전쟁고아 보호소에 있어 줄지, 참 안타깝구먼."

"여름 방학이 곧 시작되겠지요?"

"그럼요. 다음 주부터가 아닙니까."

"그럼 잘 되었네. 곧 서울로 올라가 용산 일대의 고아원이나 경기도 일대의 고아원을 방학 동안 샅샅이 찾아봐야겠어요."

그날 상길은 학교장에게 사정을 말하고 좀 일찍 퇴근했다. 가슴에 안타까움과 슬픔을 안고 집으로 돌아온 그는 아무도 없는 방에서 한없이 울고 또 울었다. 그리고 다시 편지를 보며 편지를 보낸 사람을 찾아가 만나고 싶은 마음이 간절했다. 하지만 주소가 없으니 어떻게 하는가. 편지 내용으로 봐서 이 사람은 나를 알게 된 것은 아내가 죽기 전 함께 한 대화에서였다고 했다. 그렇다면 이 사람은 아내와 함께 탈출하려 했던 사람임이 틀림없고 믿을 수 있는 소식임이 분명했다. 이런 소식을 잊지 않고 신중하게 알려 준 이 사람에게 뭐라 감사해야 할지 모르겠다. 이 사람의 말처럼 이런 가슴 아픈 슬픔들이 어느 개인에게만 주어진 것이 아니라 오늘을 사는 우리 모두에게 크든 작든 주어진 아픔이라는 사실이다.

이날 좀 일찍 가게를 마치고 돌아온 순분은 상길의 표정이 평일과는 달리 어둡게 보여 이상하게 생각되었다.

"오늘 무슨 일이 있었어예?"

상길은 순분에게는 편지에 대한 이야기를 하고 싶지 않았다. 그것은 아무것도 모르는 이 순박한 여인에게까지 부담스러운 이야기를 하고 싶지 않았기 때문이다.

"일은 무슨 일."

상길의 표정이 아무래도 이상했다. 평상시 그는 순분이 돌아오면 "힘들었지?" 하고 반기는 사람인데 오늘은 그렇지 않았다. 순분은 평상복으로 갈아입고 그에게 다가가 재차 물었다.

"오늘 학교에서 무슨 일이 있었어예?"

"학교에서 무슨 일이 있었겠어. 아무 일도 없었어요."

마지못한 듯 쓴웃음을 짓는 상길에게 순분은 틀림없이 무언가를 감추고 있다는 느낌을 받았다.

"저녁을 드셔야지예?"

"음, 오늘은 퇴근하면서 직원들과 함께 뭘 좀 먹고 왔어요. 그러니 안 먹어도 될 것 같아."

"그래도 뭘 좀 드셔야지예?"

상길이 아무 말도 하지 않고 자신의 서재로 들어가는 모습이 아무래도 전과 같지 않음을 느낀 순분은 차리던 식탁을 대충 치우고 그의 서재로 따라 들어갔다. 그는 무슨 편지를 보다 순분이 들어오자 얼른 책상 서랍에 넣으려고 했다. 순분은 직감적으로 이상한 생각이 들었다. 하지만 웃으며 상길 곁으로 다가가 애교 있게 물었다.

"여보, 제가 보면 안 되는 편집니꺼?"

상길은 당황했다.

"당신이 봐서 안 되는 편지는 아니지만 당신이 보면 마음에 부담이 될 것 같아서였어."

"아니 무슨 편진데 제가 보면 부담이 된단 말입니꺼. 그러니 더 보고 싶네예."

편지를 빼앗다시피 하여 읽고 난 순분은 아무 말 하지 않고 묵묵히 앉아 눈물만 흘리는 상길의 머리를 자신의 품으로 깊이 끌어안고, 함께 눈물을 흘리며 울었다.

"여보, 이 일을 어떻게 하지예?"

상길은 눈물로 얼룩진 얼굴로 아내를 보며 안타까운 듯 말했다.

"아무래도 좀 늦었지만 내가 아이를 찾아봐야 할 것 같아."

"그렇게 해야겠지예. 하지만 어떻게 아이를 찾지예? 그리고 편지 내용이 확실한 것인지 확인할 수도 없고 또 누군지도 모르는 사람이 보낸 편지만 믿고 어디로 찾아가시겠어예."

"아무튼 며칠 후면 여름방학인데 아이를 찾기 위해서는 늦었지만 하루라도 빨리 서울로 올라가 봐야겠어요. 그래서 급한 마음에 오늘 학교장에게 양해를 구했고 내일 서울로 올라가 보기로 했어요. 당신은 아무 걱정 말고 가게나 잘 보살피고 있어요. 이 편지의 겉봉에는 주소가 없지만 그 우표의 발신처가 서울 용산이라고 찍혀 있는 걸로 봐서 서울 용산 쪽이 아닌가 해요. 해서 우선 그쪽으로 올라가 고아원들을 찾아봐야겠어. 그리고 여의치 않으면 서울 일대는 물론 방학 동안 경기도 일원의 고아원들도 찾아볼 생각이에요. 그리고 당신에게 사전 양해도 구하지 않고 결정을 했으니 이해해 주어요."

"여보, 아무리 급해도 그렇지 좀 더 신중하게 생각하고 계획을 세워서 저와 함께 가는 게 어때예? 당신 혼자만 가는 것이 왠지 불안하네예."

"아니야, 이번은 내가 혼자 올라가서 방학 동안 여기저기 신속하게 움직여 찾아보는 것이 좋을 것 같아. 그래서 용산 쪽 고아원부터 먼저 찾아보자는 거지. 그렇게 알고 당신은 평소처럼 가게를 잘 보도록 해요. 최선을 다해 찾아보고 좋은 소식이 있으면 곧 전화를 할게요."

그러나 순분은 아이를 찾겠다는 조급한 마음으로 무턱대고 고아원을 헤매고 다닐 남편을 생각하니 마음이 아팠다. 그렇지만 자신으로서도 다른 방법이 있는 것도 아니었다. 또 자식을 찾겠다는 부정의 열망을 막을 수도 없는 일이 아닌가. 하지만 이미 수년 전에 고아원으로 보내진 아이가 지금까지 고아원에 머물러 있을 것이라는 기대를 한다는 것은 무리였다. 그동안 많은 전쟁고아들이 해외로 입양되어 갔다. 전란 중이라 재정적으로 어려운 고아원에서는 그 고아들을 오래 수용하지 못하고 해외로 보내고 있었다. 그러니 이미 수년이 지난 지금 아직도 그 아이가 고아원에 머물러 있기를 바라는 것은 어려운 일이라 생각되었다.

잠시 생각에 잠겼던 순분이 입을 열었다.

"여보, 참 안타깝네예. 고아원들이 어디에 있는지 아는 것도 아니고 또 그 고아원들을 다 찾아다니며 아이를 찾는다는 것도 쉬운 일이 아닌데."

"그래도 아이가 살아 있었다는 것과 고아원에 보내졌을 거라는 편지 내용으로 봐서 어디엔가 있을 거예요. 그러니 이대로 가만히 있을 순 없지 않소. 무슨 일이 있어도 찾아낼 거예요."

"물론 그렇게 되어야지예. 그렇지만 이미 수년이 지났는데…."

순분은 뒷말을 잊지 못했다.

아들 기진을 찾아 떠난 상길은 방학이 끝나고 새 학기가 시작되었는데도 돌아오지 않았다. 순분은 매일처럼 소식 오기를 애타게 기다렸지만 종무소식이었다. 학교에서는 임시 시간 강사로 수업 시간을 채우고 있었지만 영근 또한 무심할 수 없는 안타까움으로 소식을 기다리고 있었다.

영근의 아내 지희도 남편에게서 들어 알고 있는 터라 궁금하기는 마찬가지였다.

"여보, 김 선생님에게서는 아직 아무런 소식이 없는 거예요?"

"그러게 말이지. 하긴 아이를 찾기가 쉽지 않을 거야. 벌써 몇 년이 지났는데 아직도 고아원에 있겠어? 요새 해외로 입양들을 많이 하고 있는데. 글쎄 모르면 몰라도 부모 없는 고아라고 벌써 입양되어 어디로 보내지지나 않았는지 모르겠구먼."

"딱해라. 그렇게 되었으면 어떡해요."

지희는 안타까운 표정으로 옆에 있는 딸 난희를 가슴으로 깊이 끌어안으며 울 듯한 표정을 지었다.

상길은 조급한 마음으로 열차에 올랐지만 사실 어디서부터 찾아야 할지 막막하기만 했다. 개성 지역에서 후송되었다면 서울 아니면 경기도 일대일 것이라는 생각을 하게는 되지만 서울이나 경기도 일대의 어디일까. 기차를 타고 올라가면서도 골똘히 생각하던 그는 아무래도 편지를 보낸 사람이 용산에 살 것이라는 생각이 들어 우선 용산 일대의 고아원이나 전쟁고아보호소부터 찾아보기로 마음먹었다. 그러나 서울에 도착한 후 잠시도 지체하지 않고 용산에서부터 고아원을 찾아다니며 기진의 나이며 인상착의 그리고 일사 후퇴 때 개성 지역에서 후송되어 온 남자아이라고 설명하면서 고아원 직원과 함께 세밀히 서류를 살펴봤지만 발견할 수 없었다. 그렇다고 포기할 수 없는 일이었다. 그로부터는 경기도 내의 여러 전쟁고아보호소나 고아원을 수소문하며 샅샅이 살피며 돌았지만 기진이와 비슷한 아이는 발견할 수 없었다. 그동안 살펴보는 과정에서 많은 고아들이 해외로 입양되고 있음도 확인할 수 있었다. 그가 아이를 찾지 못한 좌절과 슬픔을 안고 다시 부산으로 내려갈까 하는데 우연히 어떤 사람의 말을 듣게 되었다. 불광동 쪽에도 전에 전쟁고아들을 수용하던 곳이 있었는데 지금도 있는지 모르겠다는 것이었다. 상길은 망설임 없이 그곳으로 급히 찾아갔다. 고아원은 그리 크지 않았다. 그리고 재정적인 어려움에서인지 다른 고아원에 비해 건물도 규모가 작고 좀 초라하게 보이기도 했다. 그러나 물에 빠진 사람이 급하면 지푸라기라도 잡고 매달린다는 심정으로 급히 관리실로 들어가 관리인에게 자초지종을 설명하고 죄송하지만 혹시 이런 아이가 이곳에 수용된 적이 있는지 알고 싶어 왔습니다 하자, 관리인은 상길의 위아래를 잠시 살펴보았다.

"상당히 오래전의 일인데 기록이 남아 있을지 모르겠습니다만, 한번 찾아보겠습니다."

그는 연도별로 체계 있게 고아들의 기록이 되어 있는 서류철을 깊숙한 곳에서 찾아왔다. 1·4후퇴 당시 전선에서 실려온 아이들의 간단한 신상에 관한 것들이었다. 한참 서류를 이리저리 살피다 아이 이름이 김기진이라고 했느냐고 묻는 그의 눈이 갑자기 크게 빛났다. 상길도 놀라지 않을 수 없었다. 거기에는 기진의 것이 분명한 몇 줄의 기록이 있었기 때문이다.

상길은 떨리는 가슴을 진정하며 다시 기록을 확인했다.

'개성에서 내려오다 부모는 포격으로 사망. 남자아이로 이름은 기진. 나이는 9세로 영국으로 입양됨.' 이라고 씌어 있었다. 이 기록을 보는 순간 반가움은 잠시일 뿐 아이가 영국으로 입양되어 갔다는 사실에 절망한 상길은 그 자리에서 쓰러질 듯 비틀거렸다.

"아, 기진아. 기진아!"

상길이 이성을 잃은 듯 그 자리에 털썩 주저앉아 울부짖자 고아원 직원들이 함께 슬퍼하며 위로했다. 이제는 더 이상 어떻게 할 수 없는 입양아가 되어 해외로 나갔던 것이다. 그 불쌍한 어린것이 낯선 타국으로 입양되어 갔으니 얼마나 무섭고 외로웠겠는가 하는 생각에 상길은 뼈를 녹이는 안타까움으로 눈물이 끝없이 흘러내렸다. 그러나 어쩌겠는가. 돌이킬 수 없는 일이 된 것을. 그곳에서나마 건강하게 잘 살아 주기만을 바라는 길밖에.

상길은 실신한 사람처럼 고아원을 나오며 비틀거리다 길가에 주저앉고 말았다.

'아버지를 용서해라. 가족도 살피지 못한 이 애비를. 여보, 기진 엄마 미안해요. 그리고 불쌍한 희선아! 엄마와 함께 잘 있거라.'

상길은 통곡하며 고인의 명복을 빌었다.

상길이 부산으로 돌아오자, 실의에 찬 그를 순분은 따뜻한 마음으로 위로했고 더욱 변함없는 뜨거운 사랑으로 그의 새로운 삶을 열어 가는 데 큰 힘이 되어 주었다.

절망은 없다

　서울에서 돌아온 상길은 순분의 정성 어린 보살핌으로 점차 안정되어 일상으로 돌아왔다.
　상길의 어린 아들 기진이가 영국에 입양되었다는 사실을 알고 실의에 빠져 슬픈 마음으로 부산으로 돌아온 후 몇 달이 지났다. 학교에 출근은 하고 있었지만 허탈한 마음은 쉽게 지워지지 않았다.
　상길은 고달프고 외로운 피난살이 속에서도 통일이 되면 가족을 다시 만나 행복하게 살 수 있을 것이라는 기대를 안고 어려움을 극복하며 살아왔다. 하지만 이젠 그런 모든 희망이 무너지고 말았다. 그는 날마다 실의에 빠져 좌절의 늪에서 허우적거렸다. 순분의 따뜻한 보살핌이 있었지만 상길은 쉽게 가족을 잊을 수가 없었다. 그러던 그에게 기쁜 소식이 찾아왔다. 항상 변함없이 상길에게 헌신적이었던 순분의 몸에 새로운 생명이 잉태되었다는 것이다. 이것은 상길에게 있어 무어라 말할 수 없는 기쁨이었다. 하늘 아래 외톨이로 남은 외로운 그에게 새로운 혈육의 뜨거운 정을 느끼게 했고 삶에 대한 강한 의욕을 일게 하는 힘이 되어 주었다.

순분은 며칠 전부터 몸이 좋지 않다고 하면서도 가게에 나가고 있었다.

"여보, 몸이 좋지 않으면 무리하지 말고 오늘은 토요일인데 오후에 나와 함께 병원엘 다녀오도록 합시다."

"몸살 기운이 좀 있는 것 같은데 뭐 번거롭게 당신까지 같이 갈 필요는 없어예. 저 혼자 오전에 잠깐 병원에 갔다가 가게로 나가겠어예."

"아니야, 오후에 나하고 같이 가보는 것이 좋겠어."

"아이라예, 무슨 중병도 아닌데. 당신은 퇴근 후 집에서 쉬도록 하시라예. 저 혼자 다녀올 기라예."

순분은 그동안 힘든 대폿집 사업을 계속해 오면서도 건강에는 별 탈 없이 잘 지내 왔다. 그런데 웬일인지 근래 들어 몸이 나른하고 매사가 귀찮고 짜증스러워 아무래도 무슨 병이라도 생긴 것이 아닌가 하고 걱정하던 참에 마침 남편의 권유도 있고 해서 병원에 가 보기로 했다. 진찰 결과는 뜻밖에도 임신 2개월이었다. 깜짝 놀란 순분은 가게도 가지 않고 집으로 돌아와 학교에 있는 상길에게 전화를 했다.

아내의 전화를 받은 상길은 걱정이 되었다.

"아니 이 시간에 웬일이에요. 병원에는 다녀왔어요?"

"네, 다녀왔어예."

"의사가 뭐라고 했어요? 나하고 같이 갔어야 했는데."

"네, 기쁜 병이라고 했어예."

"아니 그게 무슨 병이야? 기쁜 병이라니! 그런 병도 있나?"

순분은 재미있기라도 한 듯 웃기만 했다.

"호호…."

"웃지만 말고 무슨 병인가 잘 말해 봐요."
순분은 시치미를 떼고 말했다.
"아니, 임신병이라 하던데예."
상길은 놀란 듯 잠시 말이 없었다.
"뭐, 임신병이라 했어요? 임신병! 아니, 당신이 임신을 했다고. 아이고 이럴 수가. 가게도 나가지 말고 당장 집에 가 있어요. 절대로 몸을 무리해서는 안 되는 거예요. 토요일 수업도 다 끝나고 했으니 나도 곧 집으로 갈게요."
"이미 집에 와 있어예."
"잘했어요."
급히 집으로 돌아온 상길은 어느새 풍성한 붉은 장미꽃 한 다발을 준비해 아내에게 건네주며 기쁨을 감추지 못했다.
"여보 임신을 축하해요."
상길은 순분을 가슴으로 깊이 안으며 물었다.
"수고했어요. 몇 개월이나 됐다고 했어?"
"2개월이라고 했어예."
상길은 너무도 기쁜 듯 아내를 깊이 안다가 입술에 뜨겁게 입맞춤을 하며 '하나님 감사합니다. 우리에게 아이를 주셔서 정말 감사합니다.' 하고 마음속으로 기도를 했다. 그리고 좀 쑥스럽기는 하지만 이 기쁨을 영근에게만은 알려주고 싶었다.
상길은 다음 월요일 일과를 마칠 때까지 좀이 쑤시는 것을 꾹 참고 있다가 퇴근 시간이 되어서야 영근을 찾아갔다.
"윤 선생, 어떠시오. 퇴근 시간도 다 됐는데 우리 차라도 한잔 합시다."
"뭐 그거 좋지."

"그럼 해안다방으로 가지요."
"그럽시다."
영근은 오늘따라 상길의 표정이 밝고 싱글벙글인 것을 보고 무슨 좋은 일이라도 있었던 것인가 궁금해졌다.
"아니 김 선생, 오늘 무슨 좋은 일이라도 있었습니까?"
"좋은 일은 무슨 좋은 일, 오랜 만에 윤 선생하고 차라도 한 잔 나누고 싶어서이지요."
"하긴 같은 학교에 있으면서도 서로 다른 시간대의 수업이라 자주 만나지 못했지요. 그리고 밀양집에도 자주 가지 못했으니 어떻습니까? 부인께서는 사업을 잘하고 계시지요? 물론 수완이 있으신 분이라 잘하고 계시겠지만."
상길의 표정이 더욱 밝아졌다.
"이젠 술집도 그만두어야 할 것 같아요."
"아니, 왜요?"
"이건 좀 쑥스러운 이야긴데 윤 선생한테만 말하는 거예요. 우리 이 사람이 몸이 좀 불편해서."
"아니 어디가 편찮기라도 하십니까?"
"뭐 그런 건 아니고."
"그럼 왜요?"
우물쭈물하던 상길은 더 붉게 상기된 얼굴로 싱글벙글 웃으며 쑥스러워하며 말했다.
"아이를 가졌어요."
"그래요. 참 잘되었습니다. 좀 늦은 감은 있지만 아주 잘되었어요. 축하드립니다. 그나저나 이렇게 기쁜 일을 차 한 잔으로 되겠습니까? 2차로 내가 축하주를 사지."

"아니에요. 윤 선생, 오늘은 집사람에게서 좀 일찍 들어오라는 명이 떨어져 있어요. 그러니 술은 다음 기회에 하도록 하고 차나 한 잔 하고 들어갑시다."

"아, 그래요. 참 아쉽구먼. 뭐 부인의 명이라니 어쩔 수 없지. 내가 축하주라도 살까 했는데 다음 기회로 합시다."

둘은 차 한 잔씩 하고 헤어졌다. 상길은 집으로 오는 길에 꽃집에 들러 장미 등 여러 꽃을 한 묶음 사 들고 돌아왔다.

"여보, 몸은 어때요? 괜찮아? 이제 당신은 여왕이야. 절대 무리하지 말아요. 오늘 이 꽃은 당신과 아기를 위한 기념으로 사온 거예요. 자 받아요."

순분은 감격했음인지 꽃을 받아 들고는 잠시 상길을 바라보며 아무 말 못했다.

"여보 감사해요."

순분이 며칠 전과는 달리 가슴으로 밀려오는 기쁨의 감격으로 울먹이며 상길의 가슴에 얼굴을 깊이 묻자 상길은 그를 따뜻이 안아 주었다.

"감사하긴 내가 더 감사하지. 이젠 대폿집도 그만두었으면 좋겠어. 당신을 위해서도, 그리고 아기를 위해서도 그렇게 하는 것이 좋을 것 같아요."

상길의 가슴에 잠시 안겨 있던 순분은 얼굴을 들었다.

"김 선생님, 대폿집은 보잘것없어 보이지만 젊은 여인의 몸으로 오해를 받아 가면서 일구어 온 저의 사업체라예. 그리고 이제 자리도 잡히고 시장에서 나름대로 알아주는 대폿집이 되었는데 이걸 어떻게 그만둘 수 있겠어예."

"아니 그렇다고 지금 당장 그만두라는 건 아니고 당신의 건강을 해칠까 해서 하는 말이에요. 그리고 앞으로 몇 달이 지나면 배도 부르고 힘도 들 테고 또 아기의 태교를 위해서도 주위의 환경이 좋지 않아요. 그러니 아이를 생각해서라도 그만두는 것이 좋겠다는 생각이지.”

순분은 아이의 태교를 위해서라는 말에 주춤했다. 아이의 태교를 위해서는 좋은 환경은 아니라는 생각이 들자 순분은 심각해졌다.

"순분 씨, 너무 심각하게 생각하지 말아요. 이 기쁜 날에.”

상길이 이마에 가볍게 입맞춤을 하자 순분은 갑자기 발돋움하여 상길의 목을 끌어당기며 그의 입술에 뜨겁게 호응했다.

"알았어예. 아이를 위해서라면 그렇게 해야겠지예.”

상길을 바라보는 순분의 시선이 뜨거웠다. 그동안 기진으로 인한 상길의 가라앉은 기분 탓에 둘의 사이에는 부부관계도 시원치 않았다. 순분의 뜨거운 입김은 상길에게도 전이되어 토요일 오후 낮인데도 둘은 모처럼의 달아오른 열기로 오랜만에 들뜬 뜨거운 부부관계를 가졌다.

"아기를 위해서 앞으로는 이런 부부관계도 삼가야겠어.”

순분은 행복한 듯 웃었다.

"그래도 당신이 좋은 걸예.”

영근은 김상길이 자신의 아내가 아이를 가졌다는 걸 자랑하기 위해 퇴근 시간에 차를 하자고 했던 것이라 생각했다. 집으로 돌아온 그는 저녁 식사 자리에서 아내에게 상길 부부 얘기를 꺼냈다.

"여보, 김상길 선생 부인이 아이를 가졌다나 봐.”

"아니 그래요? 참 잘되었네요. 외롭던 분들인데 부인이 아이를 가지셨다니 김 선생님도 아주 좋아하시겠어요.”

"물론, 오늘 나한테 그 말을 하는 표정이 아주 환하고 밝게 보였어. 무척 기쁜 모양이야."

"왜 그렇지 않겠어요. 어려운 가정사를 겪고 난 뒤 늦게 부인을 맞이한 외로운 삶이었는데 아무쪼록 건강한 아이가 태어나 복된 가정이 되었으면 좋겠어요."

"물론 잘되어야지. 그런데 우리도 난희 동생이 하나쯤 더 있었으면 하는 생각이 들더구먼."

지희는 영근을 바라보았다.

"당신은 난희 동생을 바라고 계셨어요?"

"아, 뭐 바라지 않았다면 거짓말이겠지. 난희는 동생이 생겨 좋고…. 우리에겐 조물주께서 난희만을 주시고 더 주시지 않는 것 같아. 피난 직후야 정신적으로나 여러모로 어려운 처지라 그런 생각을 할 겨를이 없었지만 막상 김 선생 부인이 아이를 가졌다고 하자 문득 우리에게도 난희 동생이 하나 있었으면 하는 생각이 들더구먼."

지희도 사실은 그동안 자신에게 아이가 생기지 않는 것을 이상하게 생각해 왔었다. 혹시 몸에 어떤 이상이 있는 것이 아닌가도 생각했다. 그러나 남편인 영근이 지금까지 난희의 동생을 바라는 듯한 말이나 눈치를 한 번도 보인 적이 없었다. 지난번 이병도 씨가 서울로 올라간다고 했을 때 그 딸을 난희의 동생처럼 우리가 맡아 보살펴 주는 것이 어떻겠느냐고 물었을 뿐 그 후에도 난희의 동생이 있었으면 하는 별다른 내색은 하지 않았었다. 그런데 김 선생 부인의 임신을 알고부터는 난희의 동생이 하나 있었으면 하는 생각을 하게 된 것 같았다. 지희는 자신에게 아이가 생기지 않는 것은 혹시 허약한 자신의 체질 때문이 아닐까 생각하니 아이를 바라는 남편에게 실망을 주게 되는 것이 아닌지 하는 불안한 생각이 새삼 들었다. 그는 남편의 눈치를 살피며 조심스레 영근에게 물었다.

"여보, 그런데 왜 우린 난희 외엔 아이가 생겨나지 않지요? 난희는 벌써 중학생인데 동생이 생긴다면 벌써 생겨났을 텐데 말이에요."

"그러게 말이오. 집안의 대를 잇기 위해서도 아들 하나쯤은 더 있었으면 좋을 텐데. 뭐 어쩌겠어. 생겨나지 않으니 도리 없지."

"사실 저는 벌써부터 난희 동생이 하나 있었으면 하고 기다렸어요. 우리 세 식구 이렇게 피난 와서 외롭게 사는데 새 식구가 더 늘었으면 하는 마음이었거든요."

"그랬었구먼. 나는 그런 생각은 미처 하지 못하고 더 이상 우리 가족이 고생하지 않고 살 수 있어야겠다는 조급함에 이런저런 생각을 할 겨를이 없었어. 이제 겨우 학교에 복직은 했지만 몇 푼 안 되는 월급으로는 우리 세 식구 겨우 입에 풀칠을 할 정도이니 아이 같은 건 생각지도 못해 왔으니까. 하긴 딸은 있으니까 아들 하나쯤은 더 있어도 괜찮겠지. 그렇지만 그게 억지로 되는 일이 아니니 팔자거니 생각하고 난희나 아들 못지않게 잘 키우면 되니 걱정하지 말아요."

그러나 지희는 아이를 낳고 싶었다. 그리고 아이를 낳지 못하는 원인이 자신에게 있다는 생각을 떨쳐 버릴 수가 없었다. 해서 영근에게는 말하지 않고 병원엘 찾아가 아이를 왜 낳지 못하는지 진찰을 받아 보기로 했다. 진찰을 받아 본 결과 자신에게는 아무 이상이 없었다. 의사는 남편의 진찰이 필요하다고 했다. 그러나 왠지 남편의 자존심을 상하게 하는 일이 되지 않을까 하는 생각에 쉽게 이런 사실을 말할 수가 없었다. 그래서 차라리 자신이 아이를 낳지 못하는 것으로 해두는 것이 좋겠다는 생각을 하게 되었다.

추운 겨울이 지나고 다음 해 봄 상길에게는 행운의 삼월이 찾아왔다. 그것은 순분의 해산이 예고된 달이기 때문이다. 순분은 몸이 무거워 벌써 몇 달 전부터 가게를 주방장에게 맡기고 자신은 아침에 잠시 살펴보고 집으로 돌아와 태아를 위해 쉬고 있었다. 그러나 상길은 아내의 산달이 되고부터는 보살펴 주는 사람도 없는 집에 혼자 있는 아내에 대한 걱정으로 늘 불안했다. 몸에 이상이 있으면 즉시 학교로 전화를 하라고는 했지만 마음은 온통 집으로 향했고 전화가 울릴 때마다 신경이 쓰였다. 그런 그에게 영근이 다가왔다.

"김 선생 부인께선 아직 소식 없어요?"

"글쎄 아직은 소식이 없구먼. 뭐 몸에 이상이 있으면 급히 전화를 하라고 했으니 급하면 연락을 하겠지 뭐."

상길은 빙그레 웃으며 태연한 척했지만 사실은 초조했다. 그때, 교무실 사환 아이의 목소리가 들려왔다.

"김상길 선생님, 댁에서 전화예요."

상길은 급히 전화기로 다가가 전화를 받았다.

"여보, 진통이 오기 시작했는데 집으로 올 수 있겠어예?"

순분의 음성이 떨리고 있었다.

"알았어요. 곧 갈 테니까 잠깐만 기다려요."

상길은 영근에게 아내의 진통 소식을 전했다.

"진통이 시작됐다고 빨리 오라고 하는구먼."

상길은 걱정 반 기쁨 반의 엇갈린 표정으로 교무주임에게 양해를 얻어 급히 집으로 돌아갔다.

영근은 상길이 나이와 어울리지 않게 들떠 하며 허둥지둥 집으로 돌아가는 모습을 보며 새삼 부러운 생각이 들었다.

상길이 허겁지겁 집에 도착했을 때, 순분은 몹시 괴로운 표정을 짓고 있었다.

"여보, 집에서 아이를 낳았으면 좋겠는데."

"아니, 그게 무슨 말이야. 아이는 누가 받는단 말이오. 안 돼요. 빨리 준비하고 산부인과로 갑시다. 서둘러요."

상길은 급히 택시를 불러와 산모와 함께 병원으로 향했다. 병원 도착 후 곧 진찰을 받은 결과, 순분의 상태는 정상으로 내일 새벽이면 해산할 수 있을 것 같다는 의사의 말이었다.

사실 순분은 그동안 친정과는 소식을 끊고 살아왔다. 친정에서는 순분이 시집도 안 간 처녀의 몸으로 술집을 한다는 것을 달갑지 않게 여긴 데다 결혼식도 하기 전에 남자와 살며 아이까지 가졌다는 데 대해서도 몹시 못마땅하게 생각하는 분위기여서 그게 싫어 아예 친정과는 거리를 두고 살아왔다. 그러니 친정 쪽에서는 전연 알지 못하는 상태에서 해산을 하게 되었으니 산모의 수발은 상길 혼자의 몫이 되어 허둥댈 수밖에 없었다. 상길의 이런 사정을 알고 있는 영근은 이대로 나 몰라라 하고 있을 수만 없었다. 해서 퇴근 후 아내에게 부탁을 했다.

"여보, 김 선생 부인의 해산 예정 시간이 내일 새벽이라고 하는데 해산하게 되면 산모의 뒷수발을 도와줄 사람이 없는 모양이야. 김 선생은 출근을 해야 할 처지고 해서 당신이 좀 도와주면 어떨까 하는 생각인데?"

"그래요! 그럼 도와드려야지요. 그렇게 할게요."

영근과 지희는 다음 날 아침 좀 일찍 서둘러 출근 전에 둘이 함께 병원으로 갔다. 상길은 밤새 잠을 제대로 자지 못한 듯 쾡하게 충혈된 눈으로 가족 대기실로 나오며 영근을 바라보고 연신 싱글벙글 입을 다물지 못하다 옆에 서 있는 영근의 아내를 보자 좀 쑥스러운 듯 얼굴을 붉혔다.

"아이고, 이렇게 새벽같이 오셨네요."
"우리 집사람이 김 선생이 혼자일 텐데 출근한 다음 산모의 수발을 도와드려야 한다며 이렇게 왔어요."
"아이고 감사합니다. 그렇지 않아도 당황하고 있던 참입니다. 이렇게 감사할 때가…."
상길이 머리를 숙여 인사하자 지희는 산모의 상태를 물었다.
"산모는 별고 없으시지요?"
"네, 다행히 산모는 건강한 몸이라 순산이었습니다."
"그래요. 아주 잘되었네요."
영근이 궁금한 듯 물었다.
"그래 아들입니까? 딸입니까?"
상길은 옆에 있는 지희를 또 한 번 슬쩍 보다 약간 낮은 목소리로 말했다.
"아들입니다. 아들이에요."
상길은 또 싱글벙글이었다.
"아 정말 잘되셨네. 그동안 외로웠던 김 선생에게도 이제 새로운 가족이 하나 생겼으니, 정말 축하드립니다."
"감사합니다만 사모님이 와주시면 윤 선생님 댁은 어떡하시고?"
"뭐 우리 집은, 난희는 학교엘 가고 없고 또 뭐 별로 특별한 일도 없으니 염려 않으셔도 됩니다."

삼일 후 산모와 아기는 건강하게 퇴원을 했다. 상길은 그동안 성실하게 보살펴 준 영근의 아내 지희에게 감사의 표시로 장미꽃 한 묶음과 늦은 봄에 입을 수 있는 양장 한 벌을 선사했다.
"아이고. 제가 뭐 특별히 한 일이 있다고 이렇게 선물까지 주시고.

감사합니다."

아이가 태어난 이후 상길에게는 모든 것이 새로운 희망이며 삶이 의욕적으로 다가왔다. 그동안 나름대로 틈틈이 써왔던 장편소설도 순조롭게 진행되어 이제 종장으로 이어지고 있었다. 억척인 아내 순분은 병원을 퇴원하고 곧 다시 가게 일에 매달렸다. 상길은 그런 아내의 생활력이 놀라웠지만 좀 더 가정적이기를 바라는 마음도 없지 않았다.

"여보, 산후 당신 몸조리를 위해서도 그렇고 아기와 함께 하는 시간을 많이 갖는 것도 중요한 일인데 그렇게 가게에만 매달려 있으니 걱정이 되는구먼."

"저도 알고 있어예. 그렇다고 가게를 주방장에게만 맡겨둘 순 없는 기라예. 장사가 잘될 때 가게 관리를 잘해야지 조금이라도 마음을 늦추면 수입에서 나타납니다. 출산 전후 얼마간의 공백 탓에 가게 분위기가 가라앉은 것 같고 그래서 가게 분위기를 잡기 위해서라도 제가 지키고 있어야 합니더. 주인이 없으면 직원들의 움직임부터가 달라예."

순분의 말에도 일리가 있었다. 아무리 보잘것없는 가게라고 해도 거기에도 나름의 질서가 잡혀 있어야 하고 그것이 되지 않을 때는 소기의 목적을 달성하기가 어렵게 될 것이다. 그러니 직원 칠팔 명을 데리고 나름대로 알려진 대폿집을 운영하는 주인의 입장에서는 마음을 놓을 수가 없는 것이다. 가게를 그만두기 전에는.

어느덧 무더웠던 여름이 지나고 가을 겨울이 지나 또다시 화창한 봄을 맞이한 어느 날이었다. 편지 한 통이 교무실 상길의 책상 위에 놓여 있었다. 무심코 살펴보던 그는 깜짝 놀랐다. 그것은 박 목사의 편지였다.

'아니 이 양반이.'

상길은 얼른 주소를 보았다. 뜻밖에도 그것은 국내가 아닌 남미의 볼리비아에서 보내온 편지였다. 급히 겉봉을 뜯어 내용을 살펴보니 편지지 몇 장에 장문의 글이 쓰여 있었다.

김 선생님 안녕하셨습니까? 불초(不肖) 박준식입니다. 그동안 면목 없고 몰염치한 인간으로서 지은 죄가 너무 크고 또 속죄할 길도 없어 더 이상의 삶은 무의미하다는 생각으로 죽기를 각오하고 기도소를 나왔습니다. 그러나 하나님이 주신 이 귀한 생명을 내 임의로 거두어들인다는 것은 또 하나의 큰 죄를 짓는 것이라는 생각에 그나마 실천하지 못하고 이렇게 염치없이 살고 있습니다.

내가 기도소를 나온 얼마 후 혜란이 기도소에서 자살했다는 소식은 지상을 통해 알게 되었습니다. 나는 성직자로서 비열한 동물적 야욕을 억제하지 못하고 한 어린 여인을 범한 용서받지 못할 죄를 짓고 말았습니다. 그뿐만이 아니라 그에게 죽음까지 있게 했고 또 그 가정의 파탄까지 초래하게 한 말로 표현할 수 없는 큰 죄를 짓고 말았습니다. 어떻게 그 큰 죄를 면할 수 있겠습니까. 더 이상 하늘을 우러러 살 수 없는 패륜의 성직자로서 오직 속죄의 길만이 도리라는 생각으로 가장 낮고 낮은 곳에서 이 몸을 하나님 사업에 불사르고자 결심하게 되어 이렇게 한국을 떠나게 되었습니다.

지금은 볼리비아에서도 오지의 가난한 원주민 마을에서 이들에게 모든 걸 헌신하는 생활로 그들과 함께 기도하며 살고 있습니다. 그러나 끈질긴 인간의 속성에서는 아직 벗어나지 못하고 있는 듯합니다.

며칠 전 꿈에 김 선생님이 기도소를 찾아와 문을 열며 '어떻게 된 일입니까?' 하고 방으로 들어오려는 것을 보고 얼른 피하려다 문지방에 걸려 넘어지는 바람에 잠을 깨고 보니 볼리비아가 아니겠습니까. 죄를 짓고 속죄하는 몸으로 살고 있으면서도 안타깝게도 아직 인간의 속성은 버리지 못하고 있는 듯 마음 한구석에 각인된 김 선생에 대한 지난날의 애틋함이 꿈으로 나타난 듯합니다. 그리고 보면 인간에게 주어진 삶에 대한 본능적인 욕구는 참으로 끈질긴 것입니다. 다시는 되돌아보지 않으려고 몸부림치지만 그러나 그것이 불가항력인지 꿈이라는 현상을 통해 잊을 만하면 다시 되새기게 하는 인간의 약점인 삶 그 자체가 죄이고 이것이 인간의 원죄의 값이 아닌가 생각됩니다. 아무쪼록 건강하시고 지난날의 따뜻한 우의에 새삼 감사드리며 더욱 건승하시길 바랍니다.

박준식 올림

상길은 편지를 읽고 난 후 한참 동안 말없이 허공을 응시하며 생각에 잠겼다.

'어떻든 박 목사는 참 고지식한 사람이었다. 종교윤리에도 투철한 성직자였는데 그럼에도 인간의 본성을 극복하지 못하고 한순간 이브의 유혹에 빠져 불륜의 열매를 따먹은 죄의식으로 멀리 남미의 오지 낯선 땅에서 스스로를 포기하고 성 십자가 아래서 속죄의 삶을 살고 있다는 것이다. 그렇게 보면 아무리 종교적 신념이 강하다고 해도 인간의 종족 보존의 습성을 능가할 수는 없다는 것이 인간의 약점이 아닌가 생각된다. 항간에 고아원이 생겨난 유래도 원래 그런 잡스러운 상황에서 생겨난 아이들을 관리하기 위해서 만들어진 것이라는 말을 들은 것도 같다.'

편지의 내용은 우울했다. 상길은 인간이란 과연 어떤 동물인가 하는 생각을 더욱 깊게 하게 되었다. 자신이 받아들인 어떤 종교적 신념에 위배되는 행위를 한 후 그것을 감추려고 한 또 다른 행위가 오히려 더 비참한 결과를 초래하여 그 죄과를 속죄한다는 의미로 자신을 더욱 학대하며 그 죗값을 치르고 있다는 것이었다.

죄란 무엇인가? 어떤 종교적 이념이나 사회적 윤리에 위배되는 행위나 행동을 했다고 해서 그것이 모두 죄가 된다면 사람이 사는 사회는 상황이나 사안에 따라 죄짓지 않고 살 수 없는 것이 이 사회가 가지고 있는 구조적 모순이 아닌가.

진실로 사랑하는 마음으로 남녀가 함께 살려는 것도 인간이 만들어 놓은 종교적 신념이나 사회적 윤리 또는 도덕적 규범 따위에 묶여 그들의 자유로운 행동이나 의식이나 삶의 선택마저 어렵게 하고 죄의식을 갖게 하는 정신적인 억압도 선이 아닌 악의 편이 아닌가. 악은 선의 반대쪽이다. 어두움이 있어 밝음이 더 빛나듯 밝음의 가치는 그 어두움에서 비롯된다. 그러한 까닭에 악은 배척의 대상이 아니라 선과 함께 아울러야 할 대상으로 존재하는 것이고 중요한 것은 악과 선을 스스로가 이성적으로 판단하고 지혜롭게 대처하는 슬기가 있을 때 그 악의 가치는 더욱 의미 있는 것이 될 것이라 생각한다.

박 목사는 종교적 신념과 사회적 윤리라는 틀에 묶여 혜란의 자신에 대한 지극한 사랑을 받아들이지 않으려고 했다. 그 결과 한 젊은 여인의 죽음과 가정의 파탄 그리고 돌이킬 수 없는 죄의식 그리고 속죄라는 굴레에서 벗어나지 못하고 스스로를 학대하고 채찍하며 고난의 길을 택해 살게 된 것이다. 누구나 각자에게는 그 나름의 신념과 철학이 있고 그리고 그런 위에서 자신의 삶을 자신이 선택하는 것은 당연한 일이다. 박 목사의 삶도 종교인이기 전에 한 인간으로서 평범한 사회인으로 사회의 잡다한 굴레에서 벗어나 평범하게 살 자유와 권리도 있는 것이다.

상길은 우울한 기분으로 집으로 돌아왔다. 그러나 박 목사의 편지에 대해 아내에게는 말하지 않았다.

세월은 흘러 또 새로운 가을이 왔다. 전쟁이 휴전된 지도 벌써 몇 년이 지났고 정부도 서울로 환도하여 갔다. 피난지 부산에도 이제는 나름대로 질서가 잡혀 가고 도시 생활도 안정되고 있었다.

상길이 그동안 꾸준히 써온 원고를 다듬어 출판사에 넘긴 것이 책으로 나왔다. 『전쟁의 의미는?』이라는 장편 소설이었다. 상길 자신이 그동안 지하 활동에서 겪은 체험과 전쟁의 참담함, 그리고 어느 쪽이라 할 것 없이 겪은 이 민족의 처참한 수난 등, 과연 이 전쟁이 의미 있는 것이었던가 하는 의구심에서 쓰기 시작한 작품으로 출판된 후 의외로 관심을 갖는 독자들이 많아 초판이 매진되고 재판 작업이 진행 중이었다.

많은 독자들의 독후감이 학교나 집으로도 배달되어 왔다. 다양한 의견들이 있었지만 그중에서도 특히 상길의 관심을 끄는 것 하나가 있었다.

국가가 힘을 잃고 제구실을 못할 때 열강은 그 틈을 타 침탈해 온다. 그런 상황을 극복하지 못한 국가는 안타깝게도 모든 국민을 처참한 노예로 전락하게 만들었다. 더욱이 어처구니없게도 역사적으로나 정신적으로나 문화적으로도 전쟁밖에 모르는 후진국인 이웃 나라의 야욕에 국권을 탈취당하는 수모를 겪었다. 민족의 긍지가 36년이란 세월 동안 참담하게 짓밟힌 끝에 그나마 또 외세에 의해 그들의 억압에서 겨우 벗어나 국권을 회복하려는 절호의 기회마저도 온전히 찾지 못했다. 세계대전 이후의 미·소 이념 투쟁이라는 세력 다툼에 편승, 그들의 힘을 업은 무책임한 사대주의자들의 동족상잔의 살육전은 우리 민족에게 큰 상처를 남긴 슬픈 전쟁이었을 뿐 아무런 의미도 없는 어리석은 짓이었다.

상길 또한 이 논리를 부정하지 않았다. 주권을 잃었던 나라의 재건 과정에서 오는 혼란이었다고 해도 전쟁으로 얻어진 것은 참담한 현실일 뿐 아무것도 없다는 말에도 수긍이 갔다. 그리고 불행히도 이 전쟁이 남긴 또 다른 결과는 불신과 깊은 이념의 갈등, 거기에 유구한 역사를 지켜 온 이 나라의 국토가 양단되어 더 치열한 민족 대결이라는 살벌한 현실만 있게 한 비극적 전쟁일 뿐이었다는 말도 부인할 수 없었다.

이제 상길에게는 작가라는 이름에 걸맞게 여기저기에서 원고 청탁이 들어왔고 그의 생활도 바쁘게 돌아가고 있었다.
간만에 윤영근은 퇴근 시간에 해안다실에서 상길과 함께 자리하게 되었다.
"김 선생, 요새는 몹시 바쁘신 모양이야. 함께 차 한잔 할 시간도 없어 보이고."
"뭐 그렇지도 않아요. 의외로 잡문들의 청탁이 좀 들어오고 그것들을 원고 마감까지 써주자니 자연 그렇게 되는구먼. 아직 익숙하지 못한 글재주라 원고지에 글을 채워 가기가 여간 힘드는 게 아니에요. 어떤 때는 새벽까지 쓰다가 잠깐 한숨 자고 출근하게 될 때도 있어요. 그러니 집사람도 너무 무리하는 게 아니냐고 야단이에요. 그렇다고 나 같은 별 볼 일 없는 초참에게 이렇게 글을 써달라고 청탁하는 것도 고마운 일인데 거절할 수도 없는 일이지요."

"아무튼 좋은 일입니다. 소설에 대한 독자들의 반응도 좋다지요? 뭐 이젠 소설가이고 책도 잘 팔리고 하니 앞으로 더 바빠질 텐데 축하드립니다."

"뭐, 대단치도 않은 일인데 아무튼 감사합니다. 자자, 이렇게 말만 할 게 아니라 다방에 왔으니 뭘 마셔야지요."

"참 그렇군. 무얼 드실까?"

"오늘은 아침부터 차 한 잔도 마시지 못했는데 나는 커피로 하겠습니다."

"그럼 나도 커피로 하지. 아가씨, 여기 커피 두 잔 부탁해요."

카운터를 향해 영근이 손짓을 했다.

둘은 잠시 침묵하다 상길이 문득 생각이 난 듯 먼저 말을 꺼냈다.

"혹시 박 목사가 가출한 후 그 양반에 대한 무슨 소식이라도 들은 적 있습니까?"

"아니요. 나야 뭐 종교인도 아니니 특별히 그 양반에 대한 소식을 알뜰하게 전해줄 사람도 없지요. 사실 나는 지난번 일로 그 양반에게 크게 실망했어요. 어떻게 저 정도의 의식밖에 갖고 있지 않은 사람이 성직자라는 자리에 있을 수 있었는지 세태가 참 한심스럽다는 생각을 했어요. 그러니 그 사람에 대해서는 오히려 불쾌했고 더 이상 관심도 갖지 않고 있었습니다."

"하긴 뭐 관점에 따라서는 성직자로서 부도덕하다고 비난받아 마땅한 처사를 했다고 할 수도 있겠지요. 자신보다 한참 어린 여인이 설혹 유혹을 했다고 해도 지성인으로서 그것을 자제토록 했어야 하는데 함께 놀아났다는 것은 용납할 수 없는 일이었지요. 하지만 그도 사람인데 아무리 수도를 하거나 신앙심이 투철했다고 해도 그 본능적 욕구를 극복하기란 쉽지 않았을 것입니다. 그나마 양심의 가책이라는 것이 있어 그 여인의 미래를 생각해서라는 어설픈 미명으로 또 다른 사람에게 보내고 마는 잘못을 저질러 아시다시피 한 가정의 파탄과 죽음에까지 이르게 하는 비극을 초래하고 말았던 것이 아닙니까. 해서 그는 더 이상 양심의 가책을 이겨 내지 못하고 어디론가 행방을 감추고 말았던 것입니다. 사실 며칠 전에 그 양반에게서 난데없이 한 통의 편지가 왔었어요. 그는 죽기로 결심하고 기도소를 나왔지만 자살한다는 것은 또 하나의 죄를 범하는 것임을 깨달아 그나마 실행에 옮기지 못하고 속죄하는 마음으로 한국을 떠나 지금은 멀리 볼리비아의 오지 원주민 마을에서 몸과 마음을 바쳐 하나님 사업에 헌신하고 있다고 썼더구먼."

"그래요…. 결국 그렇게 되었구먼. 아무리 성직자이고 종교적 신념이 투철하다고 해도 사람인 이상 그 속성을 완전히 극복할 수는 없었겠지요. 다만 항상 그런 약점을 깨달음을 통해 극복하려고 노력했어야 하는데…. 물론 피치 못할 상황이라는 것이 있을 수도 있다는 면에서 이해는 하지만 그러나 이유야 어떻든 그 양반은 자신의 과오를 벗어나기 위한 수를 쓰다가 결국은 그보다 더 큰 불행이 부메랑이 되어 돌아온 것이지요. 이병도 씨와 나는 피난을 내려온 이후 친형제처럼 지내온 사이로 이번 박 목사라는 사람의 행위를 보고 사람의 위선이 어디까지인가 하는 생각을 하게 되었어요. 그러나 그에 비해 냉정을 잃지 않는 그 여인의 남편인 이병도 씨의 이성적 태도는 오히려 더 높이 평가하고 싶어요."

둘의 대화 도중 다방 직원이 커피 두 잔을 탁상에 조용히 내려놓으며 맛있게 드시라는 말과 함께 묵례를 한 다음 카운터로 돌아갔다.

"자, 커피가 왔구먼. 어서 듭시다."

영근이 커피를 권하자 잠시 둘은 말없이 커피를 마셨다.

"아무리 성직자라고 해도 사람의 성품에 따라 다를 수는 있겠지만 박 목사의 경우 그는 올곧은 종교인으로 그동안 자처해 왔던 사람인데 참 안타까운 일이었어. 뭐 사정이야 어떻든 잘못된 처신이었던 것만은 부인할 수 없는 일이고. 나는 이병도 씨와 깊이 사귀어 본 인연은 없었지만 지난 불행하고 어려웠던 일들을 잘 극복하고 다시 재기하기를 진심으로 바라는 마음뿐이었어요. 그 양반이야말로 박 목사를 믿은 죄밖에 없는데 그로 해서 뜻하지 않은 가정의 불행을 겪고 그 충격으로 어머니마저 돌아가셨으니 왜 박 목사에 대한 원한이 없겠소."

상길의 말에 영근은 이병도의 소식이 궁금해졌다.

"그렇지요. 그 사람도 사람인데 왜 그렇지 않겠어. 그런 마음들을 떨쳐 버리기 위해 이곳을 떠나 서울로 올라간 것인데, 그 후로는 아직 아무런 소식도 없어요. 젊은 홀아비가 그것도 불륜으로 맺은 전 남자를 잊지 못해 모질게 자살한 아내가 남기고 간 이제 두 살 된 어린 딸을 데리고 갔으니 어떻게 살고 있는지 몹시 궁금하기도 하고 딱하기도 하고, 사람은 결코 겉으로 보이는 모습만으로 인격을 평가할 수 없다는 사실을 이번 일로도 새삼 깨달았어요. 다행히 이병도 씨는 생활력도 강하고 의지도 강한 사람이니 어떻게든 재기할 것이라 믿고는 있지만."

"그렇군. 이미 지나간 불행한 일들은 털어 버리고 앞으로는 아무쪼록 행복한 삶이 열려야 할 텐데. 참담한 전쟁이 아니었으면 그분들은 다 행복한 평양 시민으로 살고 있을 것이고 우리도 고향에서 잘들 살고 있을 텐데 말이요. 이 시대의 불행한 격난은 우리 모두에게 참담한 삶과 예측할 수 없는 고난의 삶을 있게 했어요. 내 소설을 읽은 독자들이 보내온 글들에서도 대체로 이번 전쟁은 무모한 야욕을 가진 무책임한 자들에 의한 동족상잔(同族相殘)의 죄악이었다고 했더구먼."

영근은 말없이 커피잔을 들고 응시하다 커피를 마저 마셨다.

"아, 그나저나 아이는 잘 자라고 있지요? 그리고 보니 벌써 한 돌이 다 되어 가는구먼."

"뭐 다음 달이지요."

"그럼 돌잔치를 해야겠네. 학교 직원들도 초대하고."

상길은 좀 어두운 표정으로 자신의 찻잔을 내려다보았다.

"글쎄 그렇게는 해야겠는데 원."

상길이 말끝을 흐리자 영근이 물었다.

"왜 무슨 사정이라도 있습니까?"

"뭐 사정이라기보다 나 때문에 우리 집사람과 처갓집과의 관계가 좀 부드럽지가 못해서. 혼인신고도 했고 아이의 출생신고도 했지만 집사람과 처갓집과의 사이가 아직도 부드럽지 못한 상황이어서 마음이 편치 않아요."

"왜 김 선생 때문이라니, 김 선생이 무슨 잘못이라도 했습니까?"

"아니 내가 무슨 잘못을 했겠습니까. 우리 집사람이 처녀의 몸으로 술장사를 하는 것도 친정에서는 용납하지 않았는데 거기에 결혼식도 하기 전에 삼팔따라지이고 유부남인 나와 동거를 하고 있다는데 밀양에서도 양반이라는 집안에서는 더 말할 수 없는 망신스러운 일이라고 아예 내친 사람으로 취급해 왔는데, 그런 친정과 그동안 일절 왕래도 하지 않고 살아오고 있지 않습니까. 거기다 아이까지 낳았으니 더 어렵게 되었지요. 결혼식이야 그동안 해도 그만 안 해도 그만이라는 생각으로 살아왔지만 막상 아이를 낳고 보니 장차 아이들이 우리 부모님은 결혼식도 하지 않고 야합으로 함께 살다 우리를 낳은 것이라는 유쾌하지 못한 느낌을 갖게 한다는 생각을 하니 아이가 더 크기 전에 나름대로 결혼식이라는 것도 하고 처갓집과도 무난하게 지내는 사이가 되기를 바랬지만 자존심이 강한 아내는 친정과는 타협을 하지 않고 교장 선생님을 주례로 모시고 결혼식을 우리끼리 하자는 겁니다. 그러나 나는 나로 인한 처가의 불신을 그대로 둔 채 우리들만의 결혼식은 처가와의 관계를 더 악화시킬 뿐이라고 반대하고 있지요."

"음…. 그러시군. 그렇지만 아무것도 모르는 아이를 위해서는 첫돌 기념잔치는 해주어야 하지 않겠습니까?"

"그렇기는 한데 반겨 주지도 않는 처가를 생각하면 답답하기만 하구먼."

그 후 상길의 간곡한 설득으로 순분의 친정 출입이 이루어졌다. 그에 따라 둘의 처갓집 나들이가 이루어졌다. 상길에 대한 장인 장모의 거부감도 풀렸고, 부산에서 열린 아이의 돌잔치에도 두 분이 나란히 참석하였다. 그 후 결혼식도 하지 않고 살아서는 안 된다는 장인의 강권으로 다음 해에 학교장을 주례로 모시고 송도호텔 별관에서 교직원과 출판사 직원 몇몇 그리고 지인 외에 여러 문인들의 축복 속에 늦게나마 결혼식을 올렸다.

교장의 주례사 요지는 다음과 같았다.

'이 어려운 시국을 맞이한 우리 모두는 여러 가지 뜻하지 않는 희생과 고통을 강요당하고 있습니다. 그러나 이런 어려움을 극복하며 서로가 위로하고 이해하는 슬기와 지혜로 새로운 미래를 창조하는

데 힘을 모아야 할 것입니다. 김상길 신랑은 전도가 유망한 작가로 기대가 되는 분이고 신부는 따뜻한 사랑으로 새로운 가정의 행복을 있게 한 분입니다. 아무쪼록 서로는 믿고 사랑하며 다복한 삶으로 사회의 모범이 되어 주시기를 바랍니다.'

기진의 금의환향

상길과 순분의 가정은 순풍에 돛 단 듯 행복한 나날로 보였다. 그러나 상길은 삶이 행복할수록 늘 입양되어 간 기진의 생각을 떨쳐 버릴 수가 없었다. 여름방학이나 겨울방학이면 아내 모르게 가끔 기진이가 마지막 머물던 불광동의 고아원을 찾아갔다. 쓸데없는 일이라는 것을 알면서도 아들의 흔적이나마 느껴 보고 싶은 마음으로 찾아갔지만 하릴없이 쓸쓸한 마음으로 돌아올 뿐이었다.

이런 사실을 영근은 알고 있었다.

"혹시 입양된 아이에게서 무슨 소식이라도 있습니까?"

"있을 리 없지요. 내가 이렇게 부산에서 살고 있다는 것도 모를 텐데."

"혹시 고아원과는 어떤 연락이라도 있을지 모르는 일이니 고아원 쪽에 김 선생의 연락처를 알려 두는 것이 좋을 것 같은데."

"그렇지 않아도 그렇게 해 두었지만 아직은 아무런 연락이 없다고 고아원 쪽에서 말하더구먼. 살아 있다면 지금쯤은 대학생 정도는 되었을 텐데."

그로부터 몇 년이 더 지났다.

그사이 윤영근은 학교를 사직하고 딸이 서울 모 미술대학에 진학함에 따라 서울로 이사를 하고 말았다. 피난지에서 만난 고향의 동지로서 그동안 유난히 정이 들었던 상길은 그가 떠난 다음의 허전함이 마음에 오래 남았다. 그러나 어찌하는가. 만나면 헤어지는 것이 순리인데. 그러다가 모 대학의 외국어 교수에게서 문의 전화가 왔다. 내용인즉 소설 『전쟁의 의미는?』을 자신이 외국어로 번역해, 출판을 하고 싶은데 가능하면 한번 만나서 작품에 대한 의논을 했으면 한다는 것이었다. 상길로서는 반대할 이유가 없을 뿐더러 오히려 반가운 제안이었다.

"보잘것없는 작품을 외국어로 번역 출판을 하시겠다니 그럴 만한 가치가 있는지 감사할 따름입니다. 약속 시간을 알려 주시면 제가 찾아뵙도록 하겠습니다."

그렇게 해서 번역 출판된 책이 해외로도 알려지게 되었고 그 책이 기진의 손에도 들어가게 되었던 것이다. 책의 내용에는 상길의 경험담과 처참한 전쟁 중에 가족과 헤어지게 되어 아내와 딸은 적의 포격에 희생되었고 아들은 전쟁고아가 되어 자신도 모르는 사이 외국으로 입양된 가슴 아픈 사연도 기술되어 있었다.

이 책이 출판되고 수개월 지난 후 어느 날 학교로 외국 우편물 한 통이 배달되어 왔다. 또 박 목사에게서 온 편지가 아닌가 하고 겉봉을 살피다 그것이 아닌 영국에서 온 것임을 알았다. 순간 상길은 혹시 기진이가 보낸 건 아닐까 하는 생각에 가슴이 먼저 뛰었다. 급히 봉투를 살피다 그것이 기진의 것임을 확인한 순간 떨리는 손으로 급히 겉봉을 뜯어 보았다. 거기에는 최근에 찍은 기진의 사진 한 장과 영어로 쓴 편지가 들어 있었다. 말할 수 없이 반가운 가슴을 진정하며 짧은 영어 실력으로 편지를 읽어 내려가는 그의 눈에는 이미 기쁨의 눈물이 주르르 흘러내리고 있었다.

그동안 뵙고 싶었던 아버지.
아버지께서 쓰신 책을 읽고 그 기쁨 말로 표현할 수 없이 반가웠습니다. 저는 지금 영국에 입양되어 양부모님의 따뜻한 보살핌을 받으며 학교에 다니고 있습니다. 양부모님의 권유와 소질이 있다는 학교 선생님의 주선으로 음악학교에 입학하게 되어 지금은 바이올린을 전공하고 있습니다. 특히 지도교수님의 추천으로 음악경연대회에 나가 좋은 성적으로 입상도 했습니다만. 아직은 부족하다는 생각으로 더욱 열심히 수련을 계속하고 있습니다. 하지만 저의 기억 속에는 전란으로 피폐한 생활과 아버지가 있는 곳을 대라는 내무서원들의 무서운 협박과 감시를 피해 어머니와 여동생과 함께 이리저리 숨어 다니던 일들이 아직도 잊히지 않고 생생히 기억되고 있습니다.
어느 날 어머니와 우리 남매는 피난민들과 함께 어떤 외딴 마을에 숨어들게 되었는데 갑자기 그곳 마을로 날아온 무서운 포탄의 집중 공격으로 어머니와 여동생은 그 자리에서 어디론가 흔적도 없이 사라지고 말았습니다. 저는 혼자 살아남아 국군의 야전병원에서 치료를 받고 고아원으로 후송된 얼마 후 이렇게 입양을 오게 된 것입니다. 아버지, 우리는 왜 이렇게 처참한 일들을 당하며 가족과 헤어져 슬프게 살아야 합니까? 그동안 외로운 나날들을 아버지와 어머니 그리고 여동생이 몹시도 그리워 많은 날을 울기도 했었습니다. 그리고 이곳 생활이 윤택할수록 더욱 가족이 그립기도 했고요. 아버지께서 쓰신 글에서도 말씀하셨지만 이곳 독자들도 한국의 남북전쟁은 무의미한 전쟁으로 민족의 불행만 있게 한 어리석은 전쟁이었다고들 생각하고 있습니다. 아무튼 머지않아 아버지를 찾아뵙도록 하겠습니다. 양부모님들도 그렇게 하도록 권유하고 계십니다. 아무쪼록 건강하시고 만나 뵐 때까지 안녕히 계십시오.

김기진 올림

상길은 편지를 다 읽고 나서 말없이 눈물만 흘리고 있었다. 이 어린것이 그 낯선 타국에서 얼마나 외로웠을까 하는 생각을 하자 눈물이 쉴 새 없이 흘러내렸다. 그러나 살아 있어 주었고 잘 있다고 하니 뭣보다 기쁘고 고맙고 영국의 양부모님에 대한 감사함이 더욱 깊이 느껴졌다. 애비를 보기 위해 머지않아 한번 오겠다고 하니 벌써 그날이 기다려졌다. 상길이 아내 순분에게 영국의 기진에게서 편지가 왔다고 알리자 그도 반가워하였다.

"어떻게 이곳 주소를 용케 알고 편지를 보냈을까예?"

"응. 내 책을 봤다고 했더구먼. 몇 년 전에 외국어 교수가 내 소설을 영어로 번역 출판한 적이 있는데 그 책이 그곳에서도 팔리고 있어 기진의 손에 들어갔던 모양이야."

"이제 많이 컸겠지예?"

"그럼, 양부모님을 잘 만나 음악에 소질이 있다고 해서 지금은 음악대학에서 바이올린을 공부하고 있다고 하더구먼. 머지않아 한번 오겠다고도 했어요."

"우리 큰아들이 지금 영국의 음악대학에서 바이올린을 공부하고 있다 이거지예. 이렇게 기쁠 수가. 영국의 양부모님께 감사해야겠어예. 어떻게 생겼을까예?"

"내가 궁금해할까 봐 이렇게 사진도 보내 왔어요."

상길이 봉투에서 사진을 꺼내자 순분은 그것을 빼앗듯 가져가 얼른 살펴보았다.

"아이고 이렇게 큰 아들이…. 당신을 닮아서 그런지 남자답게 잘생겼고 듬직하게 보이네예. 기선이도 이렇게 믿음직한 형이 있어 기쁘겠어예."

"당신은 기쁘지 않아?"

순분은 상길을 좀 굳은 표정으로 바라보았다.

"당신은 그게 무슨 말이에요? 왜 기쁘지 않겠어예. 당신 아들이 제 아들이고 제 아들이 당신 아들인데. 우리 큰아들이 영국에서 유학을 하고 있는데 왜 기쁘지 않겠어예."

상길은 말실수를 했다는 생각으로 잠시 당황하다 얼른 밝은 표정으로 말했다.

"그럼, 우리 아들인데 왜 기쁘지 않겠어. 그리고 한번 오겠다고도 했으니 기다려지기도 하고 기선이도 잘 커서 고등학교를 졸업하면 기진에게 보내 영국 유학을 하도록 해야겠어."

"그렇게 할라카먼 돈도 부지런히 벌어야겠네예."

"그럼, 돈도 있어야겠지만 공부도 잘하고 건강도 해야겠지."

상길은 아내의 마음이 고마웠다. 혹시 전처의 아들이라는 것에 묘한 감정이라도 갖고 있지나 않을까 하는 자신의 불순한 생각이 잘못되었음을 깨달은 순간 아내에게 새삼 부끄럽고 더욱 고마움을 느끼게 되었다.

상길은 이날 아들의 소식을 듣게 된 기쁨에 더해 아내의 기진에 대한 모성애에 감사하며 간만에 순분과 뜨거운 밤을 보냈다.

기진이 연주회를 위해 귀국한 것은 상길이 그의 편지를 받은 후 일 년여 만이었다. 기진의 영국 쪽 활동을 눈여겨보던 국내의 음악 매니지먼트사에서 국내 연주회를 기획하여 초청했기 때문에 이루어진 것이었다.
　상길은 즉시 서울의 윤영근에게 알려 주었다.

　영근은 서울 상경 후 영등포 쪽의 사립 고등학교에 취직이 되어 근무하고 있었고 둘은 그동안 자주는 아니지만 전화 통화로 서로의 소식을 전하고 있었다.
　영근의 딸 난희는 재질이 있는 미술학도로 이제 대학 3학년이었다. 그는 아버지에게서 영국으로 입양되었던 김상길 선생님의 아들이 국내 음악회의 연주를 위해 초청되어 일시 귀국한다는 말을 듣고 깊은 관심을 나타냈다.
　"아버지, 김상길 선생님의 아드님이 음악회를 위해 언제쯤 귀국한다는 거예요?"
　"음…. 날짜야 나도 아직 잘 모르지. 정확히 결정되면 알려 준다고 했으니까 연락이 오겠지 뭐. 그것이 궁금하니?"
　"아니 궁금하다기보다…. 아버지도 참, 기왕이면 알아 두었다가 공항으로 마중이라도 나가 주는 것이 좋지 않겠어요."
　"오…. 그거 참 좋은 생각이다. 그럼 내일이라도 김 선생께 전화를 해 봐야겠어. 기진이 한국으로 들어올 날짜와 시간을 알려 달라고. 난희 네가 공항으로 마중을 나가고 싶다고도 해야겠구나."
　"아니, 아버지는 굳이 제가 마중을 나가고 싶어서라고 하실 필요는 없잖아요. 자존심 상하게."
　"아하 그런가. 참 알았어. 날짜와 시간만 알아 두지."
　영근은 딸이 기진에게 관심을 가지고 있음을 느낄 수 있었다.

기진은 하늘에서 본 서울이 자신이 입양되어 떠날 때 폐허가 되어 있던 것과는 너무나 다른 발전된 모습으로 변해 있어 놀라지 않을 수 없었다. 그들이 김포공항 승객 터미널 출입구에 양부모와 함께 나타나자 상길 내외는 급히 그들에게로 달려갔다.

"기진아, 애비다."

상길이 가슴으로 깊이 기진을 포옹하자 그는 어리둥절한지 잠시 주춤하며 아버지를 살피다가 자신도 모르게 뜨겁게 포옹하며 울음을 터트렸다. 둘의 감격적인 만남을 지켜보던 난희도 이심전심에서일까 손수건으로 눈물을 찍어 내고 있었다.

상길은 격정의 감정을 억제하고 기진에게 옆에 서 있는 아내 순분을 소개했다.

"나하고 함께 있는 너의 새어머니 되시는 분이다."

기진은 잠시 머뭇하다 아무 말도 하지 않고 고개를 숙여 인사만 했다. 그리고 양부모를 상길에게 소개했다. 상길은 그들에게 아들을 잘 키워 주어서 고맙다고 감사의 인사를 했다. 이어 그는 아들에게 윤영근을 개성 고향에서 자신과 함께 반공지하운동하던 깊은 동지라고 소개한 후 영근의 딸 난희에 대해서도 미술 공부하는 대학생이라고 소개했다.

난희는 기진이 어렵게 전쟁고아로 살다가 외롭게 영국으로 입양된 불쌍한 아이였다는 선입관을 가지고 나왔다. 그러나 막상 만나 본 그의 첫인상은 그가 고아였다든가 입양된 아이였다고는 생각할 수 없을 만큼 너무도 준수했다. 게다가 무언지 모를 이국적인 풍모까지 느껴졌다. 영국에서 자라 공부하고 바이올리니스트로 연주 활동을 하는 예술가여서 그런지 그에게서 풍기는 인상은 자신이 생각했던 것과는 너무도 다른 세련된 청년 신사임에 놀랐다. 오히려 자신이 초라하게 느껴질 정도였다. 난희는 그날 이후 기진이 한국에 머무는 동안 그의 모든 일정을 도와 함께 하고 싶었다.

공항에서 집으로 돌아오며 난희는 아버지에게 넌지시 물었다.
"아버지, 기진 씨는 한국 생활에 익숙하지 않을 거예요. 해서 그분의 일정에 맞게 제가 도와주면 좋지 않을까 하는 생각이 드네요."
"음…. 그것도 좋은 생각이지. 하지만 기진 군은 초청자인 음악 매니지먼트사의 계획에 따라 움직여야 할 텐데 굳이 네가 도와줄 일이 있으려고. 그리고 서울 연주회가 끝나면 곧 부산, 대구에서도 연주할 계획이 있는 모양이던데."
"그래도 한국에서는 아는 사람도 별로 없을 테고 또 음악 매니지먼트사 사람들과 만난다고 해도 사업적인 일로만 만나는 것이 아니겠어요. 그래서 제가 곁에서 일반 일정을 함께 해주는 것이 좋지 않을까 하는 생각에서요."
"글쎄다. 네 마음은 알겠다만 아버지인 김상길 선생이 어련히 알아서 잘하시겠니. 더구나 양부모님도 계시는 어려운 자린데."
난희는 실망한 듯 잠시 말이 없었다.
"음악회 날은 어머니도 함께 가실 거지요?"
"그럼 함께 가야지. 너도 같이 가자꾸나. 남 같지 않은 친구의 아들인 기진 군의 금의환향 음악회인데 당연히 가야지."
이미 신문지상에는 전쟁고아로 영국으로 입양되었던 김기진 씨가 그동안 그곳에서 바이올리니스트로 성장 활동하다 이번에 한국 연주회를 위해 귀국하게 되었다는 기사가 크게 실려 있었다.

기진이 한국에 귀국하던 날, 출영객 중 한옆에서 유난히 반갑게 지켜보던 여인이 있었다. 이는 다름 아닌 기진이 영국으로 입양을 떠날 때 군용 짚차를 몰고 고아원으로 찾아와 석별의 아쉬움을 나누어 주며 '영국으로 가더라도 조국은 꼭 잊지 말아요.' 하고 따뜻이 포옹해 주며 눈물을 닦아 주던 여군 장교였다. 그녀의 눈에도 이슬이 맺혀 있었다. 그런 그녀를 기진은 누구보다 뚜렷이 기억하고 있었다. 그녀를 발견한 기진은 급히 그에게로 다가갔다.

"아니, 군의관님이."

기진은 거침없이 그녀를 포옹하며 감격에 벅찬 듯 말문을 열지 못하고 잠시 어깨를 들썩이다 눈을 감고 마음을 진정시켰다.

"그동안 안녕하셨습니까? 정말 뵙고 싶었습니다."

이미 중년을 넘어선 그녀의 눈에도 반가움의 이슬이 맺혀 있었다.

"정말 반가워요. 그렇게 슬프게 떠난 기진 군이 이렇게 훌륭한 예술가가 되어 돌아올 줄은 상상도 못했는데 이렇게 와 주었으니 이 이상 기쁠 수가 없네요. 정말 반가워요."

그녀가 다시 포옹하자 기진도 따뜻이 포옹했다.

"군의관님. 잠깐만요."

기진은 둘의 모습을 옆에서 지켜보던 상길에게 군의관을 소개했다.

"아버지, 예전에 포격을 당해 피투성이가 된 저를 발견하고 급히 야전병원으로 옮겨 치료하고 보살펴 주셨던 군의관님이십니다. 그리고 상처들이 거의 치유될 무렵 저를 직접 후방의 고아원으로 보내주시고 군의관님은 또 급박한 전선으로 다시 돌아가셨다가 제가 영국으로 입양된다는 것을 아시고 다시 찾아와 석별을 함께 해주신 분이십니다."

상길은 그에게 깊이 머리 숙여 인사했다.

"감사합니다. 그 무서운 포격의 현장에서 어린 자식 놈을 구해 주시고 피투성이가 된 심신의 상처를 치유해 주신 귀한 은혜 뭐라 감사의 말씀 드려야 할지 그저 막막할 따름입니다. 감사합니다."

상길은 다시 깊이 머리 숙여 예를 표했다.

"아닙니다. 저는 군의관의 의무를 다했을 뿐이고 또 기진 군의 참상과 그의 사연을 알았기 때문에 남달리 그 안타까운 슬픔을 가슴으로 함께했던 것입니다. 이제는 훌륭한 성인이 되어 예술가로 음악인으로 금의환향을 했으니 더 이상 기쁠 수 없습니다. 거기에 아버님과의 만남도 이루어졌으니 더욱 기쁜 일이고요. 이제는 쓰라린 과거는 잊고 훌륭한 예술가로서의 활동만 있기를 바라며 그 기쁨을 저도 항상 함께하고 있겠습니다. 오늘은 바쁜 일정도 있을 테고 이제 만나기도 했으니 저는 이만 돌아가 보겠습니다. 음악회 날은 꼭 가도록 하겠습니다."

그녀는 기진에게 인사를 남기고 돌아갔다.

"기진 군, 좋은 음악을 들려주어요. 기대할게요. 그럼 이만."

서울의 한 음악 연주홀에서 기진의 귀국 연주회가 열렸다. 이날 연주곡은 차이코프스키의 바이올린 협주곡 D장조 작품 35를 비롯한 여러 곡으로 되어 있었다.

음악회는 입추의 여지가 없는 청중으로 대성황을 이루었다. 난희는 음악회가 끝난 다음 청중을 헤치고 무대 뒤 연주자 대기실로 찾아갔다. 벌써 그리로 모여든 많은 팬들의 사인 공세로 기진은 땀에 젖은 연주복도 갈아입지 못한 채 사인을 해주느라 바쁜 모습이었다. 음악회 관계자의 '연주자를 위해 사인 요청을 자제해 달라'는 부탁으로 상황이 겨우 진정되었다. 기진은 연주자 대기실로 들어가다 잠시 뒤돌아보며 주위를 살펴보았다.

'간호장교님이 오셨으면 이리로 오실 텐데.' 하고 찾아보았지만 그녀는 보이지 않았다. 그 사이 의외로 난희가 찾아들었다.

"수고하셨어요. 오늘 음악회는 정말 아주 훌륭한 음악회였어요. 축하드립니다."

기진은 잠시 난희를 보다 그가 공항에서 소개받았던 아버지 친구 분의 딸임을 알아차렸다. 기진은 아직 무대 분위기에서 채 벗어나지 못한 듯 상기된 얼굴에 어색한 한국말투로 난희에게 인사를 건넸다.

"아이고 이렇게 와주셨군요. 연주가 제대로 되었는지 모르겠어요. 최선을 다하기는 했는데."

"아니어요. 아주 훌륭했어요. 저는 음악에 대한 지식은 별로 없지만 듣고 느끼는 마음은 충분히 있어요. 특히 차이코프스키의 협주곡은 정말 감동 깊게 들었어요."

기진과 난희가 몇 마디 주고받는 사이 상길 부부와 영근 부부가 뒤늦게 찾아들었다.

상길은 기진을 보자 얼른 두 팔로 포옹하며, 사랑스러운 듯 잠시 등을 다독였다.

"고맙다. 정말 훌륭했어."

옆에서 지켜보던 영근도 축하 인사를 건넸다.

"참 훌륭한 연주였어. 감동적이었고."

영근은 한 발 뒤에서 이들을 지켜보던 아내를 불러 기진에게 소개했다.

"우리 집사람이네."

"잊지 못할 음악회였어요. 참 훌륭했고요."

축하 인사를 하는 지희에게 기진은 머리 숙여 정중히 인사했다.

"감사합니다."

"자자, 이럴 게 아니라 연주자도 이제 좀 쉬어야지. 기진 군은 부산 연주회도 있는데 무리해서는 안 돼요. 오늘은 일단 돌아가고 지방 연주회가 끝난 다음 기진 군이 영국으로 돌아가기 전에 우리가 집으로 한번 초대하지. 친구의 아들이 어려운 처지로 해외로 입양되었다가 이렇게 훌륭하게 금의환향했는데 가만히 있을 수는 없는 일이지."

영근은 기진을 생각해선지 서둘러 자리를 정리했다.

기진은 그동안 한국 여성들과 개인적으로 만날 기회는 거의 없었다. 하지만 김포공항에서 난희를 처음 소개받았을 때 첫눈에 어쩌면 저렇게 단아하고 아름다운 아가씨가 있을까 하고 놀랐다. 아버지의 절친한 친구의 딸이고 미술 공부를 하는 대학생이라는 말에 더욱 그러했다. 그러나 그날은 바쁜 일정으로 그냥 헤어지고 말았지만 그 아가씨의 모습이 후에도 뇌리에서 쉽게 떠나지 않았다. 그런데 그때의 그 아가씨가 이렇게 갑자기 찾아온 것이 놀랍고도 반가웠지만 서툰 한국말로 대화하기가 어려웠고 생각대로 마음을 전할 수가 없는 것이 안타까웠다. 그러나 의외로 난희의 영어 회화 능력이 대화하는 데는 별 어려움이 없음을 알게 되어 기뻤다. 난희의 미적이고 세련된 몸가짐은 첫날 공항에서 보았을 때와는 또 다른 지성미가 있었고 기진의 마음에 깊이 자리하게 되었다.

"바쁘실 텐데 이렇게 와주셔서 감사합니다."

"아무리 바쁜 일이 있어도 김 선생님의 귀국 음악회인데 빠질 수 없는 거지요. 참 훌륭한 연주였고 좋은 음악을 들려주셔서 감사합니다. 부산은 언제 내려가시는 거지요?"

"네, 내일모레가 연주회 날이니까 내일 오전 비행기로 부산으로 내려가 연주회 준비를 해야 합니다."

"일정이 바쁘시군요. 아니면 내일쯤 서울 관광을 함께 했으면 했는데."

기진은 잠시 생각하다 대답했다.

"그랬으면 좋겠는데 아쉽지만 일단은 연주회가 끝난 다음 곧 올라와서 그때 뵙도록 하겠습니다."

"그러면 영국으로는 언제쯤 돌아가실 예정이신가요?"

"네, 미국 연주회가 계획이 되어 있지만 연주회 날까지는 아직 며칠 여유가 있습니다."

"그렇군요. 그럼 지방 연주회도 잘 끝내시고 올라오신 후에 뵙도록 하겠습니다."

집으로 돌아온 난희는 피곤한 듯 자신의 방으로 들어갔다.

"엄마 아빠, 안녕히 주무세요. 저는 먼저 들어가 잘래요."

영근은 샤워를 마치고 지희가 끓여 온 커피를 거실 소파에 앉아 마시며 잠시 혼자 생각에 잠겼다. 자신은 딸 하나밖에 없는 처진데 친구는 어떻든 아들 하나는 잘 두었다는 생각이 들자 부러움이 느껴졌다. 그는 난데없이 커피를 마시고 있는 아내에게 물었다.

"여보, 당신 보기엔 기진이가 어떻습디까?"

"뭐. 김 선생님과 꼭 닮았던데요. 그리고 외국 가정에서 자란 탓인지 이국적이고 예술가여서 그런지 세련되어 보이는 청년이기도 했고요. 이런 말을 해서 어떨는지 모르겠지만 만일 전쟁고아로 입양되지 않고 국내에서 자랐어도 저렇게 성장할 수 있었을까 하는 생각도 들었어요."

"그거야 모를 일이지. 더 훌륭하게 자랄 수도 있었을지. 아무튼 그렇게 그리워했던 자식이 훌륭하게 성장하여 돌아왔으니 김 선생은 흐뭇했을 거야."

"당신은 몹시 부러워하시는 것 같네요."

"뭐, 부러워한들 무슨 소용이겠어, 남의 자식인데. 그러나 사선을 함께 넘어온 친구의 아들이니 나에게도 기쁜 일이지. 그리고 잘되기를 바라고…."

잠시 침묵이 흐른 후 영근이 먼저 말을 꺼냈다.

"난희가 기진이에게 호감을 느끼고 있는 듯하더구먼."

"아니 어떻게요? 그렇게 잠깐 만난 걸."

"음악회장에서도 잠시지만 둘만의 대화도 있었던 같고…. 공항에 마중 나갔다 집으로 돌아오면서 나에게 말하더라고. 기진이 국내에 머무는 동안 익숙하지 못한 한국 생활을 자신이 도와주고 싶다고 하더구먼. 그래서 양부모도 계신 자리인데, 어려울 거라는 말은 했지만…."

"그래요! 뭐 처음 만난 인상이 그만하면 나쁘지는 않았을 거예요. 또 아버지 친구의 아들이니 호감도 가졌겠고요."

"어떻든 둘이 호감을 가지고 지내는 거야 나쁘지 않지."

서로는 잠시 말이 없었다. 그러나 영근은 한 발 앞서가는 생각을 하고 있었다.

'내 딸이어서가 아니라 난희도 그만하면 누구에게도 뒤지지 않는 미모를 가진 아이다. 화가로서의 재질도 인정받고 그 나이에 국내 미술전에 몇 번의 입상 경험도 있다. 그리고 곧 대학 4학년으로 학교를 졸업하면 결혼 정년기도 된다.'

생각이 여기에 미치자 사실 기진이만 한 놈을 찾기도 쉽지 않을 텐데 하는 욕심으로 이어졌다. 그러나 아내의 말처럼 그 정도의 청년이면 이미 영국 쪽에서도 눈독을 들이는 여인이 있을 수 있겠다는 생각이 들자 잠시 주춤거리게 되었다. 그는 커피를 마저 마시고 잔을 내려놓으며 아내를 보며 시치미를 떼고 말했다.

"당신은 만일 난희의 신랑감으로 기진이 같은 청년이 있다면 어떻게 생각하겠어?"

지희가 눈을 크게 뜨고 상길을 바라보았다.

"아니 당신은 벌써 그런 생각을 하고 계셨어요?"

"글쎄, 뭐 마음 씀씀이까지야 아직 잘 모르겠지만. 그 놈을 김포공항에서 처음 보았을 때 겉으로 보기엔 그런 생각이 문득 들더구먼."

지희는 남편의 말을 듣고 잠시 생각에 잠겼다.

"글쎄요. 좀 성급한 것 같네요. 우리가 호감을 가졌다고 해도 상대가 있고 또 그쪽은 여러 가지 걸리는 일도 있잖아요."

"뭐가 걸리는 일이 있다는 거요?"

"생각해 보세요. 김 선생님 집안의 문제만 보아도 그렇잖아요."

"아니, 김 선생 집안이 어떻다는 거야?"

"김 선생님 부인과 딸이 전란으로 안타깝게 돌아가신 거야 어쩔 수 없는 일이었다고 해도 새로 들어온 계모 문제도 그렇고."

"계모가 뭘 어떻다는 건데?"

"사실 김 선생님과는 잘 어울리지 않잖아요. 생활력이 강한 건 그렇다고 해도 김 선생님이 혼자 된 몸으로 외롭게 다니던 술집 여인과의 만남이었고 거기다 대폿집을 하고 있다는 것도 그렇잖아요. 또 전처의 아들이기는 해도 영국에서 바이올린을 전공한 예술가의 어머니가 대폿집을 하고 있다면 김 선생님의 체면도 그렇고 소설의 독자나 양부모님들이 안다면 어떻게 생각하시겠어요."

"뭐, 그래 대폿집을 한다는 것이 무슨 흉이라도 된다는 말이오? 독일이나 유럽 쪽에서는 맥주나 위스키를 파는 술가게들을 남자가 한

251

다 여자가 한다는 걸 가지고 이상한 눈으로 본다는 말은 들어 보지 못했소. 여자가 하든 남자가 하든 단지 사업일 뿐이고 우리 민속주인 막걸리를 여자가 판다고 해서 그것이 무슨 이상한 일이겠소. 우리의 그런 선입견이 나쁜 거예요. 그 부인은 대폿집을 해도 아주 건전하게 잘해 왔어요. 그런데 그것이 무슨 문제가 된단 말이오. 성실하게 잘해서 행복하게 살고 있다면 문제 될 것은 아무것도 없어요."

"그뿐만이 아니에요. 계모가 보는 전처의 아들과 그의 며느리라는 어색한 관계도 그렇고요. 그리고 양부모님이 계십니다. 그리고 그만한 음악 활동을 해왔다면 그쪽에서도 이미 어떤 연인 관계가 있지 않았을까요? 너무 앞질러 나가지 마셔야 해요. 설혹 당신이 김 선생님과 각별한 사이라고는 해도 잘은 모르겠지만 법적으로는 김 선생님보다 양부모님들이 더 우위에 있지 않을까 하는 생각이 드네요. 그러니 여러 가지 걸리는 일이 있다는 거지요."

영근은 아내의 말을 듣고 잠시 아무 말 하지 않고 고개만 끄덕였다.

"뭐 그렇다고 당장 혼인이라도 시키자는 건 아니고 잠깐 그런 생각을 해봤던 거예요. 당신의 말처럼 앞서갈 필요는 없겠지."

지방 연주회를 마친 기진은 해운대 호텔에서 3일 동안 묵으며 아버지의 안내로 양부모와 함께 부산 관광을 했다. 학교 관계로 양부모는 먼저 영국으로 돌아가게 되었다.

상길은 연주회 일정을 마친 기진을 통해 그동안 그렇게 애타고 가슴 아프게 했던 전 아내의 마지막을 듣고 싶었다. 그때는 나이가 어렸으니 잘 기억을 못할 수도 있겠다는 생각을 했지만 그래도 기억하고 있을지 모른다는 생각에 그에게 물어보고 싶기도 했다. 해서 퇴근 후 기진이 묵고 있는 호텔로 찾아갔다. 마침 그도 그동안의 일정에 피곤했던 모양인지 쉬고 있었다. 상길은 방문을 노크했다.

"아이고 아버지 오셨어요."

기진은 문을 열며 상길을 반갑게 맞이해 주었다.

"어서 들어오세요. 그렇지 않아도 오늘은 좀 쉬고 내일 아버지를 찾아뵐 생각이었는데."

"그래…. 귀국 후 음악회를 겹쳐 하느라 피곤했을 텐데 이렇게 찾아온 것이 번거롭지나 않은지 모르겠다."

상길은 기진이 권하는 대로 소파에 앉았다.

"아니에요. 그렇지 않아도 아버지를 따로 뵙고 싶었어요. 어때요. 음료나 맥주라도 준비할까요?"

잠시 생각하던 상길은

"그럴 것이 아니라 조금 있으면 저녁때인데 호텔 라운지에 올라가 바다의 전망도 바라보며 이야기나 좀 하다 저녁이나 먹도록 하자."

"그러시겠어요. 그럼 라운지로 올라가시지요."

넓은 라운지에는 손님들이 여기저기 앉아 있었다. 이미 저녁을 먹는 손님도 있고 맥주나 음료를 마시며 담소하는 사람들이 여럿 있었지만 아직은 분주한 분위기는 아니었다. 둘은 석양의 바다가 시원하게 펼쳐진 수평선이 바라다보이는 한옆에 자리를 잡고 앉았다.

"이 호텔은 정말 전망이 좋군요. 영국에서도 여러 곳의 연주 여행을 다녔지만 이렇게 전망이 좋은 곳은 그렇게 많지 않았어요."

"음, 그래. 그래서 해운대는 관광지로도 유명한 곳이지."

잠시 둘은 바다를 관망했다.

"아버지, 시장하시면 저녁을 먼저 주문할까요?"

"아니다. 우선 맥주로 먼저 하자꾸나."

"그렇게 하시겠어요? 그럼."

기진이 웨이터를 향해 손짓을 하자 하얀 블라우스 상의에 까만 바지 정장 차림의 젊은 여직원이 다가와 공손이 묵례를 했다.

"무얼 주문하시겠습니까?"

"우선 맥주 두 병과 안주는 적당하게 준비해 주세요."

"네, 알겠습니다. 그렇게 준비해 올리겠습니다."

한참 후 안주로 감자튀김과 새우튀김 외에 몇 가지가 맥주와 함께 나왔다.

"아버지, 한 잔 받으시지요."

"음, 그래 너도 해야지."

"네, 아버지."

기진을 잠시 바라보던 상길은 그의 모습에서 새삼 전 아내의 모습이 뚜렷이 살아나 있음을 느낄 수 있었다. 상길은 한 잔 마시고 잔을 내려놓자 갑자기 아내의 옛 모습이 더욱 선명하게 느껴져 울컥하는 감정에 서슴없이 탁상 위에 올려놓은 기진의 손을 덥석 잡았다.

"기진아, 너의 엄마가 정말 그립구나. 그동안 나는 한시도 너의 엄마를 잊을 수가 없었다. 그러던 어느 날 발신인 주소도 없는 편지를 받았는데 알지도 못하는 사람에게서 온 편지에 너의 엄마와 너의 여동생은 피난길에 중공군의 포격으로 희생되고 너는 가벼운 부상으로 후송되었다고 쓰여 있더구나. 애비는 놀라 절망에 빠지기도 했지만 어쨌든 그 편지의 내용대로 네가 죽지 않았다면 치료를 받은 후 고아원이나 전쟁 아동보호소 같은 데에 수용되어 있을 것이란 생각이 들었다. 그래서 다음 날부터 너를 찾기 위해 서울과 경기도 일원에 있는 아동보호소와 전쟁고아원을 샅샅이 찾아 헤맸지만 도저히 너를 찾을 수가 없더구나. 절망한 상태로 이리저리 헤매며 안타까워하는 나를 본 어떤 사람에게서 불광동 쪽에도 조그마한 고아원이 하나 있다는 말을 듣게 되었지. 혹시나 하고 급히 찾아간 그곳에는 그동안 수용되었던 고아들 이름이 정리된 서류철이 있었는데 그것을 고아원 직원과 함께 이리저리 살피다 천만뜻밖에 너의 신상이 적힌 기록을 찾아냈던 거야. 그러나 안타깝게도 너는 이미 영국으로 입양된 후더구나. 하긴 휴전이 되고도 몇 년이 지난 후에 받은 편지였으니 이미 때가 늦었던 거지. 거의 한 달 이상을 찾아 헤매다 지칠 대로 지친 상태에서 네가 입양되었다는 말을 듣는 순간 나는 절망과 슬픔을 이기지 못하는 안타까움으로 그만 그 자리에 주저앉고 말았어. 직원들의 위로와 부축으로 겨우 일어나 정신을 차리고 밖으로 나왔지만 다시 길가에 쓰러지고 말았지. 어린것이 한없이 먼 낯선 타국으로 알지도 못하는 가정으로 입양되어 갔다는 사실에 무어라 말할 수 없는 안타까움과 슬픔이 밀려와 견딜 수가 없더구나. 그 편지를 받기 전까지는 엄마와 너희 남매가 월남하지 못하고 북에 살고 있을 것이라 생각하고 언젠가 통일이 되면 다시 만날 수 있을 것이란 희망을 안고 살아왔다. 그런데 그나마 저주스러운 전쟁은 우리 가정을 송두리째 파괴하고 나를 슬픔과 절망에 빠뜨렸다. 폐인처럼 헤매던 나에게 정성 어린 위로와 용기를 주며 오늘을 있게 한 사람이 지금의 너의 계모였다. 익명의 편지를 받고 그 내용에 큰 충격을 받았지만 사실은 반신반의했었다. 그러나 이런 편지를 그 사람이 나에게 의미 없이 보내지는 않았을 것이란 생각에 한 가닥 희망을 가지고 찾아 헤매다 네가 영국으로 입양되어 갔다는 사실을 알게 되었으니 익명의 그 사람에게 감사할 따름이지. 그런데 안타깝게도 그 사람이 누구인지는 아직도 알지 못하고 있구나. 그래 그 편지의 내용처럼 어머니와 동생은 그때 희생되었다는 말이 사실이더냐?"

기진을 바라보는 상길의 눈에서는 눈물이 흘러내리고 있었다.

기진은 그동안 아버지가 어머니를 몹시 그리워하고 있었음을 느낄 수 있었다.

"아버지, 어머니는 아버지가 집에 안 계시는 동안 늘 불안해하셨어요. 중공군과 인민군이 곧 개성으로 쳐들어온다는 소문이 퍼지면서 피난민들은 남쪽으로 떠나기 시작했는데도 어머니는 아버지가 아직 돌아오지 않으셨다고 피난을 가시려 하지 않으시는 거예요. 그러나 전세는 점점 불리해졌는지 멀지 않는 곳에서 대포 소리가 들려오고 우리 국군들의 트럭들도 남쪽으로 빠져나가기 시작하는 거예요. 그때 어떤 피난민 한 무리가 몰려왔는데 그중의 한 사람이 어머니를 보며 왜 빨리 피난을 떠나지 않느냐고 하자 어머니는 아이들 아버지가 아직 돌아오지 않아서 기다리고 있다고 했어요. 그러자 그 사람은 어머니에게 정신이 없는 사람이라고 나무라며 이곳이 곧 전쟁터가 될 판이라고 했고, 어머니는 그때서야 당황하시며 입은 옷 그대로 우리를 챙겨 그 사람들의 뒤를 따라 험한 산길을 땀을 뻘뻘 흘리며 필사적으로 따라가는데 이미 주위는 어둑어둑해지고 피난민들도 다 지쳐 있었어요. 그런데 앞쪽 멀지 않는 곳에 조그마한 마을이 하나 보였어요. 그러자 지금까지 앞장서 왔던 남자가 갑자기 목소리를 낮추며 '내가 먼저 마을을 살펴보고 온 다음 그때 함께 들어갑시다.' 하고는 엎드리듯 낮은 자세로 혼자 마을로 들어갔다가 한참 후에 돌아와서는 마을은 텅 비어 있고 사람들은 다 피난을 갔는지 인기척 하나도 없더라는 것이었어요. 주위는 이미 어두웠고 다들 지쳐 있어 일단은 마을로 들어가 좀 쉬었다가 가기로 하고 그 남자가 앞장서 동네로 들어가고 다른 사람들도 뒤따라 들어가 여기저기 자리를 잡고 막 쉬려는데 갑자기 어디선가 무시무시한 포탄이 떨어지기 시작했어요. 그러자 마을은 순식간에 불바다가 되고 피난민들은 포탄을 피할 사이도 없이 대부분은 흔적도 없이 사라지고 죽은 시신들만 이리저리 나뒹굴고 있었어요. 저는 어머니와 동생을 찾아야겠다는 생각으로 불길에 휩싸인 사이사이를, '어머니! 어머니!' 하고 외치며 찾아다녔지만 어떻게 된 일인지 어머니와 여동생이 있던 집과 그 주변의 모든 것은 흔적도 없이 사라지고 없었어요. 당황한 저는 무서움도 잊은 채 어머니와 동생이 있던 곳 주변을 이리저리 돌며 '어머니! 어머니!' 하고 부르면서 발을 동동 구르고 있었어요. 그때 막 국군이 진격해 들어와 저를 몇몇 부상자와 함께 군용 트럭에 실었어요. 그리고 후송되어 상처를 치료받은 후에도 계속 어머니를 찾으며 우는 모습이 안쓰러웠는지 피가 범벅이 된 저를 한 여자 군의관이 가슴으로 안아 주었어요. 그분이 '울지 마, 남자가 우는 게 아니야. 이름이 뭐야?' 라고 하기에 '김기진' 이라고 하자 '그래 울지 마 기진아. 지금 이 전쟁 중에 어머니나 아버지를 잃은 아이가 너만이 아니라 많이 있단다. 그러니 우리 함께 이 슬픔을 참고 이 전쟁을 이기도록 하자꾸나.' 하고 더욱 힘을 주어 안아 주었는데 그분의 눈에도 눈물이 흘러내리고 있었어요. 그리고 며칠 후 저는 남쪽으로 후송되어 전쟁아동보호소에 있게 되었는데 야전병원으로 돌아갔던 그분이 한참 후에 부상당한 다른 고아들을 데리고 왔다가 저를 알아보고 몹시 반가워해 주었어요. 저는 얼마나 반가웠던지 그분에게 달려가 '간호사님, 간호사님' 하고 매달리듯 안겼지 뭐예요. 그분도 저를 덥석 안아 주며, '기진 군 잘 있었어. 이제 울지 말고 용기 있게 잘 살아야 해요.' 하고 더욱 힘주며 안아 주었어요. 제가 이제 울지 않을 거라고 하며 웃어 보이자 그분도 미소 띤 얼굴로 남자는 씩씩해야 한다며 잠시 저를 바라보다 다시 한 번 따뜻이 안아 주면서 또 올 때까지 잘 있으라고 하고 떠난 후 한 번도 오시지 않았어요. 그런데 제가 영국으로 입양되어 가는 날 입양되어 간다는 사실을 어떻게 알았는지 그날 고아원으로 갑자기 짚차를 몰고 찾아와 다시 저를 따뜻이 안아 주시며 '영국에 가더라도 조국을 잊지 말고 건강하게 잘 살아야 해요.' 하고 돌아서서 손수건으로 눈물을 닦는 것을 보고 저는 어머니 같은 그분의 따뜻함을 느끼며 함께 울었어요. 그리고 그분이 여군 의사였던 것을 그날에서야 알았습니다. 그때는 보호자 없는 아이들은 대부분 해외로 입양되어 갔고 그런 상황들을 알고 있는 그분은 제가 입양된다는 사실을 알게 되어 짚차를 직접 몰고 고아원까지 찾아와 잠시나마 저와 석별의 정을 나누어 주셨던 거지요. 저는 영국에 입양된 후에도 그분의 그 따뜻했던 정을 오랫동안 잊지 못했었어요."

"참 고마운 분이었구나. 애비 어미가 못 준 정을 나누어 주었으니 뭐라 감사해야 할지."

상길은 기진의 손을 더욱 뜨겁게 어루만졌다.

"애비를 용서해라, 용서해."

상기된 얼굴로 기진을 애틋하게 바라보는 상길의 눈엔 눈물이 끝없이 흘러내리고 있었다.

"아버지, 아버지도 책에 쓰신 것처럼 용서받지 못할 몇 무리들의 어리석고 야욕에 찬 범죄적 계략으로 시작된 이 전쟁은 동족을 서로 죽이고 나라는 불바다가 되는 처참한 슬픔과 국토 분단이라는 아픔만을 남기고 아직도 휴전이라는 현실에 머물고 있습니다. 그러나 지금은 그로 인한 아픔이나 슬픔에만 머물러 있을 수는 없습니다. 지난 쓰라린 일들은 다 가슴에 깊이 묻어 두고 밝은 미래의 희망을 향해 역사를 창조해 가야 할 때가 아닌가 생각해요."

"오. 그래 네 말이 옳다. 이제 우리는 미래를 향해 새로운 건전한 역사를 창조하는 데 힘을 써야지."
상길은 외국에서 입양아로 외롭게 자란 기진의 의식이 의외로 깊고 성숙함에 마음이 흐뭇했다.

서울로 올라온 기진은 조선호텔에 여장을 풀고 즉시 난희에게 전화를 했다. 그렇지 않아도 기다리던 난희는 기진의 전화를 받자 몹시 반가웠다.
"언제 서울에 올라오셨어요? 영국으로 그냥 돌아가신 줄 알았어요."
"지방 연주가 끝나면 서울로 올라오겠다고 약속을 한 것으로 아는데, 어떻게 아무런 말도 없이 그냥 돌아갈 수 있겠어요."
"네, 감사합니다. 그렇지 않아도 언제 오시나 하고 많이 기다렸어요. 지금 어디에 계시는 거지요?"
"네, 조선호텔 커피숍에 나와 있습니다."
"그러서요. 그럼 잘 되었네요. 저는 지금 광화문에 있는 교수님의 미술 개인전에 와 있어요. 여기서 멀지 않는 곳이니까 그리로 곧 갈게요. 잠깐만 기다리세요."
그때가 오후 세 시가 좀 지나 있었다.
난희는 기진이 왠지 이미 오래전부터 알고 지내 왔던 사람처럼 다정하게 느껴졌다.
급히 찾아온 난희를 본 기진은 몇 번의 만남이었음에도 몹시 반가웠다. 기진은 자리에서 일어나 앞자리의 의자를 뒤쪽으로 살짝 빼주며 난희에게 앉기를 권하고 난희가 자리에 앉자 자신도 자리로 돌아가 앉았다.

"바쁘실 텐데 이렇게 와주셔서 감사합니다."

"아니에요. 올라오시길 기다렸는 걸요."

기진은 난희에게 미소 지으며 물었다.

"뭘 드셔야지요?"

"네. 저는 오렌지 주스로 하겠어요."

난희의 대답과 함께 기진은 서슴없이 홀 직원에게 손짓을 했고 직원이 다가왔다.

"오렌지 주스 두 잔 부탁합니다."

난희를 바라보던 기진은 미소 진 얼굴로 말했다.

"난희 씨가 미술을 하신다는 말을 아버지에게서 들었습니다. 미전에서 입상도 몇 차례 하셨다고 하시던데."

"뭐 대수롭지 않는 작품인 걸요. 지금부터 시작이에요. 그보다 일전의 음악회는 정말 훌륭했고 감동적이었어요. 저는 그날 음악회가 끝난 다음 너무도 기쁘고 감격적이어서 눈물이 났어요. 아빠가 늘 말씀하셨거든요. 전쟁 때 사선을 넘으며 지하운동을 함께 했던 친구가 있는데 부인과 딸은 중공군의 포격으로 죽고 살아남은 아들은 고아가 되어 무연고 전쟁고아로 외롭게 영국으로 입양되어 갔다고 하시며 늘 가슴 아파하셨어요. 기진 씨가 그분의 아들이라는 사실에 말로 표현할 수 없는 큰 감동으로 눈물이 저절로 흘러내렸어요."

"네…. 감사합니다. 사실 저는 그때 어린 나이로 어머니와 여동생 그리고 몇몇 피난민들과 함께 해가 질 무렵 어떤 마을로 들어갔다가 중공군의 기습 포격으로 마을은 불바다가 되고 어머니와 여동생은 어디론가 흔적도 없이 사라지는 참혹한 경험을 했습니다. 그 충격으로 한때 저는 모든 기억을 상실했었습니다. 그러나 이상하게도 막상 해외로 입양된다는 말을 들었을 때 언뜻 아버지 생각이 떠올랐습니다. 그러나 아버지는 이미 돌아가셨을 것이라 생각했습니다. 그것은 그동안 아버지를 체포하기 위해 혈안이 되어 있던 공산주의자들이 가만히 두지 않았을 것이라 생각했기 때문이지요. 그러니 나는 연고가 없는 고아로 해외로 입양될 수밖에 없었던 것입니다. 물론 나이 어린 탓이었겠지만 입양된다는 말을 처음 들었을 때는 불안하고 무섭고 슬펐습니다. 그러나 행운이었던지 저를 맞이해 주신 양부모님은 훌륭한 분들이었어요. 양아버지는 대학 생물학 교수셨고 어머니는 미술가셨지요. 그분들에게는 아이가 없었습니다만 말도 통하지 않고 낯설어하는 저를 위해 그야말로 자상하게 배려를 해 주셨고 양어머니는 저의 성장 과정을 잘 지켜보시다 음악에 소질이 있음을 아시고 음악 공부를 하도록 주선해 주신 것이 이렇게 바이올린 연주가가 되었습니다."

"네, 참 가슴 아픈 일이었군요. 아무튼 그 처참한 전쟁도 이제 휴전이라는 협상으로 일단 총소리는 들리지 않게 되었지만 아직 휴전선에는 동족을 향해 무서운 총부리를 겨누고 있습니다. 참 슬픈 현실이지요. 왜 남들은 이미 벗어던진 낡은 외래의 이념에서 벗어나지 못하고 아직도 그것을 지키기 위해 동족의 가슴에 총을 겨누고 있어야 하는 것일까요?"

"네, 안타깝지요. 비록 해외에서 예술 활동을 하고 있습니다만 늘 조국에 대한 뜨거운 감정은 식지 않고 있습니다. 난희 씨가 말한 것처럼 안타깝게도 우리는 역사적으로 우리의 주권적 문화의식과 이념을 갖지 못해 왔다는 데 원인이 있습니다. 역사적으로 주권적 이념과 문화의식을 갖지 못한 나약한 나라는 시대의 변천에 따른 외세의 힘에 쉽게 압도되고 그 영양 하에서 벗어나지 못한 사대주의가 역사를 오도하고 또 국가적 비극을 있게 하는 것입니다. 저는 전쟁을 처참하게 경험한 사람으로서 이 이념 전쟁은 우리 민족에게만 큰 피해를 있게 한 어리석고 무모한 동족상잔의 싸움이었던 것을 그동안 밖에서 깊이깊이 느껴 왔습니다. 이런 웃음거리의 전쟁으로 또다시 우리 동족만 희생되는 어리석은 일은 더 이상 있어서는 안 될 것입니다. 이를 극복하기 위한 무거운 책임이 우리 모두에게 주어져 있습니다."

뜻밖이라는 듯 난희가 기진을 바라보며 말했다.

"부끄럽네요. 저희는 과거의 그런 처참한 일들을 벌써 잊은 듯 좀 나아진 경제 발전에 지나치게 흥청망청하고 있는 것이나 아닌지 모르겠어요."

"사실 제가 한국을 떠날 때는 이곳은 폐허였습니다. 간혹 외국에서 한국 소식을 듣고는 있었지만 그렇게 폐허였던 곳이 이렇게 발전했으리라고는 상상도 못했지요. 이것이 한국의 저력이고 한국인의 힘이라는 것을 저의 양부모님께서도 말씀하셨습니다. 이런 아픈 역사를 잊지 않는 건전한 정신이 사회 발전의 정신적 원동력이 될 때 한국은 어느 선진국에 비해서도 뒤지지 않는 훌륭한 발전된 나라를 이룩할 것이란 양부모님의 말씀처럼 해외에 있는 많은 동포들도 그것을 바라고 있습니다. 아, 이거 말이 좀 딱딱해지고 말았네요."

"아니에요. 절실한 말씀인 걸요. 그런데 호칭을 기진 씨라고 해도 되겠지요?"

"아, 그럼 당연하지요. 기진인 걸요."

"기진 씨는 해외에 입양되셨어도 훌륭한 한국인이시고 애국자이시네요. 그런데 제가 여기에 오기 조금 전에 아버지께 기진 씨를 만나러 간다고 말씀을 드리자 아버지는 기진 씨를 만나면 꼭 집에서 저녁을 함께 하도록 초대하라고 말씀하셨어요."

기진은 갑작스러운 듯 잠시 난희를 보았다.

"아이고 감사합니다. 그렇지 않아도 저희 아버지께서도 영국으로 돌아가기 전에 꼭 찾아뵙고 인사 드리도록 하라고 말씀하셨습니다. 그렇지만 준비도 없이 갑자기 찾아뵙기가 좀 조심스럽네요."

"별말씀을요. 아무 염려 마시고 저와 함께 아버지 형제분을 만나 뵈러 간다고 생각하시면 되는 거예요."

난희는 손목시계를 쳐다보았다.

"아니 벌써 다섯 시가 넘었네요. 서서히 출발해야 할 것 같네요."

조선호텔을 나온 후 기진은 난희에게 양해를 구한 후 급히 어디론가 사라졌가 잠시 후 여러 가지 과일을 담은 선물용 바구니와 붉은색 장미가 풍성하게 장식된 꽃바구니를 사 들고 난희 앞에 나타났다.

"아쉽지만 이렇게 준비했습니다."

"아니 이렇게 귀한 과일을…. 그냥 가서도 되는데."

"이 꽃은 늦었지만 제가 난희 씨에게 드리는 것입니다. 자, 받아 주십시오."

"아니 저에게까지 이렇게 예쁜 꽃을…."

난희는 새삼 당황한 듯 상기된 얼굴로, 뒷말을 잇지 못했다.

"감사합니다. 너무도 예쁜 꽃이에요. 염치없이 받겠습니다. 정말 감사합니다."

난희는 기쁨을 감추지 못했다.

"자, 어서 가시지요."

택시를 불러 탄 그들은 어느새 한강대교를 지나 영등포 주택가에 있는 영근의 집에 도착했다.

영근에게 기진은 비록 친구의 아들이지만 왠지 공항에서 처음 만났을 때부터 유난히 남과 같지 않은 뜨겁고 뭉클한 뭣이 가슴으로 전해져 옴을 느꼈었다. 그것은 그동안 입양되어 간 친구의 아들에 대한 애틋함을 늘 함께해 왔던 마음에서일 것이라고 생각했다. 그러나 그는 난희의 기진에 대한 호감을 알게 된 순간 아내의 말처럼 생각이 한 발 앞서가고 있었다. 좀 성급하기는 하지만 난희와 기진이 제법 어울리는 한 쌍이라는 생각이 들었지만 그러나 매사가 뜻대로 되지 않는 일도 많다. 사실은 이번에 함께 오지는 않았지만 기진에게는 이미 영국에서 연주 활동을 함께 하던 연습 파트너인 여류 피아니스트가 따로 있었다. 그 여인은 기진에게 호감을 가지고 있는 사람이었다. 그렇다고 둘의 사이가 연인 관계는 아니었지만 서로는 싫지 않은 사이이기도 했다. 두 사람의 관계가 더 깊어지지 못한 데는 그럴만한 이유가 있었다. 유럽 사회가 아무리 남녀의 교제가 개방적이라고 해도 기진의 양부모는 상류 사회의 품격을 지키는 사람들로서 그런 품행을 좋아하지 않았다. 그런 가정 분위기에서 자라 온 기진 또한 이성을 잃은 행동을 가볍게 하지 않는 청년이었다. 그러니 피아노 연주력도 뛰어나고 이십육 세의 발랄하고 다감한 영국 여성에게 관심이 없을 리 없었지만 그러나 이번 한국행에 그녀가 함께 하지 못한 것은 반주자는 주최 측의 요청으로 국내 연주자와 함께 하기로 했기 때문이었다.

 한국에 와서 난희를 보는 순간 '어쩌면 저렇게 단아하고 청순하고 아리따운 여인이 있나' 하고 첫눈에 감탄하고 말았다. 더욱이 이 여인이 아버지와 절친한 친구분의 딸이라는 데 더욱 호감이 갔다. 그러나 이날 기진이 더욱 난희에게 호감을 갖게 한 것이 있었다. 나란히 들어오는 둘을 반갑게 맞으며 한 윤영근의 한마디였다.

 "아니, 그렇게 들어오니 꼭 신혼부부가 들어오는 것 같구먼."

난희는 깜짝 놀라며 얼른 기진의 안색을 살피고 아버지를 바라보았다.

"아빠, 그게 무슨 말씀이에요. 처음 오시는 손님에게 실례가 되게요."

"아니 둘이 너무 잘 어울리는 한 쌍같이 보여서. 기진 군, 불쾌했으면 용서하게. 자, 어서들 들어와요."

기진은 그 말을 듣는 순간 불쾌하기는커녕 새삼 난희가 남 같지 않는 느낌으로 더 가깝게 느껴졌다.

"갑자기 이렇게 찾아와서 죄송합니다."

"아니야 아냐. 그렇지 않아도 서울에 올라오면 꼭 초대하려고 기다리고 있던 참인 걸. 기진 군이 어디 남인가. 사선을 함께 한 친구의 아들인데. 와 주지 않고 그냥 영국으로 돌아갔다면 내가 섭섭했을 거야."

앞치마를 두른 채 영근 옆에 서 있던 지희가 상냥하게 인사했다.

"반가워요. 예술가시고 영국 신사분을 준비도 없이 이렇게 누추한 곳에 초대를 해서 어쩌나."

"아닙니다. 아닙니다. 제가 찾아뵙고 인사를 드려야 할 일인데 이렇게 초대까지 해 주신 것이 너무도 기쁘고 감사할 따름입니다."

이날 지희는 나름대로의 생각으로 저녁 식사를 한국의 소박한 옛 정취를 느끼게 하는 가정의 식탁으로 꾸며 준비했다. 얼큰한 배추김치와 깍두기, 거기에 재래식 된장을 부드럽게 푼 쑥국의 향기와 다감한 지희의 재치 있는 차림새에서 기진은 어릴 때 어머니가 해주시던 따뜻한 향수와 손맛이 느껴져 가슴이 뭉클했다. 이것이 한국의 정이고 한국의 맛이고 한국만의 정서로 선진국이라는 영국에서는 도저히 느낄 수 없는 고귀한 우리만의 가치라는 것을 새삼 깨달았다.

이날 좀 늦게 호텔로 돌아온 기진은 난희 어머니와 같은 한국 여인에게서 교육받은 여인을 아내로 맞이하고 싶다는 생각이 새삼 마음에 일었다. 그것은 난희를 생각하는 마음일 수도 있었다. 그러나 이는 어디까지나 기진 자신의 일방적인 생각일 뿐 설혹 자신이 난희를 마음에 둔다고 해도 미술가를 꿈꾸는 그녀가 외국에 입양된 자기와 같은 사람에게 마음을 주겠는가 하는 생각이 들자 갑자기 쓸쓸해지고 자신이 초라해지는 느낌이 들었다. 내일은 난희와 한 시에 호텔 레스토랑에서 만나 점심 식사를 하고 시내 관광을 하기로 했지만 사실 첫날 김포공항에서 만난 순간 느낀 강렬한 인상 이후 연주회의 바쁜 일정으로 서로는 만나지 못했던 사이로 아직은 마음을 열고 대화다운 대화를 할 수 있는 기회가 없었다. 그리고 난희가 자신에게 대해 주는 친절이 혹시 그녀의 뜻이라기보다 어디까지나 아버지들의 끈끈한 의리에서 비롯된 자식의 도리에서가 아니었던가 하는 생각도 없지 않았다. 그러나 기진은 난희의 어떤 모습에서라도 그녀가 아니면 느낄 수 없는 다감한 한국의 어머니상이 그녀의 아름다움과 함께 가슴으로 젖어들었다.

다음 날 기진과 난희는 호텔 커피숍에서 만나 차를 마셨다.
"어저께는 준비도 없이 아버님, 어머님께 실례를 한 것이 아닌지 모르겠습니다."
"아니에요. 별말씀을요. 준비도 없는 초대로 어머니는 기진 씨에게 몹시 미안해하셨어요. 한국에 더 머물러 계실 수 있다면 한 번 더 따뜻이 모시고 싶다고도 하셨어요. 그리고 어저께 기진 씨가 기진 씨 어머니에 대한 말씀을 하실 때 들으시고 혹시 기진 씨 어머니가 저의 어머니와 중학교 선후배 관계가 아닌가 하셨어요. 친하지는 않았지만 누구라는 것 정도는 알 수 있는 사이의 분이었던 것 같다는 말씀을 하셨어요. 그때는 좌익이다 우익이다 하는 살벌한 사회상으로 졸업 후에도 서로의 삶에 대해 관심들을 갖지 못하고 살아왔는데 어저께 기진 씨의 말을 들으시고 몹시 안타까워하셨어요."

"그래서인지 난희 씨의 어머님을 처음 뵈었을 때부터 저는 왠지 어릴 때 따뜻했던 어머니 같은 느낌을 받았어요. 감사합니다. 그러나 아쉽지만 저는 내일 저녁 비행기로 미국 시카고에서의 연주를 위해 떠나야 합니다. 그동안 짧은 만남이었지만 저는 난희 씨와 김포공항에서 처음 만남이 이루어졌을 때부터 이런 예쁘고 아름다운 아가씨가 있나 하는 강한 인상을 느꼈고 첫눈에 이미 난희 씨의 사람이 되고 말았습니다. 그 후 지방 연주회를 하는 동안에도 계속 난희 씨를 잊을 수가 없었어요. 그리고 이것이 인연이라는 것인지는 잘 모르겠습니다만, 그러나 왠지 오래전부터 알아 왔던 사람을 다시 만난 듯 낯설지 않은 느낌으로 마음이 두근거렸습니다. 그리고 그때 아버지의 소개로 형제와 같은 친구분의 딸이라는 말에 더욱 이런 느낌이 우연이 아니었구나 하는 생각도 들었어요. 그러나 안타깝게도 미국 연주회가 이미 예약이 되어 있는 일이어서 가지 않을 수 없는 처지로 좀 더 난희 씨와 많은 시간을 두고 함께 하고 싶었는데 아쉽군요."

기진은 안타까운 듯 난희를 바라보았다.

난희는 갑자기 당황한 듯 잠시 말없이 기진을 바라보았다.

"아니…. 그렇게 빨리 떠나셔야 하는 거예요?"

"네, 그쪽 교포들을 위한 음악회에 출연하기로 이미 예정이 되어 있었던 것입니다."

"아니, 그래도 그렇지요. 그렇게 빨리 가시면 어떻게 해요. 저는 기진 씨가 서울에 올라오시면 며칠만이라도 함께 하고 싶었는데."

난희는 아쉬운 표정으로 고개를 숙였다.

"죄송합니다. 저도 아버지와 그리고 난희 씨와 더 머물고 싶었는데 이미 예약이 되어 있는 일이라 어쩔 수 없군요. 비록 난희 씨를 만난 것은 짧은 시간이었지만 그러나 그런 시간의 문제가 아니라 저에게는 이미 난희 씨가 무어라 표현할 수 없는 귀한 분으로 마음에 자리하고 있습니다. 그러나 어쩔 수 없는 일로 잠시 헤어지지만 이것은 어디까지나 더 오랜 만남을 있게 하기 위한 일시적인 것이라 생각합니다. 저의 이런 생각에 대해 난희 씨는 영국으로 입양된 사람의 터무니없는 생각이라고 하실 수도 있습니다. 그러나 저는 한국의 피가 흐르는 남자로서 제가 입양된 것은 단지 국가의 불행한 전쟁의 결과로 양부모님에게는 죄송하지만 타의에 의해 맺어진 결과입니다. 그러나 저는 이미 난희 씨를 사랑하는 마음으로 받아들이고 있습니다. 용서하십시오."

난희는 갑작스러운 기진의 말에 잠시 당황하는 듯하다 상기된 얼굴로 기진을 바라보았다.

"기진 씨, 이심전심이란 말이 있어요. 저도 기진 씨를 처음 봤을 때부터 남 같지 않은 마음이었어요. 어차피 시카고 연주회가 이미 예약이 되어 있다면 가셔야겠지요. 그러나 아쉽지만 오늘은 저희 둘만의 시간으로 추억을 만들도록 해요."

영국에 입양된 기진은 그곳의 낯선 환경과 이질적 생활에 처음엔 어려움을 겪었다. 하지만 사실 입양되기 전 한국에서의 삶이 너무도 열악했던 탓이었던지 갑자기 바뀐 그곳에서의 낯선 환경에도 불구하고 양부모님의 자상한 보살핌과 배려로 어렵지 않게 잘 적응하였다. 그러나 그렇게 그곳 생활에 적응되어 갈수록 이상하게 어머니가 돌아가신 그날의 처참한 일들이 더욱 새록새록 살아났다. 그럴 때마다 무어라 말로 표현할 수 없는 애통함과 분노와 슬픔이 벅차올라 아무도 모르게 자신의 방에 들어가 한없이 울기도 했다. 그런 기진의 마음을 눈치 챈 양부모님은 더욱 따뜻이 그를 위로해 주시곤 했다.

기진이 성인이 되고 어엿한 예술인으로서 바쁘게 활동하면서도 늘 잊지 못하는 것은 그리운 고국이었다. 그리고 잊을 수 없는 어머니와 여동생, 아버지였다. 이런 모든 생각과 일들이 오늘의 기진을 있게 한 원동력이었고 힘이었던 것이다. 그러다 우연히 번역된 한국 소설 『전쟁 의미는?』이라는 책을 접하고 그 저자가 김상길이라는 사실에 처음은 다소 반신반의했지만 책의 내용을 읽고 비로소 이 저자가 아버지임을 확신했다. 그는 너무도 놀랍고 반가운 감동으로 즉시 책에 기록된 아버지인 김상길의 한국 주소로 편지를 보냈던 것이다. 그 후 아버지의 회신을 받은 기진은 즉시 귀국하고 싶었지만 여러 가지 예정되어 있던 연주 계획의 무대를 무시할 수 없어 그 일들을 마무리 짓는 데 시간이 걸렸다. 또 기왕 한국에 가면 아버지를 만나기도 하지만 연주 계획이 있을 수도 있다는 생각을 하던 차에 뜻밖에 한국의 음악 기획사로부터의 초청 연주가 성사되었다. 한국에 가서 아버지를 만나 뵙는 것은 물론 어머니의 영혼을 묻고 온 북한 땅을 가 볼 수는 없겠지만 먼 곳에서나마 그곳을 바라보면서 어머니와 여동생의 넋을 위로하고 싶었던 것이다.

기진과 난희는 점심을 간단히 마치고 우선 기진이 수용되어 있던 전쟁아동보호소를 찾아가 보기로 했다. 그러나 어떻게 된 일인지 불광동의 보호소가 있던 자리에 보호소는 온데간데없고 거기에는 고급 주택들이 여러 채 자리하고 있을 뿐이었다. 기진은 오래전의 기억을 더듬으며 이리저리 살펴보았지만 보호소의 흔적은 찾을 수 없었다. 기진은 혹시나 하는 마음에 그곳 주민인 듯한 사람에게 물어보았다.

"전에 이곳에 전쟁아동보호소가 있었는데 보이지 않는군요?"

"아동보호소요? 글쎄요. 전에 있었다는 말은 들은 것 같은데 오래전의 일이라 잘 모르겠는데요."

돌아온 것은 실망스런 대답뿐이었다. 기진은 자신의 기억 속의 일들은 이미 사라져 버린 의미 없는 과거사일 뿐이었구나라는 생각이 들자 무어라 표현할 수 없는 허무함이 밀려들었다. 실망하는 기진을 보던 난희가 애써 그를 위로했다.

"기진 씨…. 기진 씨의 과거의 기억이 오늘의 현실로 남아 있지만은 않을 거예요. 그동안 우리나라는 경제적 발전은 물론 사회 전반에 여러 변화를 겪었어요. 사람들의 의식주 개선으로 생활 주변은 물론 주거 환경까지 모두 바뀌어 농촌에서도 지금은 초가집을 찾아보기 어렵게 된 걸요."

"그렇군요. 영국에서 듣던 대로 한국은 눈부신 발전을 이룩했어요. 그러나 그 발전으로 과거의 역사들이 부인되거나 없어져 버리는 일은 생각해 볼 일이 아닌가 합니다. 아무튼 좀 섭섭하군요. 그때는 이곳이 비록 외롭고 슬픈 곳이었지만 그런 속에서 희망도 있었고 따뜻한 인간애도 있었습니다. 집중 포화로 어린 나이에 어머니와 여동생을 처참하게 잃고 경황없이 울부짖는 나를 이곳으로 후송해 따뜻이 보살펴 주던 그 군의관 여장교님의 애틋한 마음, 그리고 영국으로 입양이 되어 떠나던 날 다시 저를 찾아와 석별의 정으로 저를 깊이 안아 주시며 '한국을 잊지 말라'고 하시던 그 장교님의 말이 지금도 잊을 수 없는 울림으로 가슴에 깊이 남아 있는 곳입니다. 그런 분을 제가 김포공항에 오던 첫날 그곳에서 잠시 만나 뵌 이후 아직 아무런 연락도 없고 찾아 뵐 길도 없는 것이 안타깝습니다."

"성인이 된 기진 씨를 보고 기쁜 마음을 간직한 채 조용히 지켜보고 계실 거예요. 그리고 기진 씨도 말씀하셨지만 우리는 과거의 가치들을 너무 쉽게 잊고 사는 것 같아요. 무슨 한이라도 풀려는 듯 과거는 무조건 부정하고 새로운 것만을 추구하는 성급한 면도 없지 않아요. 그것은 자칫 지켜 가야 할 가치마저 부정해 버리는 우를 범하는 일이 되기도 하지요. 덮어놓고 새로운 것만이 능사는 아닌데."

그동안 추억 속에 간직해 왔던 아동보호소가 자취도 없이 사라진 것을 확인한 기진의 섭섭함을 의식한 난희는 새로운 제안을 했다.

"기진 씨 이럴 게 아니라 우리 남산으로 올라가 서울의 전경을 한번 보는 것도 새로운 추억이 될 거예요."

기진은 그래도 아쉬운 듯 몇 번이고 주위를 돌아보며 자취를 찾아보았다. 하지만. 보호소가 있던 자리는 깨끗이 새롭게 정리되어 그곳에는 아담한 양옥들이 자리하고 이미 낯선 주민들이 살고 있었다. 그는 섭섭한 마음으로, '이렇게 자취도 없이 사라질 수가…' 하고 혼잣말을 되뇌었다.

"기진 씨, 보호소가 없어진 것은 섭섭한 일이지만 이것이 역사인걸요. 그러나 새로운 오늘을 확인하기 위해 우리 남산에 올라가 서울의 전경을 보도록 해요. 어때요?"

잠시 머뭇하던 기진도 난희의 제안에 응했다.

"이미 없어진 곳에서 이럴 게 아니라 그게 좋겠어요."

둘은 다시 택시를 타고 남산으로 향했다. 그러나 기진은 보호소를 찾아갈 때는 옛 추억을 다시 본다는 기대에 들뜬 탓에 무심코 지나친 차창 밖으로 비치는 거리 풍경들이 왠지 지금은 어느 외국의 낯선 거리들처럼 느껴졌다.

시간은 벌써 세시 반이 지나고 있었다.

남산타워에서 바라본 서울의 전경은 기진이 서울을 떠날 때와는 전혀 다른 모습이었다. 그렇게 참참하게 파괴되고 폐허가 되었던 곳에 이렇게 하늘을 찌를 듯 눈부시고 웅장한 현대의 대도시가 끝없이 펼쳐질 줄은 상상도 못 했던 일이다. 감탄한 듯 묵묵히 도시 전체의 이곳저곳을 바라보던 기진의 눈에서 눈물이 흐르고 있었다. 이를 본 난희는 당황했다.

"기진 씨 무슨 언짢은 일이라도?"

난희의 물음에 기진은 고개를 설레설레 흔들었다.

"아닙니다. 언짢은 일이라니요."

기진은 쑥스러운 듯 눈물을 닦았다.

"저는 지금 너무도 감격해서 나도 모르게 흐르는 눈물입니다. 그렇게 무자비하게 동족을 살상하고 철저하게 파괴되었던 서울이 이렇게 눈부시게 발전한 모습을 보고 있자니 저도 모르게 눈물이 난 것입니다. 대한민국 여러분 감사합니다. 저는 본의 아니게 해외로 입양되어 아무런 도움도 되어 드리지 못한 사람으로서 이 거대한 서울을 재건해 주신 여러분의 업적에 무어라 감사해야 할지 눈물이 날 뿐입니다. 다시는 어리석은 전쟁으로 동족이 살상되거나 국토가 초토화되는 일이 있어서는 안 되겠습니다. 저는 어릴 때 해외로 입양되었던 보잘것없는 몸이지만 입양되어 떠날 때 군의관님이 '입양되어 가더라도 조국을 잊어서는 안 된다.'고 하시던 말씀을 한 번도 잊은 적이 없었습니다. 그리고 어떻게 하는 것이 나라를 위하는 길인가 하는 생각도 늘 마음에 담아 왔고요. 그렇게 점차 자라면서 음악을 하게 되고 입양된 몸이지만 항상 한국인으로서의 긍지를 잃지 않고 미력이나마 해외에서의 활동을 통해 애국을 한다는 마음으로 노력해 왔고 또 그렇게 노력해 갈 것입니다. 그리고 좀 외람된 말씀이지만 지금 저는 이 감동적인 조국에서 난희 씨와 같은 사랑스러운 여인도 만나 더욱 가슴 뿌듯함을 느끼고 있습니다. 용서하십시오."

약간 상기된 얼굴로 난희를 주시하다 그녀의 손을 꼭 잡으며 바라보는 기진의 뜨거운 시선이 난희의 가슴을 뭉클하게 했다. 그러나 난희는 그의 뜻밖의 행동이 왠지 불쾌하거나 싫지는 않았지만 다소 갑작스러운 일이어서 어떻게 해야 할지 당황스러워 그를 바로 보지 못했다.

"난희 씨, 이렇게 당돌한 행동을 용서하십시오. 짧은 만남이었음에도 더 이상 난희 씨를 사랑하는 마음을 감출 수가 없었습니다."

기진의 목소리는 떨리고 있었다. 난희는 그의 때묻지 않는 순수한 태도가 마음에 들었다. 사실 자신도 기진에게 호감을 넘어 사랑을 느끼고 있었지만 그런 마음을 나타내지 못하고 있을 뿐이었다. 난희는 잠시 주춤하다.

"기진 씨, 벌써 시간이 네 시가 지났어요. 저 아래에 있는 커피숍에 가서 좀 쉴까요? 내일 떠날 준비를 하셔야지요. 그리고 좀 쉬셔야 하고요."

기진은 잠시 난희를 뜨겁게 주시했다.

"난희 씨, 제가 무례했다면 용서하십시오. 그러나 저의 난희 씨에 대한 이 마음은 공항에서 처음 만났을 때부터 이미 난희 씨의 모든 것이 저로 하여금 사랑하지 않을 수 없는 감정을 일게 하였습니다. 이것은 일시적인 그런 것이 아니라 저의 간절한 마음임을 알아 주십시오."

기진의 사랑 고백을 듣고 어떻게 처신해야 할지 난감하게 된 난희는 더 이상 그를 바로 보지 못하고 한동안 고개를 숙이고 있었다.

"기진 씨…. 기진 씨의 마음을 감사하게 또 따뜻이 느끼고 있습니다. 그리고 저도 기진 씨를 좋아하고 있고요. 사랑은 국경도 없고 또 맹목적이어야 한다는 말도 들은 것 같습니다. 그러나 그럴수록 우리에겐 지켜야 할 또 다른 현실들이 있습니다."

하고 잠시 침묵한 후 말했다.

"자, 우리 전망대 휴게실로 내려가도록 해요."

난희가 조금 전과는 달리 좀 대담하고 적극적인 자세로 기진의 손을 잡고 이끌자 기진 또한 이에 화답하듯 그녀의 따뜻한 손을 꼭 잡고 따랐다.

휴게실 여기저기에는 젊은 쌍쌍의 남녀가 앉아 담소하고 있었다. 일부 관광객들은 전망이 좋은 자리에 앉아 시내를 내려다보며 한가롭게 대화를 나누거나 창문을 통해 보이는 시가지를 관망하는 모습들을 볼 수 있었다. 두 사람도 맑고 시원하게 펼쳐진 한강을 중심으로 전개된 넓은 시가지를 바라볼 수 있는 자리에 앉았다.

"기진 씨, 뭘 드시겠어요?"

"저보다 난희 씨는 뭘 드시겠습니까?"

"아니에요. 기진 씨, 여기에서는 제가 대접해 드리고 싶어 이리로 모신 거예요. 먼저 말씀하세요."

기진은 잠시 머뭇거렸다.

"아이참. 그럼 저는 시원한 파인애플 주스를 하겠습니다."

둘이 주스를 마시는 사이 잠시 침묵이 흘렀다. 그러다 난희가 입을 열었다.

"내일은 기진 씨 아버님도 올라오시겠지요?"

"네. 아버지는 오늘은 오전 수업만을 하시고 부득이 밤차로 올라오신다고 하셨습니다. 사실 저의 이번 귀국은 연주회라는 것도 있었지만 이 기회에 돌아가신 어머니와 여동생의 영혼을 위로해 드리기 위해 제(祭)라도 올렸으면 하는 생각을 하고 왔습니다. 그래서 부산에 갔을 때 아버지께 그런 말씀을 드렸었지요. 아버지께서도 미처 생각하지 못했던 일이라며 이의 없이 쾌락하시며 '그럼 휴전선 이남인 문산의 임진각 망배단에서 북에서 돌아가신 어머님과 동생을 위해 제를 올리도록 하자꾸나.' 라고 하셨습니다. 해서 내일은 오전 중 아버지와 함께 문산 임진각으로 가서 어머니의 영전에 제를 올려 드리고 올 것입니다."

"그러셔요. 저도 함께 갈까요?"

"아닙니다. 계모도 오지 않으시는 걸요. 아버지께서 그렇게 하자고 해서 그렇게 하기로 했습니다."

다음 날 새벽 부산에서 올라온 상길과 기진은 일찍 버스 편으로 문산으로 향했다. 상길은 부산에서 준비해 온 아내의 지방(紙榜)을 임진각 망배단 비에 붙이고 숙연한 마음으로 향을 피웠다. 영전을 향해 일배를 하고 일어나 이배를 하려다가 갑자기 기진은 엎딘 채 어깨를 들썩이며 울기 시작했다. 당황한 상길은 아들의 어깨를 감싸 안았지만 이미 자신의 눈에도 눈물이 흐르고 있었다.

"마음을 굳게 먹어야지. 이미 돌아가신 어머니가 아니냐. 동생과 함께 좋은 곳에 가 있을 거다. 너무 슬퍼하지 마라."

상길은 슬피 우는 기진의 어깨를 다독이며 눈물을 닦아 주고 머리를 가슴으로 안아 주었다.

"아버지…."

기진도 상길을 끌어안았다.

"아버지, 어머니가 왜 그렇게 돌아가셔야 합니까?"

기진은 더욱 슬피 울었다. 기진은 그동안 화려한 영국 생활을 하고 있었음에도 지금까지 단 한 번도 어머니가 돌아가실 때의 그 처참한 상황을 잊은 적이 없었다. 그럴 때마다 느꼈던 한이 망배단에 어머니의 지방을 붙이고 예를 올리자 감당하기 어려운 슬픔이 밀려와 어머니가 한없이 가엽고 불쌍했고 그리웠던 것이다.

기진은 생각했다.

'나라는 화려하게 재건되고 시민의 생활은 윤택해졌다. 그러나 민족의 배신자, 그리고 야욕에 눈이 어두웠던 무리들은 동족의 참혹한 비극 따위는 아랑곳하지 않고 탐욕에만 함몰되어 수많은 민족을 죽음으로 몰아넣고 나라를 세계 열강의 웃음거리로 만들었다. 그뿐만이 아니라 이 민족의 가슴에 지울 수 없는 슬픔과 이산이라는 천추의 한을 남게 했다. 이들은 반드시 그 죗값을 받을 것이다. 세기말 격변기 세계 정세의 이념적 갈등으로 야기된 일이었다고 해도 이것을 지혜롭게 극복하지 못한 약소국의 한이 이 민족의 가슴에 영원히 지울 수 없는 상처로 남게 한 너무도 억울한 국가적 재난이었던 것을 절대 잊어서는 안 될 것이다.'

김포공항에서 여객기에 오르기 전에 기진은 여객 대기실에서 환송 나온 난희를 한옆으로 불렀다.

"난희 씨, 촉박한 일정으로 더 함께 있지 못한 것이 아쉽습니다. 그러나 난희 씨와 같은 사랑을 만나 무척 행복한 시간이었습니다. 비록 예약된 일정이 있어 떠나야 하지만 이것은 잠시일 뿐 난희 씨에 대한 저의 마음은 영원히 변하지 않을 것입니다. 우선은 영국에 도착하는 대로 즉시 편지를 드리겠습니다."

난희도 아쉬운 듯 기진을 바라보았다. 그리고 뭔가 조그마한 상자를 그에게 건넸다.

"기진 씨의 마음을 저도 사랑으로 받아들이고 있어요. 그리고 그 마음은 저에게도 변하지 않는 마음으로 간직할 거예요. 무사히 미국 연주를 마치시고 영국에 도착하시면 꼭 연락을 주세요. 기다릴게요. 그리고 이건 보잘것없는 것이지만 이번 한국에서의 연주를 기념해서 제가 드리는 것이에요. 비행기 안에서 열어 보세요."

기진을 바라보는 난희의 표정은 주위에 어른들이 없었다면 기진에게 안기고 싶은 그런 표정이었다.

뜻하지 않은 난희의 선물을 받은 기진은 너무도 뜻밖의 일에 감격했다.

"아이 이렇게 기념 선물까지 주시고 너무도 감사합니다. 저는 일정이 바빠서 미처 아무것도 준비하지 못했습니다. 죄송합니다."

기진은 두 손으로 난희가 준 선물을 받아 잠시 자신의 가슴에 대며 다시 한 번 감사 인사를 했다.

"감사합니다. 오래오래 간직하겠습니다."

기진은 생각지 못했던 난희의 마음이 담긴 선물을 받는 순간 뭐라 말할 수 없는 그의 따뜻한 사랑이 가슴으로 깊이 느껴져 왔다.

비행기는 떠났다. 난희는 며칠 사이 기진이 이렇게 마음 깊이 자리하고 있을 줄은 미처 느끼지 못했다. 비행기가 김포공항을 떠나 어두운 밤하늘 속으로 멀리멀리 사라질 때까지 바라보고 서 있던 난희에게 영근이 조용히 다가가 어깨를 가볍게 감싸 주었다.

"왜 그렇게 서 있어. 벌써 비행기는 보이지도 않는데. 기진이가 떠난 것이 몹시 섭섭했던 모양이구나?"

아버지의 따뜻한 말에도 난희는 아무런 말도 하지 않고 밤하늘에 조그마한 불빛으로 명멸하며 멀리 사라져 가는 비행기의 잔영만 계속 주시하다가 무겁게 입을 떼었다.

"아버지, 저는 교수님의 개인전에 한 번 더 들렀다가 집으로 돌아갈게요. 먼저 들어가세요."

영근은 혼자 택시를 타고 시내로 들어가는 난희의 뒷모습이 왠지 아주 쓸쓸해 보였다. 난희가 기진을 좋아했던 것 같다는 생각이 들자 영근의 마음에는 기진이 좀 더 난희와 같이 있어 주었더라면 좋았을 텐데 하는 아쉬움이 남았다.

기진이 영국으로 돌아간 후 난희는 미대를 졸업했다. 그리고 곧 불란서의 모 미술대학으로 유학을 떠났다.

발행 ㅣ 2016년 4월 20일
지은이 ㅣ 송재철
펴낸이 ㅣ 김명덕
펴낸곳 ㅣ 한강출판사
홈페이지 ㅣ www.mhspace.co.kr
등록 ㅣ 1988년 1월 15일(제8-39호)
주소 ㅣ 서울시 종로구 인사동길 5, 408(인사동, 파고다빌딩)
전화 735-4257, 734-4283 팩스 739-4285

값 13,000원

ISBN 978-89-5794-329-8 03810

※저자와의 협약에 의해 인지는 생략합니다.
※이 도서의 국립중앙도서관 출판예정도서목록(CIP)은 서지정보
 유통지원시스템 홈페이지(http://seoji.nl.go.kr)와 국가자료공
 동목록시스템(http://www.nl.go.kr/kolisnet)에서 이용하실 수
 있습니다.(CIP제어번호: CIP2016009589)